Faceless City

朝松 健

アトリエサード

目次

装画：槻城ゆう子

Faceless City　朝松 健

最初に頭から鏡に突っ込んだような衝撃があった。

第0章　Darker than Your Heart

――［0］　愚者《フール》

タロット大アルカナ二十二枚の最初あるいは最後の札。万物の端緒または終焉。〈破壊の門〉を通り、聖なる叡智の門に入る者。断崖の下は無意識の淵であり愚者の片足を噛む犬は彼が魔界に進むことを警告している。愚者は自らが「無」であり「無限」であることを未だ知らない。

I

パンアメリカン航空国内便第484便ニューヨーク発アーカム行きがアイルズベリ空港に着陸するために降下しはじめたのは、午後十時二十二分だった。

その日のマサチューセッツ州アーカム市上空は快晴。絶好のフライト日だったが、空港上空には《V注意報》が出されていた。〝V〟は《ヴォッズス》のことである。〝C〟の「大復活」（Great Rising）後の世界中の空に、まるで雀か鴉のように、ごく普通に出没するようになった化け物鳥の略称だ。本日夕方から夜に掛けて、その化け物が空港上空一帯に現われて航空機の離発着を妨害する、と当局は警告していたのである。ただし当局が行なうのは警告だけだ。当局の警告をどう受け止め、どのように自衛するかは、各航空会社の自己責任に委ねられていた。

パンナムは飛行の安全と自衛のため航空機にB－17Gカスタムを使っていた。

第二次大戦中の爆撃機B-17Gを旅客用に改造した特別機である。その爆弾を格納するスペースに客席を置いただけのとても旅客機などとは呼べない代物であったが、〝C〟復活後にも運航する航空便は歓迎されるらしい。客席はほぼ満席だった。

今、旅客機に改造されたB-17Gカスタムは、時代遅れなプロペラの爆音をあげ、鮮血の色をした空から地上へと降下しはじめる。

と、突然、機内の気圧が変化した。

乗客と乗務員に緊張が走った。気圧が変化する時に覚える嫌な感覚が、乗客全員に〝C〟の復活したあの夜の戦慄と恐怖を思い出させたのだ。胸底からこみあげる「最悪の事態の予感」と背中に氷柱を当てられたような悪寒、そして瞼の裏を駆けまわる原色の光の渦を感じて、乗客は一様に額を翳らせた。

だが、彼らの覚えた不安は、魔鳥ヴォッズスより早く、物理的な異変として現われた。

突然、機内の〝気〟がほんの少しだけ揺らいだ。

異変と言えるのはそれだけだった。そこには不吉な前兆も、人々を動揺させる妖しい気配もなかった。

誰もいなかった座席にいつの間にか白スーツの男が坐っている。

それだけだった。

乗客の誰一人としてその男が虚空から出現したのにさえ気づかなかった。

白スーツの男は夢から覚めたような表情を拡げ、ほんの一瞬だけ、困惑した色を瞳に過らせた。

ここが何処なのか分からない。そう思ったようだった。

だが、それは一秒と続かない。

男はすぐに唇に浅い笑みを浮かべると、視界の端に何かを捉えたように、窓のほうに振り向いた。ぶ厚い防弾ガラスの向こうに目をやった。機外の虚空に目障りな物を発見したように、片方の瞼がほんの少しだけ痙攣した。伸ばし放題にした髪を軽く掻きあげて、さらに目を凝らす。

防弾ガラスに男の姿が反射していた。年齢は三十前後であろう。純白のスーツに蓬髪、浅黒い肌、精悍かつ端整な面立ちである。容貌と雰囲気から日系人に見えた。

男は窓の外に広がる空をじっと見続けた。その視線の先にあるのはB－17Gカスタムの主翼だった。数秒して、飛行中のプロペラ機の主翼周辺に、黒い影が一つ、また一つと、インクの染みのように滲み広がった。男はまるでそこに影の現われるのを予期していたようだった。

影は鳥類のものだ。翼長を入れると幅六メートルほどだろうか。蝿と蝉を融合させたような二つの頭部から翼の尖端から伸びた鉤爪まで、二メートル半もある大型鳥である。

正確には鳥類とも昆虫ともつかない形状なのだが、翼が二枚しかないのと、飛び方が鳥にそっくりなところから、とりあえず「鳥」と呼ばれる化け物だった。

魔の鳥は十一羽いた。

今ごろになって、この黒い「群れ」を見つけた乗客の悲鳴が、機内のそこここから響き起こった。

「VotzZs!」

「ヴォッズス鳥だ!!」

いかにもこれがヴォッズス鳥だった。

アイルズベリ空港上空で警戒を要すると注意報が発せられた危険生命体である。

シャンタク鳥やバイアキーといった飛翔性の下等な妖物と同じ、「大復活《グレート・ライジング》」後、世界中の空に出現するようになった魔の鳥であった。

GRC（Great Rising of "C"）、あるいはGR、一般に「大復活」と呼ばれる恐怖の一夜の後、人類の住む三次元世界は狂人の悪夢や妄想が実体化したような魑魅魍魎で溢れることとなった。具体的にいえばボッシュかゴヤの悪夢的絵画か、土佐派の絵師が描いた百鬼夜行絵巻が現実となったのである。

このGR後の地球においてヴォッズス鳥はその最たる妖物《もの》だった。ヴォッズス鳥の凶暴さ・危険性はバイアキーやシャンタク鳥を遥かに凌ぐ。GR後に古風なプロペラ式飛行機が世界中で復活したのは、人間を襲って食らい、飛行機に体当たりしてコクピットのガラスを傷つけたり、ジェット機の外装エンジンに突入してエンジンを破壊するヴォッズス鳥のせいといっても過言ではない。二十一世紀のテクノロジーが生んだ最新鋭機ではなく、第二次大戦で使用された鉄鋼板にリベットが打たれた頑丈な機体でなければ、この魔鳥の爪や嘴は防げなかったからである。

そして今——。

虚空から湧いて出たヴォッズス鳥の群れは、B－17Gカスタムの主翼付近のみならず、進行方向、機体の上下、さらに尾翼の後方にまで飛びはじめる。

まるでB－17Gカスタムを挑発しているような飛び方に見えるが、ヴォッズスには神経叢はあっても脳はない。動物程度の知能も持たないので単に人間の目にそう見えるだけなのだ。

機体が激しく振動した。恐怖の叫びが客席のいたる所から湧き起こった。それらの叫び声に凄まじい音が重なる。まるで大型杭打ち機が動き出したような轟音だ。ただし、この轟音と振動は魔鳥に飛行機がやられたせいではない。B－17Gカスタムの機首下に設けられたガンターレット（防弾ガラスのドーム）から射撃手が12・7ミリM2機関銃を掃射しはじめたのだ。ガンターレット内の射撃手はパンナムに雇われた航空兵だ。ヘルメットと防風グラスと酸素マスクで顔を覆っていて、昆虫人間のように見えた。

ガンターレットはB－17Gカスタムの機体底部に三箇所設けられていた。三方向からヴォッズス鳥めがけて機銃掃射を開始する。12・7ミリ弾がオレンジ色に輝くシャワーと化してヴォッズス鳥の群れを洗った。

弾幕を浴びた魔鳥の翼がちぎれ、二つの頭がけし飛び、ねじくれたグロテスクな体が空中に散っていった。魔鳥が粉砕されて細かく飛び散る寸前、暴力的なまでに輝くオレンジ色の光が閃いて、消えた。目に沁みるほど鮮やかなオレンジ色の光は魔鳥の血と漿液と生命だった。

GR以後に異次元《アウトサイド》から来た妖物はことごとく死ぬ前に生命の光を閃かせるのが特徴なのである。

未だ12・7ミリ弾の洗礼を浴びてないヴォッズス鳥は皆、嘴を開閉させ、なにか叫んでいるが、機内から魔鳥の咆哮は聞こえない。聞こえるのは機内に空気が吹き込むシュウシュウという音。ガンターレットの機銃掃射音。それだけだった。

それらが一瞬遠くなると同時に、機長のアナウンスが響く。

「皆様、当機は間もなくアイルズベリ空港に着陸します。着陸に当たって妨害物体を駆除するため、機内が揺れたり、爆音が響いたりすることがございます。シート下の救命具をご確認のうえシートベルトをきつくお締め下さい」

機長の声は空港上空で渦巻く濃密な妖気のためか、幽霊の声のように虚ろに聞こえる。

白スーツの男の隣に坐った老人が顔をしかめて呟いた。

「乗り心地は最低、おまけにシートは二十二席しかないときた。GR前のファーストクラスが恋しいよ」

そこに客室乗務員が通りかかる。乗務員は屈強な体を迷彩服に包み、腰のベルトにはホルスターを吊っていた。これは機内に侵入した異物と、異物に冒された乗客を処理するためだった。客室乗務員は老人に振り返り、命令口調で言った。

「ベルトをお締め下さい」

老人はムッとして言い返そうとしたが、乗務員の腰のホルスターにコルト・カバーメントに気がついて、誤魔化すような薄笑いを拡げて呟いた。

「ああ、失敬。忘れておったよ」

老人は慌ててベルトを締め、ついでにこちらに背を見せて歩み去る軍服に渋面を作って見せた。

それから何か言おうと、白スーツの男に振り返った。

次の瞬間、老人は口に出しかけた言葉を失い、銀色の眉をひそめた。

困惑と怪訝の入り混じった表情が老人班の浮いた顔に拡がる。

老人は不思議そうに隣席に坐る白スーツの男を見つめた。

——自分の隣に坐っていたのはずっとこの男だっただろうか。

そんな疑問が、老人の脳裏を過《よぎ》ったせいだった。

「…………」

隣席の男を凝視するうちに、さらに老人の心に疑問が浮かんできた。

——ニューヨークを発った時、私の隣の窓際は空席ではなかっただろうか。

まだ惚ける年齢ではないと自負している。記憶力も確かで、朝のニュースのヘッドラインもそらんじられるほどだ。だが、それなのに隣が空席だったような気がしてならなかった。

——いや、そうではない。

と老人は何度も瞬きした。

——窓際の席に坐っていたのが私で、通路側が空席だったのではなかったか。

隣席の男を見つめるうちに老人はますます自分の記憶に自信が持てなくなってきて、不安を覚えた。

——いや、そうではない。気のせいだろう。

老人は軽くかぶりを振った。こんな時代だから、きっと私の記憶が不安定になっているのだ。

そう考えると、不安は嘘のように消えていく。

老人はそっと安堵の溜息を洩らし、心に生じた不安を誤魔化すように隣の男に囁いた。

「やれやれＣＡは全員男で、ついでに軍人ときた。パンナムのＣＡは美人揃いで知られていたのにな。これもご時世という奴かね」

冗談めかして言えば、男は機窓の外を見つめたまま、気のない調子で答えた。

「今は非常時って奴だ。何もかも昔のままとはいかねえだろうぜ」

男は前髪をうるさそうに掻き上げると、引き締まった唇に煙草をねじ込んだ。

音を立てて指を弾けば、ライターも使わずに唇の煙草に火が点される。

それを見て老人はちょっと驚いてから、小声で注意した。

「見事な手品だが、着陸時は禁煙だよ、君」

「……ああ。そのようだな。久し振りに乗り物に乗ったんでマナーを忘れてしまったぜ」

男はそう呟くとしなやかな指さばきで火のついた煙草を右手の中に畳みこんだ。軽く振って手を開けば、火の点いた煙草は消えている。最初から煙草など存在しなかったかのようだった。

「いやあ、見事な手品だねえ」

老人が目を丸くすれば、男は初めて振り返り、微笑んだ。

「手品？　今のはただの手すさびだよ。あんたでも出来る。こんなものより、爺さん。もっと面白い見世物が見たくないか？」

「なんだって？」

「ほら、窓の外を見ろよ。妙な奴が何か訴えてるぜ」

「なんだって？」

男に促されて、老人は体を屈め、機窓の向こうに目をやった。次の瞬間、老人は眼球を膨らませて呻き声を洩らす。

「ヴ、ヴォッズスが翼に留まって……」

すかさず白スーツの男が訂正する。

「良く見ろ。あれはヴォッズスじゃない。人間だ。……少なくとも今のうちはな」

「人間だと！」

老人は目を凝らした。

いかにもそこにいる灰色の影は魔鳥のものではない。

それは人間だった。

より詳しく言えば、飛行中のB‐17Gカスタムの右主翼上に灰色の衣をまとった、異様に背の高い人間である。

――老人は心の中で呟いた
（飛行中のB‐17Gカスタムの主翼に、頭巾付きのマントで全身を覆った人間が立っている……）

大復活後、気が変になりそうな妖変や怪異を目撃してきたが、こんなものは初めてだった。

だが、あれは幻覚ではない。主翼の点滅するランプに映えて、灰色のマントが時折赤く染まっている。マントの裾が風にたなびいている。……そんな細部まで鮮明に見えるではないか。

老人は音を立てて息を呑んだ。

その微かな音を飛行機の外で聞いたかのように、それはこちらに振り返った。それには目も鼻も口もない。頭巾の中の容貌は漆黒の革に覆われている。だが次の瞬間、頭巾の中の顔が浅黒い精悍な面立ちに変じた。老人は小さな悲鳴をあげて隣の男に目を転じた。頭巾の中の顔が隣の男に変わったと見えたのだった。

老人の心を読んだように隣の男が言った。

「いや。あいつは俺じゃない」

皮肉な調子のその言葉に、老人はさらに目を凝らした。頭巾の中の顔はさらに変化していく。――やさぐれた雰囲気の痩せたドイツ系の男に。小太りな東欧系の男に。日系の学者然とした男に。さらに醜い老人たちに――。

その頃になって、老人は、灰色の頭巾付きマントをまとったそれが実体のある人間ではなく、灰色の気体――雲のようなもので形作られていることにようやく気がついた。

「……だが……雲を素材に……あのように細部まで精巧に人間の姿を似せることなど可能なものだろうか？」

老人は震え声で呟いた。

その呟きに答えるように、隣席の男が窓の外を見つめたまま言った。

「今は混沌の支配する時代だ。妖力《ちから》のある奴が念じれば太陽だって西から昇るだろうぜ」

突然、それは黒いマントの裾をひらめかし、主翼の上を歩み出した。機窓の風防ガラスぎりぎりまで迫ってくる。機内からそれを見つめる白スーツの男に向かって手を上げた。灰色の手が外套の袖から伸ばされる。

黒い指が、機内の男を指し示した。

次いでそれは掌を拡げた。

雲で構成された掌だというのに、その表面に七つの角のある星型が刻まれているのがはっきりと見てとれた。

七つの角の星——魔術の七芒星だった。

七芒星を目にした瞬間、白スーツの男は皮肉な笑みを滲ませた。笑みは拡がり、チェシャ猫じみたニヤニヤ笑いへと変わる。笑いながら白スーツの男は機外のそれに呼びかけた。

「言いたいことがあるならさっさと言えよ」

機内のスピーカーからノイズが発せられた。ノイズは数秒続いて抑揚のない言葉へと変わる。

「神《しん》野《の》十三郎《じゅうざぶろう》！　アーカムは貴様の訪問を歓迎しない。帰れ。帰れ。帰れ。帰れ」

白スーツの男は首を横に振って呟いた。

「断ると言ったら、どうする?」

男が尋ねると主翼に立ったそれは両手を拡げた。その形がグニャリと歪んだ。一瞬で人間の形を失った。

そして、それは灰色の雲と変じて西のほうに流されていった。

「こけ脅しめ」

男は舌打ち混じりに呟いた。

主翼の陰から黒いものがわらわらと現われた。たった今飛ばされた灰色の物とは別のモノである。B－17Gカスタムの主翼の裏にシラミのようにたかっていた妖物の群れだ。妖物は球状で、艶のない黒い表面が古びた革を思わせた。球体の中央に一筋、裂け目が開いた。裂け目の中には鋸の刃を思わせる牙が上下ともに三列に並んでいた。左右から薄い膜状の翼を拡げると、妖物は一斉に、機体めがけて襲いかかった。

妖物群が機窓のガラスに激突した。

風防ガラスの表面に当たった妖物は熟し切った果実そっくりに潰れた。

機内に悲鳴が木霊した。

それをせせら笑うかのように、さらなるヴォッズス鳥の群れが、滑空するB－17Gカスタムの周囲に出現する。

空港に降りて行くB－17Gカスタムのガンターレットが、一層激しく、機銃を掃射した。

オレンジ色の銃弾のシャワーと、粉砕された魔鳥が閃かせる眩い爆炎の向こうの都市はニューヨークと比べて遜色のない街明かりで彩られている。

都市の中心——官庁街には夕空を貫くほどの巨大なランドマーク・タワーが建築途上で、その基層部を中心にして七つの方角に広がった新市街《ノベー・ミスト》が、原色に瞬く七芒星形を地上に刻んでいた。

ここがアーカム——。

〈地獄印《ネザーサイン》〉でかたく鎧《よろ》われた、クトゥルー復活後の地球で最も呪われた都市だった。

第1章　Through the Gate of the Night

詐欺師とも探求者とも吟遊詩人とも呼ばれる。腰のベルトは尾を噛む蛇であり、前に据えられた卓の上には四大（地水火風）の象徴が並ぶ。彼は皇帝にして道化であり、地底に隠れた美神を地上に連れ戻すメルクリウスである。

――［1］ 魔術師《マジシャン》。

I

第484便は午後四時五十分、定時通りにアイルズベリ空港に着陸した。タラップが牽引車で運ばれ、B‐17Gカスタムの機体に横づけされる。軍服のCAがドアを開けて少しすると、乗客たちは、タラップから降り立ちはじめた。誰もが同じように血の気の失せた顔をしている。のろのろと進む姿はゾンビーの群れそっくりだった。

そんな乗客の中で、唯一、白スーツの男だけが、悠然とした足取りでタラップを降り、空港ビルの中へと進んでいく。男は浅い笑みさえ湛えていた。

「荷物はこれだけだ」

手にしたペローニのダレスバッグを軍服の係員たちに示すと、まっすぐ進んで到着ゲートを潜った。そのままビルの玄関に向かう。玄関前には門柱が設えられていた。門柱の右側は白、左は黒く塗られている。ソロモン神殿に設けられていたという二本の柱、ヤッキンとボアズをかたどったゲートだ。光と闇、善と悪、そして今は秩序と混沌をあらわしたものである。アーカム市長ダニー・ノヴァチェクが、ユダヤ神秘学カバラの秘法に則って空港のゲートにしたのであった。ヤッキンとボアズ、二本の柱の真ん中を滑るように通って、男は空港ビルの外に出た。

宵闇が垂れかけた空港周辺には薄霧が漂い、街は淡いブルーのレースで覆われたように見えた。薄霧は鼻の奥にツンと刺さるような酸の臭いを帯びている。臭気はこの「場」が妖気を帯びている特徴だった。「大復活《GR》」直後には妖気で免疫不全や鬱症状を起こした人間が数えきれなかったが一ヶ月も経つと人々は不安も不快も感じなくなっていた。酸の臭気よりも遥かに異常な事態や、超自然的な現象が発生し続け、それが日常になってしまえば、妖気など、排気ガスや微量の放射能と同程度の脅威に過ぎないという訳だ。

男が通りに立ってあたりを見渡せば、すぐに女の声が呼びかけた。

「ミスター・シンノ！」

男は振り返った。サングラスの女が黒塗りの車から顔を出していた。

たった今まで気配さえなかったのに、右のほう一〇メートルほどの位置に車は停まっている。まるで空気から生まれたように出現した車は流線型のボディをしており、タイヤの半分がボディに隠れていた。磨き上げられたボディは黒曜石のような質感で、デザインはアールデコ風である。二十世紀初頭に「未来的」と呼ばれた造形だ。

車はファントム・コルセアだった。

ラスト・ハインツが設計したツードア・セダンで一九三八年に一台だけ試作された車である。大量生産寸前にハインツが交通事故で急死したため、生産中止になった車であった。〝ファントム〟

の名は「幻の車」の意味で付されたものだ。高級車一台の製作費が二千ドルだった時代に、一台作るのに二万四千ドルもの生産コストが掛かったという、世界で一台しかない車である。

そのファントム・コルセアを若い女がまるでトヨタのように運転しているのも、「大復活《GR》」で生じた混沌の影響のようだった。

ファントム・コルセアに歩み寄ると、シンノと呼ばれた男は運転席から顔を覗かせた女を見つめる。

女は言った。

「あなた、ミスター・シンノでしょう。……ニューヨークから来た……」

「確かに俺は神野だが。自分が何処から来たのかは、よく覚えていない」

しゃれのめしたような調子で答え、神野はファントム・コルセアの女に微笑みかけた。

「だが、あんたが美人だということは良く理解できる」

「わたしの名はリア・ハスティ」

「ハスティ？　そいつは、俺のクライアントの名ではないようだが……」

神野は前髪の下で眉をひそめた。

「ハスティというのはペルシア語で〝存在〟という意味よ。クライアントがわたしをそう名付けたの。……どうぞ、乗ってちょうだい。クライアントの待つ場所にご案内するわ」

「………」

神野がためらっていると、リアは運転席から降りて、車の前を回り、助手席のドアを開け、一礼した。

「こうすれば乗って頂けるかしら」

リアは皮肉な調子で言って、形の整った唇の端をつりあげた。手足の伸び切ったすらりとした体型に、身にぴったりフィットしたダークスーツが良く似合っている。茶色の髪をアップにしてサングラスを掛け、肌の色は褐色。ペルシア語の苗字が表しているように、中近東系のようだった。

促されるままに神野はファントム・コルセアの助手席に乗り込んだ。前方のスペースが広く、コクピットには様々な計器が並んでいる。広い足元にダレスバッグを置き、シートに身を凭せ掛けた。

「それで、クライアントは?」

神野が訊くと、

「ダレット・ホテルよ」

そう答えると同時に、リアは車を発進させた。

コクピットの計器類のランプが灯り、丸い窓の中で真紅の針が激しく動きはじめた。計器はスピードメーターやガソリンメーターやバッテリーメーター以外に高度計や気圧計まである。横に伸びたフロントガラスの形状と、このコクピットの異様さのせいで、神野はまるで自分が小型飛行機の操縦席に坐ったように感じた。

フロントガラスの向こうには夜空ならぬハイウェイが一直線に伸びている。道の両側に迫るのは鬱蒼とした森だった。ハイウェイの対向車線から来る車はない。同時にファントム・コルセアが走る車線にも車の影は見られなかった。

神野は目だけリアのほうに流してた。

「煙草を吸いたいんだが、いいか？」

「どうぞ」

神野は両切りのキャメルを唇にねじ込んで指を弾いた。

キャメルの先がオレンジ色に輝く。

香り高い煙と共に、神野は言った。

「ついでに、もう一つ尋ねたいのだが」

「なにかしら」

「この空港からアーカムまでは遠いのか？」

「すぐよ。あっという間に着くわ」

夜のハイウェイをアールデコ風の車は疾走する。

横長なフロントガラスの向こうを夜が流れるのを神野はぼんやり眺めた。左右のサイドウインドウの外はすでに夜闇《よやみ》に塗り籠められている。ハイウェイの左右に広がる森で青白い人影が浮かんだかと思うと、野獣のように四つん這いになって駆けだした。それらは裸の人間のように見える。

そちらをチラと振り返り、リアは小さく舌打ちした。

「人豚《ホッグ》が出る時刻ね」

走行速度が時速二〇〇キロを越えた。リアは素早くギアを切り替える。重い衝撃が車体を揺らした。フロントガラスに一瞬、魔法陣や錬金術の象徴、ヘブライ文字やペルシア文字で書かれた呪文が浮かんだ。色はセピアがかった金色。古羊皮紙に記された神秘文書のインクの色である。リアが飛行魔術を稼働させたのだ。

次の瞬間、フロントガラスが透明に戻り、ファントム・コルセアのボディが垂直に浮かんだ。刹那の後、ファントム・コルセアはハイウェイを離れて舞い上がり、そのままアイルズベリの空を滑空していった。

II

リア・ハスティは、ファントム・コルセアをアーカムの街に通じる魔術空路に乗せながら、ほんの三時間前、クライアントに呼ばれた時のことを思い出していた。

その時、リアは豪華な家具調度の整えられた一室に立つ自分に気がついたのだった。

何処からどうやってその部屋に来たのかは覚えていない。〝C〟が復活して全世界を暗黒夢で覆ったあの夜から全人類は首尾一貫した記憶を喪ってしまったのだ。

それはリアも例外ではない。だから彼女は部屋に立っている自分のことを、ほんの一刹那前に無から生じたように感じていたのである。それはカバラの秘法で土くれから生まれたばかりのゴーレムにも似た感覚だった。

ぎごちない動きでリアは周囲を眺めた。

眼前にはベッドのように大きなデスクが据えられている。デスクの向こうには男が一人坐っていた。男は灰色のスーツをまとい、くすんだ灰色のネクタイを締めていたが、灰色に見えるのは男が影に覆われているからだと、リアはすぐに理解した。

その人物は圧倒的な存在感を発していた。

リアは息詰まりそうなほどの存在感を受け止めると同時に、自分が何処にいるのかを思い出した。

ここはダレット・ホテルのツインルームだ。

リアの雇い主〝クライアント〟がオフィス代わりにしている部屋である。

クライアントは指を弾いて煙草に火を点けたところだった。

リアはクライアントに尋ねる。

「お呼びですか？」

尋ねながらリアは思った。

（何言ってるの、わたし？　千夜一夜物語のランプの精じゃあるまいし……）

ファンタジーの精霊と違ってリアの声は少しハスキーだが、しっかりしていた。健康な生きた人間の女の声である。精霊でも幻影でもない。

「用がなければ呼ばない。大事な仕事が出来たからお前を召喚《よ》んだんだ」

面白くもなさそうにクライアントは答えた。その声は三十前後の男のものだったが、有無を言わせぬ圧倒的迫力がある。面倒くさそうに、少し怒ってるように——クライアントはいつもそんなふうに話すのをリアは思い出した。

「お仕事は何でしょう？」

「パンナムの第４８４便でニューヨークから来る男を出迎えろ」

「この時代に飛行機で来るのですか？」

「飛行機で来るように俺が命じた」

「その男の名前は？」

「神野十三郎という。白いスーツをまとい、髪を伸ばし放題にして、肌が浅黒いのが特徴だ。他の奴とは違うから、一目で分かる」

「シンノ？　変わった名前ですね」

リアが首を傾げると、クライアントは面倒くさそうに説明した。

「日本人だ。職業は私立探偵——」

「探偵……。大復活《GR》後の世界に探偵なんか生き残っていたのですか」

リアは目を丸くした。

「アーカムで尋ね人を探すには、私立探偵が一番信用出来る。警察も役人も魔術師も信用できん。みんなＯ《オー》３カルトの信者か、さもなければ賢人会議《オールド・ワイズメン》に取り入ろうとするクソみたいな奴だ」

「Ｏ３カルトや賢人会議《オールド・ワイズメン》に知られたくない仕事なのですね」

リアはクライアントの言葉にうなずいた。

「ああ、アーカムを支配する奴らには誰にも知られたくない。人間にも邪神にも魔物にも……誰にもだ」

クライアントは煙草の煙と共に最後の言葉を吐き出した。

「話は以上だ。ファントム・コルセアのキーを貸すから、そいつに乗って早く行け」

「はい」

——三時間後、リアは神野を車に乗せ、ファントム・コルセアで夜空を飛行していた。

「いま、ラインに乗るわ」

「ライン？」

「見えないけど、夜空に延びたハイウェイよ」

第2章　Deep in a Dream

——［2］女教皇《ハイ・プリーステス》

叡智を秘めた新月。律法《トーラ》の書を抱いた女は黒白二柱の間に坐し、「聖所」の入り口である。知性はあるが愛はない。冷徹なその理性で蛇の頭を打ち砕く。彼女はヴェールで真の顔を隠し、イシスの角を法冠に隠して女ヘルメスとして地獄を巡っている。

I

ファントム・コルセアが舞い上がった漆黒の夜空は、何百台もの車が往来する光の河だった。光は眩いパールホワイトとオレンジだ。どちらも目に痛いほど輝いている。飛行する自動車はいずれもパッカードやT型フォード、三〇型のシトロエンといったクラシックカーばかりである。トヨタやダイハツやホンダの最新型もあるにはあるが、主流は三〇〜五〇年代のデザインの車ばかりだった。

大復活《GR》後、混沌に覆われた世界は、一九三〇年代から一九四〇年代半ばのファッションやデザインで彩られた。だから住人の服装や乗り物だけでなく、街並みもロゴも新聞も全てが一九三一年頃から四五年頃の物へと変化した。

だが、それでいながらテクノロジーは二十一世紀初頭の科学技術が残り、人々は木製電話ボックスで受話器と送話器の別れた電話を使いながら、革表紙の手帳そっくりなデザインのスマートフォンも使い、駅のニューススタンドで新聞やパルプマガジンを買う一方で、電車内で端末からインターネットにアクセスする——そんな生活様式になっていたのである。

しかし、誰も大復活《GR》前の——二十一世紀風なデザインやファッションに戻そうとはしなかった。大復活《GR》時の衝撃と恐怖が人類から希望だけでなく大復活《GR》以前の状態に戻そうという意思さえも奪ってしまったらしい。今の人類は過去の鋳型に流し込まれた「溶けた現在」だった。

ファントム・コルセアがアーカム市内に入る。

神野の目から見たアーカムは一九三〇年代のパルプ雑誌画家の見ている悪夢そのものだった。街を彩るのは無駄にきらびやかで、無駄に巨大なネオンサインの洪水と、モノクロ映画でしかお目に掛かれないような古臭いデザイン看板の波また波である。いたる所に原色のポスターが貼られ、夜空を貫くように林立する高層ビル群は二〇年代末のデザインと、二十一世紀風の現代的なデザインのビルとが混在し、それらのビルから何台ものサーチライトが夜空を照らしていた。そんな有様は伝説の石柱都市イレムを虚空に築こうとしているかのようだ。

ビルの中には屋上に立てた鉄塔に飛行船を係留させているものもある。アーカムの中心には周囲に建ち並ぶ高層ビル群を圧倒して超巨大な尖塔が夜空を貫かんばかりに屹立していた。窓一つない漆黒の尖塔であった。尖塔はシティ中央に聳え、毒々しい原色のネオンに映えている。

それは表面に細かく解読不能な神秘文字が刻まれた全長一千メートルのオベリスクだった。黒い尖塔の周囲には足場が不安定に組まれ、この尖塔がもっと高く——成層圏に達するほどの高さになると見る者に訴えていた。

飛行中のファントム・コルセアのフロントガラスの前に、オベリスクは突然現われた。

巨大な幻影のように出現した漆黒の巨塔を示して、神野はリアに尋ねた。

「これは何だ？　市長の墓石か？」

「ノヴァチェク市長の肝煎りで建設中だけど市長の墓じゃないわ。……残念ながら」

ハンドルを操りながらリアは乾いた声で笑った。

「それじゃ何だっていうんだ？　こんな場所に建てられたら、うかうか車も飛ばせないだろう」

「これは〝世界軸《アキシス・ムンディ》〟よ」

「世界軸《アキシス・ムンディ》……？」

「GR前の呼び方で言えばランドマークタワー」

神野はB－17Gカスタムの機内から眺めた光景を思い出した。──アーカムの中心に広がる官庁街。その真ん中に建った建築途上のランドマークタワー。その基底部を中心にして、七芒星を描くかのように、七方角に広がった建築途中の未来的な最新都市。……ただし、この光景は明るい未来や希望に満ちた明日を感じさせるものではない。

神野が覚えたのは、芝居のホリゾントのような「まがい物《フェイク》」感──。つまり人工物特有のよそよそしさである。

「世界軸《アキシス・ムンディ》の下に七方向に新しい市街地が拡がっているでしょう」

「ああ。七芒星《ノベー・ミスト》がギラギラ輝いて見える。胸糞悪い光景だ」

「あれは新市街《ノベー・ミスト》よ。あれもノヴァチェク市長の肝煎りで建設されているのよ。全長二〇〇〇メートルの世界軸《アキシス・ムンディ》が完成し、新市街《ノベー・ミスト》に人が移り住んで生活しはじめれば、C復活のために混沌化した世界は終わりを告げ、昔のような秩序が甦る……」

「そんな夢みたいなこと、市長は信じているのか？」

「少なくともＯ３カルトの信者はね。彼らはいつかクトゥルーは再び眠りにつくと信じてるわ」

「Ｏ３カルトってなんだ？」

「世界に秩序を復活させるという教義のカルトよ。百七十万人いるアーカム市民の一八パーセントはＯ３カルトの信者だわ。Ｏ３というのはOrder Of Orderly Worldの略。信者はＯ∴Ｏ∴Ｗ∴と名乗ってるけど、アーカムの一般市民はＯ３カルト とか単に宗派《ザ・カルト》と呼んでいるわ。ノヴァチェク市長もカルトの信者で、カルトの圧倒的支持を集めて市長に就任した。でも、ノヴァチェクが市長になって真っ先に手を付けたのは、秩序の復興でも、アーカムを化け物や邪神から守ることじゃない。天に突き刺す針のような超巨大なオベリスクの建設と、市の運営を議会ではなく賢人会議《オールド・ワイズメン》に委ねることだった」

「それで、賢人会議《オールド・ワイズメン》というのは？」

「七人の老人たちで構成される一種のクラブよ。フリーメーソン・アーカム・グランドロッジの幹部で作ったクラブだというんだけど、ニューヨークやワシントンのフリーメーソンは否定している。……賢人会議《オールド・ワイズメン》は元帥・伯爵・大公・司教・提督・会頭と呼ばれる人たちと、会議の議長のミスター・ＧＯＧの七人で構成されているのよ。みんな百歳を越える年寄りばかりでね、噂ではアーカムの土地と富の大半は賢人会議《オールド・ワイズメン》の老人たちが握っているというわ」

「古き良き時代のアーカムを築いた老人のクラブか」

「そんな甘っちょろい団体じゃないわ。警察も行政も何もかも賢人会議《オールド・ワイズメン》に操られているのよ。クライアントは〝旧支配者《オールド・ワンズ》〟って呼んでいる」

「旧支配者とは大げさだな」

「大げさじゃないわよ。あいつら、一度、アーカムの表舞台から消された癖に、〝C〟の復活とそれで起こった激変のどさくさに、再びアーカムの実権を握ってしまったんだから。旧支配者でなければ悪魔だわ」

「悪魔……。そいつは穏やかじゃないな」

「奴らは逆らう人間や組織を片端から潰してるのよ。蝿や蚊を叩き潰すみたいに無造作に。賢人会議《オールド・ワイズメン》の実像を嗅ぎ廻ったせいで、わたしの友達の新聞記者も、FBI捜査官も殺されたわ。記者は駅のホームから電車に飛び込んだし、捜査官は……泊っていたホテルが爆弾テロに遭い、運悪く巻き込まれて吹き飛ばされた」

「成程な」

神野は鼻の先に皺を寄せるような笑いを浮かべた。

「賢人会議《オールド・ワイズメン》とノヴァチェク市長なんか、クライアントは信じてはいないし、わたしはあいつらを憎んでいるわ」

「捜査官か記者のどっちかはあんたの……」

「記者のほうよ。アーカム・アドヴァタイザーきっての記者だった。そう、わたしは彼を愛していた」

そう言ってから、リアは少し間を置いて、自信なさそうに言い足した。

「多分、そうだったと思う。大復活《GR》からこっち、記憶は常に揺らいでいるから……。時々、愛してたのは捜査官のほうだったような気もするわ。でも、これだけは断言できる。わたしは賢人会議《オールド・ワイズメン》の老人たちとノヴァチェク市長を憎んでいる、と。奴らに対する憎しみだけは、どんなに記憶やアイデンティティが揺らいだって変わらない」

リアの瞳の奥で青い光が閃いた。

冷たい憎しみの稲妻だ。

それを横目で見て神野はリアに言った。

「オーケー」

少し間を置いて、今度は独りごちるように繰り返した。

「オーケー」

それから神野は薄く笑った。

「あんたとクライアントが正気と聞いてホッとしたぜ」

静かに続けて煙草を灰皿にもみ消した。

ハンドルを操りながらリアは面白くもなさそうに言った。

「いつまで正気でいられるかしらね。大復活《GR》以降、あらゆる価値は逆転してしまったわ。良いは悪いで、きれいは汚い。闇が光で、光が闇。現実は悪夢で、悪夢が現実。これが今の世界よ。でも、それさえ次の瞬間には変わっているかもしれない……」

「だが、少なくとも俺はあんたじゃないし、あんたも俺じゃない」

「それだって、本当にそうじゃないって断言できる？　今のところはそうみたいだけど。……大復活《GR》からこっち、この世に〝ずっとそのまま〟なものなんて消えてしまったのよ」

リアは唇だけで笑った。

二人が話すうちにもファントム・コルセアは夜空を音もなく飛翔し、ヴォッズス鳥を蹴散らしながら、滑るように降下する。そのまま車道を進んでダレット・ホテルの玄関前で停車した。

ダレット・ホテルは世界軸《アキシス・ムンディ》から一ブロック北に位置したフランク・ロイド・ライト風のデザインの建物だった。

ホテルの玄関前にファントム・コルセアを横付けさせればドアボーイが飛んでくる。ドアボーイにキーとチップを渡して、リアは神野をダレット・ホテルの中へと促した。

二人は回転ドアを過ぎてロビーに出た。

明るくて大勢の人間で混雑しているのにロビーは静寂に覆われていた。

客たちは口を動かし、何事か話し、ベルボーイはベルを鳴らして駆けまわり、ボーイやメイドが荷物を運んでいるのだが、音が何も聞こえない。こそりとも音がしないその有様はサイレント映画の中に入ってしまったようだ。

「気にしないで。ロビーの一部の時空が歪んでいるらしくて時々、過去の光景が再現されるのよ」

「つまり、ロビーの様子はホテルの見ている夢という訳か」

神野が呟けば、

「見かけによらず、あなたって詩人なのね」

リアはエレベーターの前で立ち止まり、神野に振り返ってそう言うとボタンを押した。

二面あるエレベーターの左側から到着のベルの音が響く。

そちらに行こうと踏み出しかけたリアを無言で神野が制止した。

リアが振り返ると同時に、ドアが開いた。そちらに進もうとしたリアを引きとめ、神野は左のエレベーターを凝視した。口笛が聞こえた。エレベーターの中から流れてくる。「ミスティ」のリズムだ。「ミスティ」を吹く口笛が次第に近づいてくる。神野とリアは呼吸を止めて、そちらを見つめ続けた。

口笛を吹きながら、痩せて背の高い男がエレベーターホールに進み出た。

(カタギじゃない)

と神野は直感した。

一目で堅気ではないと分かる雰囲気の男だった。太い縦縞のスーツにソフト帽、スーツの胸には葬式の帰りのように白い花を差している。ダークグレーのソフト帽の庇を深く引き下ろして目のあたりを隠している。

男はズボンの片手をポケットに突っ込んで口笛を吹きながら、神野とリアの前を通り過ぎていく。肩を揺らして進むその歩き方は明らかに神野を挑発していた。

だが、神野は不快げな眼差しで見送るだけだ。

挑発を完全に無視していた。

二人の前を通り過ぎ、そのまま三歩歩んだところで、不意に男は足を止める。

神野に振り返ってポケットから手を抜いた。親指を弾いてソフトの庇を撥ね上げた。その下から現われたのは細面《ほそおもて》である。ドイツ系だろうか、プラチナブロンドの髪とターコイスブルーの鋭い瞳が印象的だった。

何か言いたげな一瞥を神野にくれて、ほんの僅かだけ唇に笑いを拡げた。

完全に神野を見下した目つきで笑いながら、男は指で拳銃を形作り、指先をこちらに向けた。

神野は微かに脇を引き締めると、掌を男に向けて身構えた。

神野と男の間に緊張が走る。

数秒の沈黙の後、男は薄笑いを湛えたまま、呟いた。

「バーン」

男に向けた神野の掌からバチッという乾いた音と共に火花が散った。

リアは反射的に片手を懐に走らせた。

「ふん」

神野は軽蔑したように鼻を鳴らした。

「いい日だな、大将《マック》」

神野に言い捨てて、男はソフト帽の庇をずり下げた。

そして男はそのまま、何事もなかったかのように、また肩を揺らして口笛で「ミスティ」を吹きながら去っていった。

「不愉快な野郎だ」

神野は憮然として身構えを解いた。

「誰でしょう。ダレット・ホテルで初めて見た顔ね」

「殴りたくなるようなツラの野郎に会ったのは久し振りだ」

と呟いてから神野は眉をひそめた。針で突かれたような痛みをを掌に感じる。掌を返してみた。掌の表面に視線を落とす。掌の真ん中に豆粒ほどの小さな黒い点がついていた。

それは男が指鉄砲を向けて「バーン」と言うまで無かったものだった。良く見れば豆粒ほどの点はスペードの形をしていた。小さな焼印を捺されたような焼け焦げであった。

神野は男の去ったほうに振り返った。

ロビーにはすでに男の姿はない。

ただ男の薄ら笑いだけがロビーに残っているように感じ、神野は唇の端を歪めた。

Ⅱ

クライアントの部屋は二十二階の222号室だった。

ノックしようとドアに近いてリアは眉をひそめた。サングラスの瞳あたりに真紅の光点が浮かんだ。光点が点滅する。

「〈火《ファイアー》〉の妖気だわ」

短く呟くとリアは手を黒スーツの懐に滑らせた。懐から小型拳銃を抜く。銃はワルサーPPKだった。

リアの武器を見て神野は囁いた。

「そいつはナチスの将校の自殺用じゃないのか？」

「笑えるジョークだけど。あいにく、今はそんなシーンじゃないの」

にこりともせずに答えてリアはドア越しに呼び掛けた。

「リアです」

返事はない。

微かにキナ臭さを感じて、リアは「入ります」と呼び掛けるなりドアを蹴った。ドアが開放される。同時に薄青い煙と火事場の悪臭が廊下に流れてきた。神野は反射的に身構える。

（この臭気は何かが爆発した後の物だ）

と察したのだ。

ワルサーPPKを構えたリアが先に222号室に飛び込んだ。神野もそれに続く。部屋に踏み込んだ神野の右手には白柄の匕首《あいくち》が握られていた。匕首の刃には竜の姿が浅く彫られている。

二人は薄青い煙の充満した部屋を眺め渡した。

入ってすぐの室内は、手榴弾が投げ込まれた跡のようだった。天井が真っ黒く煤け、床に砕けた椅子とテーブルの残骸が散らばっている。手榴弾攻撃の痕と異なるのは白い壁に大きくスペードが描かれていることだ。ただしスペードはペンキで描いたものではない。神野の掌のスペードと同じように魔術的な力で焼きつけられたものである。

「ミスター・シンヘイズ!?」

リアは大声で呼びかけた。

「ミスター・シンヘイズ、大丈夫ですか?」

すぐに部屋の奥から男の声が返される。

「俺は無事だ」

西南の壁に設けられた真紅のドアの向こうから声は聞こえていた。

「何も心配はない。痩せた奴《ランキー》の〈火〉《ファイア・アタック》攻撃を受けたが、咄嗟に奥に転移したので助かった」

「良かった……」

ワルサーPPKの銃口を下げたリアに声が尋ねた。

「神野を連れてきたか?」

「はい」

「よし。こっちの部屋に案内してくれ」

リアはうなずくと真紅のドアを開いた。ドアの向こうは薄暗く微かに伽羅香《きゃらこう》が香った。ビジネス用に設えられた部屋のように見える。書斎仕様で、大きなデスクにスタンドの明かりが灯されていた。

神野は抜き身の匕首を白鞘に納めて懐に戻した。リアに無言で促されてデスクの前に立つ。神野が立つと同時に、デスクの後ろの壁にわだかまった薄闇が盛り上がってきた。薄闇は瞬く間に人の形になっていく。神野は目を凝らした。デスクの向こうに男が現われるのには二秒とかからなかった。

灰色のスリーピースを着た男がデスクに両肘をついていた。暗がりのせいで灰色に見えるが、どうやら相手のスーツは真っ白いようだ。

神野は両切りのキャメルを唇にねじ込むと、

「あんたがクライアントか?」

と尋ねて指を弾いた。キャメルの先にオレンジ色の火が点る。

「そうだ」

クライアントはうなずいた。

神野は言った。

「リアはシンヘイズとか呼んでいたが、俺宛のメールの差出人欄には〝薄靄《シンヘイズ》〟なんてコミックの悪役みたいな名じゃなくて、もっと普通の名が書かれてあったはずだが」

「なんと書かれてあったかな?」

クライアントの口調は惚《とぼ》けている様子ではない。むしろ探りを入れているように聞こえる。神野は少し考えてから肩をすくめた。

「腹の立つことに、差出人は神野十三郎。……この俺の名だった」

「クライアントと探偵が同姓同名か。ふん、まあ、そんなこともあるだろう」

クライアントは軽く受け流すと右手を上げた。

「つまらんことで腹が立つのは長旅で疲れているからだ。まずは腰掛けて楽にしてくれ」

クライアントが示したほうを見れば、そこにはソファと卓があった。

(たった今まで何もなかったのに。こいつも大復活《GR》後に出てきた魔術師で実業家って奴か)

神野はげんなりしてソファに腰を下ろした。

「リア、神野に飲み物を」

「はい」

拳銃をしまったリアが部屋の隅のほうに移動する。薄暗がりの一部が音もなく変容し、ホームバーに変わった。

(まるで他人の見ている夢に閉じ込められたような気がするな)

と神野は鼻白んだ。

リアが運んで来たグラスを受け取り、一口すする。グラスの中身はスコッチ・ウィスキーだった。

「スコッチの味は本物だ。どうやら、俺はまだ死んではいないらしい」

神野は皮肉な調子で言った。

「どうして、死んだなどと言うのかな?」

「とっくにそこの女に殺されて、あんたの夢の中に閉じ込められたのかと思ったのさ」

「ふふ、やくざな見かけによらず、魔術的な思考をするのだな」

「詩人肌って奴らしい。リアにそう言われたよ」

「詩人か。確かにCの大復活の後も探偵業の看板を掲げていられる人間など、詩人か、狂人くらいかもしれん」

「誰が探偵の看板を掲げていたって？」

神野が怪訝な顔になって尋ねると、クライアントは答えた。

「お前さんだよ。お前さんが東京で探偵の看板を掲げていたんだ。そうだろう？」

「……」

神野は眉をひそめると、一瞬沈黙する。

それからゆっくりと言った。

「確かにCの大復活後も、俺は、東京で探偵の看板を掲げていたが……」

クライアントの言葉がそれに覆いかぶさる。

「その看板に引っ掛かった客は、アーカムに住む俺が最初だった。……そうだな」

神野はクライアントにうなずいた。

「俺は東京から招かれた探偵。信じられない高報酬に惹かれて、顎足つきの条件でアーカムまで来た。……俺の話は以上で終わりだ。さて、あんたは？」

「俺は死人でも夢見る者でもない。金がありながら時間がない男だ。つまり、アーカムで事業を営んでいる」

「ふう、やっと探偵とクライアントの会話らしくなってきたぜ。……それで俺を東京から呼びつけたのは？」

「最近、一緒に事業をしていた人間が殺された」

「殺人なら警察に連絡しろ」

「殺した奴は殺し屋だが、殺し屋に仕事を頼んだ奴らはギャングじゃない」

「そこまで分かっているなら、そいつらを警察に訴えろ」

「そうはいかん。殺し屋を雇ったのは、アーカムの市長ダニー・ノヴァチェクと、ノヴァチェク市長を操る賢人会議《オールド・ワイズメン》に属する七人の年寄りどもだ」

「市長プラス賢人会議《オールド・ワイズメン》で八人。八人もの権力者の犯罪か。嫌な構図だな。長引く仕事は嫌いなんだが……」

「そう言わずに引き受けてくれ。実質のところ市長は賢人会議《オールド・ワイズメン》の操り人形で、何の力もない。手強いのは賢人会議《オールド・ワイズメン》の七人の爺だけだ。とはいえ賢人会議《オールド・ワイズメン》はただの地方ボスの懇親会や老人の茶話の会じゃない。奴等はお前さんの想像も及ばないくらい昔から存在し、莫大な財を蓄え、神のような権力を持ち、邪神に匹敵する魔力さえ持つにいたった化け物どもだ。奴等は市政だけではなく、警察や検事局やＦＢＩを自在に操り、さらに魔術監視網をアメリカ全土に張り巡らしている。奴等の魔術監視網に引っ掛かるので、俺は国内の探偵に依頼できなかった。依頼しようとすると、メールは消えるし、手紙は行方不明になるし、電話も話す前に切れてしまう。お前さんの名前で東京に連絡したのは苦肉の策だった」

そう説明しながらも、クライアントの口調は何処か他人事のようだった。

神野は音を立てて煙草の煙を吐きだすと尋ねた。

「殺されたのは誰だ？　あんたとの関係は？」

「殺されたのはダニエル・K・ロング博士。俺の親友で、元マギカクラートだ」

「マギカクラート?」

「米国魔術省の高級官僚のことをマギカクラートという。ロング博士は国家的規模の魔術でCを封印する計画を進めていたのだが、省内のいざこざに巻き込まれて魔術省を去り、アーカムの片隅で在野の魔術師として、隠者のように人目を避けて魔術活動をしていた。俺はその事業のパートナーだったんだ」

「アーカムという街は何処も彼処も権力犯罪と魔術犯罪の臭いがプンプンするな」

と神野は鬱陶しそうに両目を細くした。

「Cの復活と同時に正義だの信義だの真実だのといったものが消えたのは、アーカムだけじゃない。かつて社会を縛《いまし》めていたのは、自由と平等と博愛という人類共通の価値観だったが、今は違う。裏切り、悪徳、殺戮……。血と炎が社会のルールだ」

「おいおい、今の世を嘆くのは年寄りの特権じゃねえのか。あんたは若く見えるぜ。俺とそう変わらないくらいに」

「そいつは失礼」

クライアントは薄闇の中で苦笑した。

「オーケー。俺の仕事はロング博士を殺した奴を探し出す。それだけでいいんだな」

神野は煙草を揉み消し、クライアントとの会話を切り上げようとした。——どうもこいつと話してるとイライラしてくる。野郎の言いたいことがダイレクトに脳味噌に伝わってくるような感じだ。

「それだけで会ったこともない探偵を日本から呼んだりはしない」

とクライアントは言った。

「頼みたいことはまだある」

「なんだってんだ？」

「ロング博士が死ぬまで研究していた世界軸《アキシス・ムンディ》の秘密を突き止めてほしい」

「世界軸《アキシス・ムンディ》というのはアーカムの真ん中に建築中の、あの馬鹿でかい塔のことだな」

「そうだ」

「そいつはノヴァチェク市長と賢人会議《オールド・ワイズメン》が建てさせている——ここに来る間にリアはそう説明してくれたが」

「建設計画を進めているのは奴等だが、世界軸《アキシス・ムンディ》は本来、ロング博士の発案であり、研究成果だった。博士も、マギカクラートだった頃は、賢人会議《オールド・ワイズメン》のメンバーだったんだ。ところが博士は、賢人会議《オールド・ワイズメン》が自分の設計した世界軸《アキシス・ムンディ》を使って何を企んでいるか、その真の目的を知ってしまった」

「真の目的とは？　世界軸《アキシス・ムンディ》はCを眠らせて世界に秩序を取り戻すのが目的のタワーなのだろう。つまり目的は人類のためという訳だろうが。それ以上、何の目的があるというんだ？」

「市長も、賢人会議《オールド・ワイズメン》も、人類や世界秩序など、どうなっても構わないと思ってる化け物だ。つまり世界をかつてのように戻すのは、奴等の目的ではない。奴等はロング博士の世界軸《アキシス・ムンディ》を使って、宇宙的な〈大いなる業《グレート・ワーク》〉を行なおうと企んでいた……」

「おいおい、俺は魔術師じゃなくて、しがない私立探偵なんだぜ。わずらわしい魔術用語は沢山だ。具体的に賢人会議《オールド・ワイズメン》が何をしようとしたのか、それだけ話せよ」

「……ロング博士は覚醒したCの魔力を殺《そ》ぎ尽くし、Cを再び眠らせるため、彼の世界軸《アキシス・ムンディ》を使おうとしていた。だが、賢人会議《オールド・ワイズメン》は世界軸《アキシス・ムンディ》のパワーでCの魔力をより覚醒させ、より強大にして、地球と地球の属する次元を再起不能なまでの混沌状態に陥らせようとしていた。そして、奴等はアーカム市民や資本家を騙して世界軸《アキシス・ムンディ》のために金を掻き集め、何千人もの人間が無理な工事で死のうがお構いなしに世界軸《アキシス・ムンディ》の完成を急いでいる」

　クライアントの横からリアが口を挟んだ。

「今の工事の進み方では二十一日後に世界軸《アキシス・ムンディ》は完成するわ。二十二日目、賢人会議《オールド・ワイズメン》は竣工式の日に、世界軸《アキシス・ムンディ》を使って何かしようとしている」

　神野は唇にキャメルをねじこんで言った。

「つまり、手短に言えば、こういうことか。——ロング博士は人類を救う白魔術のために世界軸《アキシス・ムンディ》を設計したが、市長と賢人会議《オールド・ワイズメン》はそいつを地球と人類をもう一度地獄に叩き落とすための黒魔術に使おうとしている……」

「察しがいいな。はるばる東京から来てもらった甲斐があった。いかにもいわば世界軸《アキシス・ムンディ》は秩序の復活も、より以上に世界を混沌に陥れることも可能な魔術武器《マジカル・ウエポン》だった。ロング博士は世界軸《アキシス・ムンディ》に、パートナーの俺にさえ明らかにしない魔力を隠したのだ。俺はその魔力が知りたい」

「知ってどうする？」

「もし、その魔力が宇宙秩序や、多次元の緊密な均衡を破壊するようなものであったら、世界軸《アキシス・ムンディ》を破壊する。——賢人会議《オールド・ワイズメン》と、彼らに与《くみ》する人間や魔物や妖物とともに何もかも破壊し尽くす」

クライアントは溜息と共に煙草の煙を吐きだした。

「あんたも忙しそうだな。それじゃ、早いところ話を済ませて仕事に移ろうか」

「結構だ。お前は頭の回転だけでなく、仕事も早そうに見える。選んだ甲斐があったよ」

「それでは、まず、ロング博士の殺された状況を聞こうか？」

「博士は旧市街と呼ばれる区域に、人目を忍んで住んでいた。魔術師や占い師や霊媒の住む古アパートにたった一人で暮らしていたんだ」

「家族は？」

神野が尋ねると、リアが事務的に答えた。

「孫娘が一人いたわ。ソニア・エンゼルという名よ。年は十八。愛嬌のあるぽちゃぽちゃとした可愛い娘で、クラブで煙草を売ったり、ショーのバックダンサーをしていた」

「それ以外の家族は？」

「家族じゃないけど、二十五、六のすらりとした美人が時々出入りしていたそうね。名前はキャサリン・フェロー。クラブ歌手だったそうよ」

「博士の妻も、娘夫婦も、大復活《GR》の大混乱に巻き込まれて死んでいる」

「そして、博士も殺された」

とクライアントは苦々しく言った。

「博士の部屋は内部から物理的な鍵が掛けられ、さらに魔術的に施錠《ロック》されていた。リアに調べさせたところによると博士が殺されたのは午前○時前後だったらしい」

「ロング博士はソニアと二人暮らしだったのだろう？」

「ええ」

とリアはうなずいた。

「ならば、博士は午前○時には孫を待っていたことになる。しかし博士は密室で死んでいた。変じゃないか。孫娘を待ってる身の爺さんが、どうして内から鍵を掛ける？」

「旧市街は物騒だからな」

「部屋は魔術的にロックされていたのだろう。物理的に鍵、魔術的にロック。こいつは厳重すぎる。まるで何かから身を守るために立て篭もったようだ」

「なるほど。何かから身を守るために立て篭もったというのは面白い見方だな」

クライアントは感心したように鼻を鳴らした。

「アパートの隣人たちは何か見たり聞いたりしていないか？」

「隣人たちは、ロング博士の悲鳴が聞こえた時、部屋から物凄い雲が立ち上るのが見えたと言っている」

「雲？　煙じゃなくて雲なのか？」

「そう。住人達には雲に見えたという」

「それで？」

「部屋のドアを破って飛び込んだ時にはまだロング博士は息があった。そして、抱き起した隣人たちに遺言を残した」

「遺言の内容は？」

「言い残したことは二つある。一つ目は、『キャス・フェローと彼女の四枚の歌声を奴等から守ってくれ』……」

「ちょっと待て。それは孫のソニアの間違いだろう？」

「いいえ。博士は確かにそう言ったそうよ。キャス・フェローと彼女の四枚の歌声を奴等から守ってくれ、と」

納得がいかないと言いたげに、神野は眉間に皺を刻み、煙草を灰皿に揉み消した。

「〝キャサリン・フェローの四枚の歌声〟については分かった」

と言ってクライアントはデスクの抽斗を引いた。

「どうやらこれのことらしい」

クライアントが抽斗から取り出して、神野に渡したのはレコードである。CDでも、音楽ファイルを記録したUSBメモリーでもない。正方形の紙袋に入れられた古いレコード盤だった。レコードの表面には曲名が印刷されている。

曲名は「嘘は罪」"It's a Sin to Tell a Lie"。

今から六十年ほど前にパティ・ペイジという女性歌手が歌ってヒットした曲だった。レコードはその歌をキャサリン・フェローがカバーしたものだ。

「……」

神野は受け取ったレコード盤を不愉快そうに見つめてクライアントに尋ねた。

「それで、この赤いバツと、数字は何の冗談だ？」

そう言って神野はレコードを納めた紙袋に赤く大きく書かれた「1／4」の数字と、数字の上に殴り書きされた「×」のマークを示した。

「キャス・フェローの歌声——つまりレコードは四枚あり、このレコードはロング博士の必要な歌声ではなかった、という意味。俺はそう見ている」

クライアントが説明した。

「ならば、あと三枚、歌声は隠されているという訳か」

神野がげんなりした調子で呟けば、クライアントは神野そっくりな口調で答えた。

「そう。そして、残る三枚のうちの一枚が本物だが、本物の歌声が何をするものか、俺たちには分からないということだ」

神野は軽く目をつぶってうなずいた。

「オーケー」

少し間を置いて目を開くと、さらに尋ねた。

「博士が言い残したもう一つの言葉ってのは？」

クライアントに代わってリアが答えた。

「……《地獄印《ネザーサイン》》という言葉、六月二十四日、という日付。それだけよ」

「あと二十二日か。……世界軸《アキシス・ムンディ》が完成するのが二十一日後。そして、翌日の六月二十四日は竣工式だったな」

神野が呟けば、クライアントはうなずいた。

「つまり、世界軸《アキシス・ムンディ》の竣工式の日に何かが起こるらしいということだ。つまり、宇宙的な規模の、何か大変なことが。だから、竣工式の日まで——今日から二十二日以内に、レコード盤の謎を解き、《地獄印《ネザーサイン》》という言葉の謎を調べ、さらにロング博士を殺した犯人を挙げてほしい」

「あんた、ロング博士を殺したのは市長と賢人会議《オールド・ワイズメン》の老人たちだと端《はな》から決めてるな。それには、何か根拠はあるのか？」

「ロング博士は生前、アーカム銀行の貸金庫に色々な品を預けていた。そこのレコード盤も貸金庫に匿われていた」

「他には何があった？」

「孫娘、ソニアの写真」

クライアントはレコード盤の上に一枚のスナップ写真を重ねた。そこに写っている娘は笑っていた。年は十六、七。頬がふっくらして愛らしい顔立ちだ。

バニーガールの格好をしているのはクラブで煙草を売っていた時に撮影されたからだろう。だが、そんな場所で働いているのにも拘わらず少しも荒んだ翳がない。顔に拡げているのは、屈託のない少女そのものの笑みだった。

「大昔の歌手のブロマイド」

と言ってクライアントは、大判のモノクロ写真をソニアの写真に重ねた。

こちらは一九三〇年代末か四〇年代初頭のものらしい。セピア色になった写真に焼き付けられたのは大型のマイクを前に歌う女性歌手の姿だ。黒いドレスをまとったその容貌は華麗で美しい。妖艶さも漂わせているが、下品ではない。年齢は二十六、七歳というところか。

「いい女だ」

と神野は呟いた。

クライアントは静かにうなずいた。

「ああ、いい女だ。若い頃のリタ・ヘイワースに少し似ている」

「古い映画に詳しいんだな」

「それほどでもない。深夜テレビで見たのさ」

「で、この歌手は？　ロング博士の趣味か？」

神野が尋ねると横からリアが答えた。

「それはキャサリン・フェローよ」

「俺はまた七十年くらい前の、クラブ歌手のブロマイドかと思った」

「お生憎さま。つい半年くらい前の写真で、キャスがアーカムのダウンタウンにあるジッカーフというクラブで歌った時のものね」

「この女がキャサリン・フェローか。覚えておこう」

神野は写真の女を心に焼き付けた。

「貸金庫にはレコードや写真や預金通帳、パスポート、現金五万ドルと共に、このノートがあった」

クライアントは緑色の革表紙のノートを取り上げた。

「暗号で書かれたロング博士の魔術日記だ。調べたら、暗号に混じって市長の名前と、賢人会議《オールド・ワイズメン》のメンバーの名、そして最後のページには、『奴らに殺される前に実行せねば……』と、それだけ英語で走り書きされて、後は空白《ブランク》だった」

「空白《ブランク》……」

と神野はクライアントの言葉を繰り返した。

クライアントの口から発せられた「空白《ブランク》」の一語を耳にした瞬間、それ以前に何を考えていたか、何を見ていたのかが吹き消されたように感じた。

空白《ブランク》。

彼のまとったスーツやネクタイよりも白い空間。

記憶のブランク。

白い空間。

空白は鏡に変化する。

頭から鏡に突っ込んだような衝撃。

鏡のように砕け散る白い空間。

鏡に映った自分の砕片。

空白《ブランク》

「…………」

数秒の沈黙の後、神野は溜息を落として、軽く首を振った。

（オーケー。俺の名は神野十三郎だ。ここはダレット・ホテル二階の222号室だ。俺の前にいる人影はクライアントだ。後ろに立つ女はリアだ。俺はクライアントから仕事の説明を受けているところだ）

素早く心で自分に言い聞かせると、神野はクライアントを真正面から見つめて言った。

「あんたの提示したのは全部状況証拠だけだ。これだけじゃ市長や賢人会議《オールド・ワイズメン》がロング博士殺しの犯人とは決めつけられない」

「奴等が犯人に決まっている。なにしろ市長も、賢人会議《オールド・ワイズメン》の爺どもも、口では『復活したCを封印するのが焦眉の急』と言いながら、その実、大復活前からCを召喚しようと、難民の子供を攫ってきては生贄にささげていたんだからな」

「褒められた連中じゃないな」

神野は眉を寄せて説明を聞いていたが、クライアントが黙ると、前髪をうるさそうに掻きあげて呟いた。

「なんだか雲を掴むような話だが、やれるだけやってみよう」

神野はグラスの残りを一息で呷った。グラスを置き、立ちあがろうとして、思い出したように顔をあげた。クライアントをまっすぐ見つめて尋ねる。

「あと二十二日——六月二十四日という日に、あんた、何か心当たりは？」

クライアントは答えた。

「ある。アーカム・シティの守護聖人、聖ヨハネの祝祭日で……」

「うん？　まだあるのか？」

クライアントは椅子を回転させて、書斎の窓に向かった。

窓はブラインドが下ろされている。

そちらを指差し、パチリと指を弾いた。

ブラインドが独りでに巻き上がった。

大きな窓の外にはアーカムの夜景が拡がり、その夜景を左右に割るかのように、建設途上のランドマークタワーが屹立していた。

夜空を貫かんばかりの超巨大なランドマークタワー——世界軸《アキシス・ムンディ》を指差して、クライアントは言った。

「六月二十四日は、あのタワーの完成する日だ。ノヴァチェク市長はその夜、世界軸《アキシス・ムンディ》と名付けたあの巨塔を魔術道具として儀式を行なうと宣言している。……Cを再びルルイエへと封印する儀式を」

第3章　Shadows and Clouds

――［3］ 女皇《エンプレス》

三つの絶対的なる原理。その王冠は理知を表す。女皇は金星の導きで、その潜在意識が創造的な活動をはじめる。彼女は大地母神《マグナ・マータ》であり、同時に呪物としての女性である。彼女の予言はアストラル界に適応するが物質界には未だ達していない。逆位置になった場合の女皇は虚言しか口にしない。卑しい女詐欺師へと変わる。

I

香木で作ったチェス盤にチェス駒《ピース》が点々と置かれていた。駒は人間の形をしている。その数は十一個、どれも象牙製で、悪魔的なまでの技術で細部の細部まで彫り込まれて今にも呼吸して動き出しそうだった。

チェス盤の表面に描かれたのは白と黒の市松模様ではなく、七芒星とそれを取り巻く魔術的な象徴であった。

十一個の駒のうち、男と女を象った二個は七芒星の内側にあり、残りの十個は七芒星とその外側に置かれている。

チェスとはいってもどれがキングでどれがクイーンということはないらしい。その置き方も規則性はないように見えた。

七芒星の内側に置かれた二個のうち、男の駒は神野にそっくりで、女のほうの駒はリアと瓜二つだ。

その他の九個の駒には神野がエレベーター・ホールですれ違った痩せた男を象ったものもある。だが、クライアントと思しい駒は、チェス盤の上にも、その周囲の何処にもなかった。

「日本人の探偵なんて駒、何処にあったんだ?」

チェス盤の北側から掠れ声が起こった。声は老人のものらしい。口調の底のほうに相手を見下した気配がある。

「そんなこと、どうでも良くありませんか?」

南側のほうから女が問い返した。声は四十前後の女のものである。しっとりと落ち着いて、高い知性を感じさせた。

「この世に属さぬ駒《ピース》を出してくるのはルール違反ではないのか?」

「先にルール違反したのは貴方でしょう。Cが目覚めて世界が混沌化するなんて、そもそもが宇宙秩序に反した設定だと思うけど。違うかしら?」

「それと、これとは別だ。わしはゲームのルールの話をしておる」

「目下のゲームにせよ、ゲームの設定にせよ、何もかもルール違反のところから始めたのは貴方たちじゃなくって?……少なくとも、わたしにはそう思えるわ。それに、いきなり魔術を使う殺し屋なんて大時代な駒を出すなんて……」

静かに非難した女の口調は医師や弁護士といった職業にある人間特有の、冷静さと客観性を併せもっている。

「ああ、もういい。この話はやめだ」

面倒そうに呟いて、椅子の脇の卓に手が伸ばされた。

痩せて鉤爪のような手だった。

枯骨に渋紙が張りついたような手だ。

手は卓の上に置かれた空のグラスを指差した。

素早くボーイが歩み寄ると、グラスにブランデーを注ぎ、さらにそれをシャンペンで割った。

恭しく差し出したボーイからグラスを受け取ったのは、何百歳とも知れぬミイラを思わせる老人である。

老人はきっちりと最高級のタキシードを着て、首に純白の絹のスカーフを巻いていた。

「貴方の番よ、ミスター・GOG」

南側に坐った女が老人に促した。

「まあ、待て。……若い者はせっかちでいかん」

「わたくしは若くはないわ」

「なに、わしなんぞより遥かに若いさ」

皮肉に言って老人はグラスを口に運んでいった。

大きなグラスに半分ほど注がれたブランデーのシャンペン割りを一息に飲み干す。皺に覆われた灰色の皮膚が微かに薔薇色に染まり、落ち窪んだ眼窩の底で瞳が青く輝いた。

ミスター・GOGと呼ばれた老人はグラスを卓に戻し、チェス盤を見つめる。

ミスター・GOGの周囲に貴族的な雰囲気の老人たちが音もなく取り囲んでいった。

その数は六人いた。ミスター・GOGを入れれば七人である。

ミスター・GOGがタキシードを着ているのに対して、あとの六人は元帥を表すモール付きの軍服、枢機卿の司祭服、海軍提督の帽子と軍服、十八世紀の貴族のいでたち、ローマ時代の人間のような寛衣《トーガ》など、各々異なる衣装を身にまとっていた。

彼らに共通するのは、いずれも老人で、死人のように無表情で、ほとんど口をきかないことである。

遠くで電話が鳴った。

支配人の柔らかい声がフロアに響く。

「はい。こちらは賢人会議《オールド・ワイズメン》のクラブルームです。アン・セット弁護士ですか？　はい、いらっしゃいます。少々お待ち下さい」

支配人がボーイに何か耳打ちした。

うなずいたボーイは足音をまったくたてずに、チェス盤を前にした女の許まで駆けつける。そして、女に小声で言った。

「アン・セット弁護士、市長からお電話です」

「いま、忙しいの。後で、わたしから掛けると伝えて」

アン・セットは鬱陶しそうな表情でボーイに言うと、白金《プラチナ》のシガレット・ケースを持ち上げた。

煙草を取り出す。薄いローズピンクの唇に煙草をくわえた。

金のライターで火をともして、アンは左手を伸ばした。七芒星の中の男の駒を動かす。女の駒もそれと同じ位置に移動させた。

煙草の煙と共にアンは言葉を吐きだした。

「それじゃ、今度はわたしが攻める番よ」

「楽しみだね」

ミスター・GOGは余裕綽々たる調子で言い、また、グラスを指差した。

すかさずボーイがブランデーを注いでシャンペンで割る。

グラスに酒を注ぐ音を聞きながらアン・セットは言った。

「わたしの駒は定石通りには動かないわよ」

それから少し間を置き、ミスター・GOGとその周りに集まった異形の老人たちに微笑みかけた。

「お爺ちゃんたち、覚悟はいい？」

第4章　Begin the Begin

——［4］　皇帝《エンペラー》

皇帝は権威と孤高の象徴である。偉大なる父にして創造者。彼はユピテルにしてヤハウェであり、アドニスであり、マルドゥックにしてヘラクレスである。四番目の秘密を知るものにして秘密そのもの。感情と無意識を征服した理性と知性。だが、彼の周囲には悪の香りが漂っている。神性が皇帝の行動を保護し、束縛する。老いたる皇帝はその地位を維持するため、身代わりの子供や奴隷をかりそめの皇帝に仕立てて殺害する。

I

「今日から仕事開始だ。夕方の六時に途中経過を報告しろ」

電話の向こうでクライアントはそう命じて一方的に電話を切った。

「オーケー。タイムリミット二十二日の、第一日目だ」

神野は独りごちて受話器を戻した。

電話は受話器と送話器が黄金色をした金属製である。まるきり一九三〇年代のもののようなデザインだった。大復活《GR》後の世界はこんな細部まで変わってしまっていた。

「それで。第一日目に探偵の捜査予定は？」

背後からリアの声がした。

それを聞いて神野は肩越しに振り返る。

「いつ来た？」

「たった今よ。ダレット・ホテル111号室。探偵さんの部屋はここだと思ったけど」

「いつもそうやって、黙って男の部屋に入るのか」

神野は鼻白んだ顔で尋ねた。

「相手によるわ」

「ワルサーPPKを懐にしまった美人に言われても少しも嬉しくないな」

と苦笑すると、神野は部屋の隅に置かれた小さなデスクに歩み寄った。

デスクには昨夜クライアントから受け取った写真やレコードやノートが載っている。

それらをまとめて神野は薄い革鞄に移していった。

「手掛かりを持ち歩くのはいいとして、レコードも持って行くの？」

「ああ。留守中、この部屋が爆発するかもしれないからな」

それを聞いたリアは口笛を吹いた。メロディは「ミスティ」の一節。昨日の痩せた男が吹いていた曲である。それを聞いて神野はうなずいた。

「……そういうことだ」

そしてリアを促した。

「行こう」

「何処へ？」

「最初は事件の現場。――ロング博士が暮らしていた部屋だ。何処にあったっけ？」

「旧市街」

「嫌な響きだな。まるでプラハのゲットーだ」

「ゴーレムは出ないけど、今ならCの狂信者や淵みのもの《ディープ・ワンズ》くらい出るでしょうね」

「そいつは楽しみだ」

神野は片頬だけで微笑んで唇にキャメルをねじこんだ。

「早く行こうぜ」

Ⅱ

神野が助手席のドアを閉じると同時に、ファントム・コルセアは走りだした。

ダレット・ホテルの地下駐車場から地上に出て三十秒後には、車は午前中の空を飛んでいた。

朝、空中から望んだアーカムは未来都市そのものだった。

百階を越える超高層ビルが林立し、そのなかを曲がりくねったハイウェイが何本となく走り、空中を自動車が飛びかい、ライフルの弾丸を思わせるデザインの高架電車が絶え間なく行き来している。

ただし、空を駆ける車は全部フォードやパッカードやシトロエンといったメーカーのクラシックカーで、車の上空を飛ぶのはプロペラ機もしくは飛行船だった。

地表を歩く人々のファッションは一九二〇年代末から三〇年代中期風であり、自動車や飛行機は一九三〇年代末から四〇年代中期のデザインだ。

さらに人々は一九三〇年代の補聴器のようなデザインの携帯やコンピュータ端末を使い、ブラウン管テレビのような形状のデスクトップを覗き、蓄音器を思わせる形状の街頭テレビを見ていた。

——この、大昔の人間が空想した科学的未来都市のようなアーカム・シティの様子に、神野は思わず呟いた。

「遠い昔の未来の夢……。そんな都市《まち》だな、ここは」

耳ざとくその言葉を聞いたリアはハンドルを捌きながら微笑んだ。

「昨日も言ったけど、あなたって詩人なのね」

「この都市《まち》は長いのか？」

「それほどでもない。ほんのちょっとよ。でも、今朝来たって訳じゃない」

「なんにせよ俺よりは長い。そしてアーカムの昼にも夜にも慣れている」

「まあね」

リアは微笑んで軽くうなずいた。

「恐ろしいと思ったことはないか？」

神野がそんなことを問うとは思っていなかったのだろう。リアは戸惑ったように神野に振り返った。

「……恐ろしいって……アーカムが？」

「そうだ。俺はタラップを降りてアイルスベリ空港に着いた時から怖くてしょうがない」

「怖い？　あなたみたいな強面《こわもて》が怖いですって？」

「ああ、俺はアーカムが怖い。まるで暗闇を手さぐりで歩いているような怖さだ。さもなきゃ誰かの悪夢の中に閉じ込められて、なんとか逃げようと必死で出口を探しているような、そんな怖さを感じてる」

「誰かの悪夢って……」

リアは唇の端をひきつらせてぎごちなく笑った。

「もしアーカムの街が悪夢なら、それはCの見ている悪夢に決まっているでしょう」

「そうかな？」

神野はリアの横顔を見つめた。

「C――クトゥルーは人類がまだ生まれてもいなかった超古代に、宇宙の彼方からやってきて地球を植民地にした異生物どもが崇拝していた邪神だ。Cは古生代頃に眠りにつき、この二十一世紀に、原因不明のまま、覚醒した。つまり奴にとっては人類など池を泳ぐプランクトンみたいなものなんだぞ。そんな神が、どうしてフリッツ・ラングの『メトロポリス』か、三〇年代のパルプ・マガジンのような風景にこだわる？　超古代の神ならば人間どもなど吹き飛ばして、この世をストーンサークルやドルメンみたいな巨石の神殿で蔽ってしまうんじゃないのか？」

「さあ……わたしはCthulhu Cultの神官でも、O3カルトの信者でもないから、そんなこと説明できないわよ。ただ、大復活《GR》のあの夜、何もかも歪んでねじれて途切れてしまい、気がついたらこうなっていたことだけは覚えている。そして、泣こうが喚こうが、もう世界はこうなってしまったんだから、この現実を受け入れて、わたしたちは生き続けるしかない。そうじゃない？」

「お前は建設的な思考をする女だな」

「わたしだけじゃないわ。女はみんなそうよ。あるがままを受け入れ、それから、どう対処するか考える。……今もね」

最後の一語に力を込めて、リアはブレーキを踏んだ。

ファントム・コルセアが空中で急停車する。

助手席の窓から見下ろして、車は地面から二〇メートルほどのところに浮かんでいた。

リアはギアを切り替えた。車の奥から歯車がかみ合うような音を立てて、ファントム・コルセアは垂直に降下しはじめた。

ゆっくりと降りて行く街は表面がひび割れた石造りの建物と、モスクを思わせる塔、それに漆喰と煉瓦で作られた、高くて歪んだ家々がびっしりと建ち並んでいた。道路は狭く入り組んで、平坦な部分がほとんどない。

東欧の古都に残る十八世紀の名残り、具体的に言えばチェコのプラハに残されたゲットー――ユダヤ人を強制的に住まわせた貧民窟が二十一世紀のアメリカ東海岸の超近代都市に嵌めこまれたようである。

そのゲットーの、殊更に人気《ひとけ》のないあたりにファントム・コルセアは着陸した。

着陸した一角はまだ朝だというのに、夕方のような黄昏色の空気に覆われ、人影どころか猫の子一匹見当たらない。

リアがスイッチをひねるとファントム・コルセアの助手席のドアが開いた。そちらに振り返った神野にリアは言った。

「ミスター神野。アーカム・シティの旧市街にようこそ」

「ぞっとしない場所だが、こんな街に住んでるのはどんな連中なんだ？」

「安心して。住人の半分は人間じゃないわ」

「人種差別的な意味で言ってるのか？」

「いいえ。ありのままの話よ。なんといっても住人の半分はアーカム近郊にあるインスマウスから流れてきた半魚人や、ニューダニッチあたりで育った人間と魔物との混血。つまり文字通り人間じゃない……」

「それじゃ住人のもう半分は？」

「ギャングや指名手配犯やテロリストや異次元からの違法難民、それから人に言えない秘密がある魔術師や錬金術師……」

「ふん」

面白くもなさそうに鼻を鳴らして神野は車から降りた。

車の外は、廃材と埃の臭いが漂っていた。

神野はその悪臭に少しだけ眉をひそめるが、ファントム・コルセアから降りたリアは、瞬き一つしない。

どうやら旧市街の空気にも薄暗さにも慣れているらしい。

神野は尋ねた。

「ロング博士が住んでいたアパートは？」

「住んでいた訳じゃないのよ。魔術的な研究のために孫娘にも内緒で借りていた部屋、というのが正解ね」

「元マギカクラートがゲットーなんかに住んでるってのも、おかしな話だと思ったんだ。ゲットーに隠れるには隠れるなりの理由があった訳だな」

「そう。ゲットーの中に魔術実験に最適な磁場の場所があったらしいわ」

「魔術師がゲットー好きなのはプラハもアーカムも変わらないということか」

神野がそんなことを言ううちにも、リアはゲットーの中でも一層暗く、周囲の小道より遥かに細い、塀に挟まれた路地に入っていく。神野はキャメルをくわえてリアに続いた。闇の中で神野は指を弾いた。

オレンジ色の火が点り、キャメルに火を付ける。

突然、闇を照らした火に驚いたのか、二人の足元で何かが蠢く気配が起こった。

神野はそっと視線を落とす。豆粒ほどの群衆が甲高い声をあげて逃げ惑っていた。

「まるでアル中の幻覚だな」

神野は鼻白んで呟いた。

光源もないのに、路地を歩む神野とリアの影が塀にくっきりと映し出される。

リアの後ろを行く神野の影が腕を伸ばし、リアの影の首を絞めた。

それを横目にリアは神野に囁いた。

「驚いたり、怖がったりしないで。旧市街で恐怖を覚えたら、影が力を得て、ただの影じゃなくなるから」

それを聞いて神野は興味深そうに独りごちた。

「旧市街は底のほうで逆宇宙とつながってるようだな」

「なんの話？」

リアに問われると神野は惚けるように肩をすくめて言った。

「俺が何か言ったように聞こえたか？　旧市街ってのは幻覚ばかりか、幻聴も起こすんだな」

「………」

リアはサングラスの上の眉を不愉快そうにひそめて足を早めた。

歩いていくうちに前方に、唐突に電信柱が現われた。

電線もないのに電信柱は暗闇に屹立し、暗い街灯で路地を照らしている。

その下にずんぐりした男が立っているのに気づいて神野はリアに囁いた。

「あの男も幻覚か？」

「あれは本物の人間。ただし、嬉しくない人種だわ」

「嬉しくないとは？」

神野が尋ねるとリアは振り返らずに答えた。

「警官よ」

リアと共に進むうちに電柱の下に立つ男の細部が神野にも見えてきた。

角ばった制帽、ダブルの制服。制服に並んだ金ボタン、胸に光るバッジ。間違いなく制服巡査だった。巡査は腕組みしたまま、彫像のように立っている。

制帽の庇の陰に隠れて、巡査の顔は確かめることが出来ない。

リアが肩越しにちょっと振り返って小声で言った。

「半魚人や、魔物とのハーフじゃないことを祈っていて」

「その手合いならどうなるんだ？」

「ロング博士の部屋に着く前に、かかなくてもいい汗をかかなくちゃならない」

「お前は予定外の労働が嫌いらしいな」

「無駄な仕事はしない主義なの」

「……仕方ない。半魚人や魔物だったら俺が無料で働こう」

リアと神野は二人だけが聞こえるほどの小声で話しながら制服巡査の前を横切っていく。

巡査の肩が少し動いた。

反射的にリアは懐に手を流しかける。

神野の口から「ミスティ」のメロディの口笛が流れた。

リアはワルサーＰＰＫに伸ばしかけた手を、そっと引いた。

神野の口笛に合わせるようにしてリアは静かに歩み続ける。

巡査はさらに肩を動かし、少しさがって二人に道を譲ってくれた。それ以上のことは何もない。水掻きのある手も、棘だらけの触手も伸びてはこなかった。リアは巡査にほんの少しだけ頭を下げる。

巡査は煙草を吸いすぎたようないがらっぽい声で言った。

「最近、危険なのでノチニムラ小路を歩く女性は、保護するよう命令されてるんだがな」

「お生憎さま。今夜は強い彼と一緒なの」

リアはそう言いながらも折りたたんだ五十ドル紙幣を巡査に手渡した。

「ふん。若い者が羨ましいな」

巡査は紙幣をポケットに入れながら笑った。

相手に聞こえないように、そっと溜息をついてリアは神野に言った。

「アーカムの警官で賄賂を受け取るのは良い警官よ」

「悪いのは？」

「市民をCに捧げるか、賢人会議《オールド・ワイズメン》に売るか、何も言わずに襲いかかってくる」

「……いい街だな。好きになって来たぜ」

路地は墓石に良く似た四階建ての建物で遮られていた。

路地の突き当たりが建物の玄関になっているのだ。リアは建物を示して言った。

「ここがニェシトゥコ館。ロング博士が借りてた部屋のあったアパートメントよ」

「耳慣れない語感だが、何語だ」

「さあね。旧市街の元々の住民はチェコ系だったから、チェコ語じゃないかしら」

説明しながらリアはアパートメントの玄関に立った。

外れかけて斜めになったドアの隙間を通ってニェシトゥコ館の中へと進む。館の中は湿った空気に満ち、薬草のような匂いがした。リアはドアノブを掴み、内側からドアを押そうとする。

と、背後から声がした。

「俺ならここにいる」

驚いて振り返れば、神野はすでに玄関ホールに立ち、片手をズボンのポケットに入れていた。

「風みたいに素早いのね」

サングラスをずり上げてリアは呟いた。

だが、神野はそれには答えず、

「……博士の借りていた部屋は？」

「四階だけど」

「四階の何号室だ」

「四階は一部屋しかないの」

リアが答えた時には神野は身を返してホールから階段を上りだした。

四階への階段を上り切った位置には黄色いテープが張りめぐらされて、それより先へは進めないようになっている。

テープに印刷された文字を読めば「ＡＣＰＤ」とあった。

"Arkham City Police Department"。

アーカム市警がロング博士の部屋を捜査した時に張られたままのようだ。

「俺の手を握れ」

神野がそう言って手を差し出した。リアはその手を握る。

冷たい手だった。

リアの手を握ると、神野はテープが張りめぐらされた前方に踏み出した。

そのまま、二人はテープを切ることなく、四階へと進んでいた。

風のように障壁をすり抜けたのに驚いてリアは神野を見つめた。

「今のは何？　手品？」

「煙草に火を点けるのと同じ要領だ」

面白くもなさそうに答えて神野はリアの手を離すと、博士の部屋のドアまで進んでいった。

左手を軽く開いてドアに向ける。一瞬、神野の目の奥で鋭い光が過《よぎ》った。だが次の刹那にはいつもの投げ遣りな表情になり、

「大分、警察が荒らしたようだが、魔術的なトラップはない」

リアに言うと同時に、ドアを開いた。

戸口から悪臭を帯びた風が吹き出してきた。

それを顔面から受けてリアは思わず横を向き激しく咳き込んだ。

サングラスのレンズの下で涙の浮かんだ瞳を拭って顔を上げれば、神野はすでにロング博士の

部屋に踏み込んで祈祷台や祭壇、壁際に並んだ魔術書や魔術道具などを調べていた。

（まるで風の精霊みたいな素早さ……）

驚き、かつ呆れながらも、リアも部屋に進んでいった。

広さは四〇平方メートルほどだろうか。木の床に漆喰の壁と天井が建物の古さを語っている。

高さは二メートル近く、西に向かって作られた大きな二つの窓以外は、三面の壁が書架と古めかしい戸棚で覆われていた。

窓の近くには書き者机と椅子が据えられ、その脇に本と魔術道具を積み上げた卓があり、椅子の真後ろには木製の大きな四角い箱が置かれている。

（箱は多分、大昔の蓄音器だ。蓋を開けばスピーカー代わりのラッパ管が箱の中から現われる仕掛けだ）

とリアは思った。

書き者机の本や魔術道具を取り上げては調べつつ神野は呟いた。

「一見したところ、何処にでも有り勝ちな魔術師の僧房だが……」

無造作に魔術書の山を崩して、神野は言葉を続けた。

「この写真が気に入らん」

神野は書き物机の上に置かれた小さな写真スタンドを取り上げた。

木のフレームにガラスの嵌ったスタンドは三面並んでいる。

写真の一枚はロング博士とソニアが並んでいるもの。次はキャス・フェローの、例のブロマイドを小さく焼いた写真。そして三枚目はロング博士と二人の女が並んでいる写真である。二人の女は四十代だろう。一人は痩せて眼鏡を掛けた東洋人。もう一人は東欧系の小太りな女だ。女の目の大きさが気に障る。不自然な大きさだった。

神野は小太りな女から目を移し、写真に走り書きされた文字を読んだ。

「ロング、イナイ、オブラク」

「呪文じゃないようね」

「三人の名前だ。イナイか。日本人かな。アーカム在住の日本人を追えるか？」

「もう一人の名前のほうが追いやすそうね。オブラクですって。とても珍しい名前だもの、すぐに見つけられる」

と言ってリアは写真スタンドをハンドバッグに入れた。

「さて、次だが……」

神野は書き者机からレコードを二枚持ち上げた。

「同じEPレコードを二枚も持っている魔術師はそういないな」

そう言って手にしたのは、いかにも二枚のレコード、しかも同じキャサリン・フェローがカバーした『嘘は罪』ではないか。

その一枚のジャケットには「2／4」「×」。

もう一枚には「3／4」「×」と、クライアントから預けられたのと同じような数字と記号が殴り書きされている。

神野はそれらをリアに見せて言った。

「ロング博士が言い残した〝四枚のキャス・フェローの歌声〟のうち、二枚目と三枚目だ」

「そうみたいね」

と言ってからリアは「2／4」「×」と大書されたほうのジャケットを取り上げて続けた。

「しかも、こっちはジャケットと紙袋だけでレコードは入ってない」

「両方、預かっといてくれ」

神野は断る隙を与えずリアにレコードを押しつけた。

「こんな物、どうして持って行くの？　バツがついてるんだから、二つとも不要なんでしょう。しかも一枚は空なのよ」

リアの言葉に神野はうなずくが、眉根はひそめたままだ。

「なによ。何か腑に落ちないことでもあるの？」

「多分、お前の言う通り、この二枚はロング博士に不要なレコードだろう。……なら、クライアントが俺に寄越したあれはなんだったと思う？　なぜ、あの一枚だけロング博士は『×』を付けたのに貸金庫に仕舞いこみ、この二枚は僧房に放り出しているんだ？」

「あ……」

リアは小さく洩らして、

「あのレコードと、このレコードと空袋、全部細かく調べなければいけないわね」

神野に渡された二枚のレコードを素早くハンドバッグに仕舞いこんだ。

「そうだ」

神野はうなずくと、

「お前に預ける理由はもう一つある」

そう言って僧房の入口に視線を流した。リアはその視線を目で追ってみる。開け放された戸口の向こうに、階段を上り切って四階に立った人影が見えた。人影は二人いる。男と女、どちらも制帽を被り、黒いダブルの制服を着ていた。二列並んだボタンと左胸に付けたバッジが金色に反射する。

「警官……」

リアが眉根を寄せて呟けば、

「そうだ。だが、賄賂は効かない」

リアに答えるなり、神野は床を蹴った。

たった今まで神野の立っていた床に火花が散り、銃声がリアの耳をつんざいた。

反射的にリアは屈んでデスクの陰に隠れた。

男女二人組の警官はリボルバーを抜き、銃口をこちらに向けている。

銃声、銃声、銃声。

凄まじい銃声が反響するたび、薄闇をオレンジ色の火箭が何本も貫いた。

僧房の中の神野とリアに警告することなく、二人の警官は撃ち続ける。照明に照らされた男女の制服警官の、無表情な顔が仮面のように無気味だった。

「やめて！　立ち入り禁止の場所に入ったのはわたしたちが悪かったわ。ごめんなさい。もう出て行く。だから撃つのを止めて」

デスクの陰からそう訴えても、二人は戸口から制式拳銃を両手で構えて撃ち続ける。

リボルバーのシリンダーを交換してさらに撃ちながら、二人はテープを切って僧房へと進んできた。

リアは懐からワルサーPPKを抜き、目で神野を求めた。

視界に神野の姿はない。

警官たちはリアだけを狙って進んでくる。

灼けた鉛が唸りを引いて頬をかすめた。

頬に一筋、浅い傷が走る。

一息置いて、血が滲んできた。

「ちっ」

リアは唇を歪めてワルサーPPKのトリガーを絞ろうとした。

だが、それより早く、二人の警官めがけて白と銀の旋風《かぜ》が走り抜けた。

白は神野のスーツの色。銀は神野が手にした短剣《ダガー》の刃だった。

リボルバーの乱射が中断した。

警官の制帽が宙に舞った。

のけぞった男性警官の頭から飛んだものであった。

高く飛んだ帽子が床に落ちるより早く、女の警官の横首が真紅に染まった。血煙だった。

続いてのけぞった男性警官の喉に横一文字、真っ赤な傷口が開いた。

二人は鮮血を噴きあげながら倒れていったが、彼らに背を向けた神野のスーツには一点の汚れもなかった。

神野はリアに振り返ると言った。

「立ち入り禁止の場所で死んだ警官といると厄介に巻き込まれる。……行こう」

「ちょっと待って」

リアは警官たちの死体に駆け寄ると、二人の内ポケットをまさぐった。

身分証明書を探す。革ケースに入った証明書を取り出して二人が本物の警官か確認した。女はメグ・シュタイナー。男はハリー・オルドゥン。いずれもアーカム21分署に属する本物の巡査だった。

「何を確認している？」

戸口まで歩きながら神野が尋ねた。

「賄賂の効かない警官の名前を覚えておかなくっちゃ」

身分証明書を二人の内ポケットに戻すと、リアは、

（どうして、こんなこと言ったんだろう？）

と自問しながら神野の許まで駆けていった。

第5章　This Time Dreams on Me

――［5］教皇《ヒエロファント》

エジプトのプタハ、ヘブライのヤハウェ、ギリシアのユピテルを表す。聖なる秘儀と太陽を司る者。自然に対する人間の隠秘的能力《オカルト》を表す。第五の札であることより五芒星の象徴であり、完璧な人間を表す。彼は皇帝と共に世界の秩序を復活させ、女教皇と意志を共有するが、その足はこの世界ではなく青次元の世界球《スフィア》を踏みしめている。

I

「ロング博士の部屋から戻ると、部屋で見つけたレコードと空のジャケットを、あんたから預かったレコードと真夜中まで比べてみた」

クライアントのオフィスに入るなり、神野は口を開いた。

捜査第二日目である。

オフィスはきれいに片付いていて、壁も天井も真っ白だ。

〈火〉魔術を使う殺し屋に襲われたのが嘘のようだった。

クライアントのデスク前に置かれたソファに、神野は断ることなく坐り、言葉を続けた。

「俺の手元にある機材では、貸金庫の一枚と博士の部屋にあった一枚は全く変わらない。どちらもパティ・ペイジの『嘘は罪』をキャス・フェローがカバーしたレコードだ。そして空のジャケットと紙袋は何の変哲もないものだった」

「変だな」

壁際の薄暗がりでクライアントは首を傾げた。

「全く同じなら、一枚だけ貸金庫に仕舞い込み、あとの一枚を部屋に捨て置いた意味が分からない。まして空のレコード袋はどういうことだろう」

「それをこれから説明しようと思ってたんだ。先に察してくれて有り難い。話す手間が省けた。礼を言うぜ」

「なに、誰でも思うことだ。……で、お前さんは何か発見したんだな」

「ああ」

と神野は「1／4」と殴り書きされたレコードを薄い革鞄から出してデスクに置いた。それは貸金庫に納められていた品である。

「何度も聴き比べてみて、やっと気がついた。このレコードだけモノラル録音だ。部屋の二枚は疑似体感《VR》サウンドになっている」

「ということは？」

「こいつは推測だが、モノラル・レコードに録音された歌は見せかけだ。録音信号以外になにか特殊な信号が入っている。その信号を拾って再生出来たなら、ロング博士がこのレコードだけ取り分けた理由が分かるだろう」

「なるほど」

クライアントは感心したように言って煙草に火を点けた。

「東京にいるのなら俺でも何とか出来るが、アメリカのアーカムにいては無理だ。機材の手配も、調査に協力してくれる奴を頼むコネもない」

「オーケー」

煙草の煙を吐きながらクライアントはレコード盤を引き取った。

「アーカム音楽大学とラジオ・アーカムにコネがある。そっちに頼んで詳細に調べてもらうとしよう」

「それから、こんな写真スタンドがあった」

と言って革鞄から取り出した。

「老人は常に思い出と共にあり、か」

クライアントは皮肉な調子で呟いて、写真スタンドを受け取る。

「ふん、祖父と孫娘の愛のこもったツーショットか」

言葉の底に皮肉と悪意が漂うクライアントの言葉を聞いた瞬間、神野は、まず眩暈《めまい》を覚えた。眩暈は立ちくらみに似た感覚だ。眼前の違和感に意識が追いつけずに感じるあの眩暈である。眩暈は色を伴っている。その色は「白」。神野のスーツの色。ネクタイの色。ワイシャツの色。靴と靴下の色である。

（白。……白……白……）

眩暈に伴ってそんな言葉が心で繰り返される。「白」の単語は「空白」を連想させた。「空白」——「空白《ブランク》」だ。

空白《ブランク》。

一瞬、意識が空白に呑まれかける。

神野はそっと頭を振って現実に意識をとどめようとした。

その瞬間、奇妙な感覚に襲われた。既視感である。神野は心の中で独りごちた。

(こいつと会ったのは今回の仕事が初めてじゃない)

記憶のずっと奥のほうでチカチカと閃く光景があって、その光景は明瞭ではないのだが、どうもクライアントと自分が同じ部屋にいるというものらしかった。

(俺はこいつに覚えがある)

と神野は断じた。

いつ何処で会ったのかは覚えていない。

しかし、自分はクライアントのことを——その本名も出身地も何もかも知りつくしていると、神野は思った。

(アメコミの悪役みたいな名はリアが付けた渾名だ。シンヘイズだと？　違う。こいつの名前はそんなものじゃない。もっとリアルな名前だ。——俺のように)

クライアントに対するそんな思いは、最初のうちこそ漠然とした印象だったが、話し続けるうちに、印象は手応えのある確信へと変わっていった。

（間違いない。……俺はこいつを知っている）

と神野は心で断じた。目を凝らす。大きなデスクを挟んで坐るクライアントは一キロも向こうにいるように見えた。遠近感が狂っているのではない。こう見えるのが正しいのだ。

つまり実際のクライアントは遥か彼方にいるのである。

眼前のクライアントはその魔術的な投影体に違いない。部屋の影に覆われているため、クライアントが身にしたスーツは灰色に見えるが、本当の色は恐らくベージュか淡いブルーだろう。

（白かもしれない）

神野はそう考えて、さらに目を凝らした。デスクの板面が広くなり、クライアントと自分との距離がさらに遠くなったように感じる。神野は言いようのない苛立ちを覚えた。

（気に入らねえな。まるで夢を見ているようだ）

一息置いて心の中でこう言いなおした。

（俺が夢を見ているんじゃない。誰かが俺を夢見ているんだ）

眉をひそめるうちにもクライアントは周囲の影に覆われて、クライアントの輪郭と影との境が曖昧になっていく。

「このホテルの十一階の111号室をキープした。調査期間の二十二日は君のオフィス兼住居に使ってくれ。もちろん費用は俺持ちだ……」

クライアントの声は遠くなり、デスクや椅子や卓など――書斎の中の物が一秒刻みで朦朧としていく。それらの言葉は二日前、〈火〉魔術師《ファイア・マジシャン》に襲われた直後に、他ならぬこの部屋で聞いたものではなかったか。

空白《ブランク》

いや、今は灰色だ。

何もかも灰色の影に塗りこまれて消えていく――。


神野は激しく瞬いた。

もう一度、クライアントのほうに目を転じ、彼を見つめようとする。

だが、その時にはクライアントの姿は、もう部屋の隅にわだかまった影に融け込んで消滅していた。

「ミスター・薄靄《シンヘイズ》か」

神野は苦々しい顔で呟くと、クライアントから受け取った殺された魔術官僚の魔術日記のコピーに目を落とした。

「クライアントは出かけられたわ。レコードは調べておくそうよ。ただし、スタンドの写真に写ってる二人の女には、貴方が直接会って、ロング博士と何があったのか訊いてみろですって」

説明してからリアは苦笑した。

「これは、貴方がボーッとしてるから言ったのよ。ミスター・シンヘイズがおんなじこと、今、直に言ったでしょう、貴方に。覚えてる？　大丈夫かしら」

「ああ」

神野はいつの間にか折りたたまれているスタンドを開き、ロング博士と二人の女の写真を見ながら答えた。

「覚えてる」

神野は二人の女と、その名前を見つめた。

「ロング、イナイ、オブラク」

魔術書に記された呪文ではない。

三人の名前だ。

「イナイとオブラク、こいつらのフルネームと素姓と住所を調べられるか？」

「お安い御用よ。ネットで調べれば五分と掛からないわ」

「ネット？」

神野は訊き返した。ネットだと。何の話だ。そう言おうとする。だが、声に出す前にリアが言った。

「インターネットよ。今の世の中、見かけこそ一九三〇年代風だけど、テクノロジーは大復活《GR》前の物や技術が残ってるでしょう」

「そう……だったかな」

神野は自信なさげに言った。そんな口調は神野らしくもないが、仕方がない。神野にはまったく覚えのないことだったのだ。

「わたしはそうだと思ってるけど。東京じゃ違ってたの？」

リアはデスクに置かれたメモ用紙をちぎり、二人の名前を走り書きしながら言った。それに神野は自信なさげに答えた。

「どうだったかな。よく覚えていないんだ」

リアはクライアントの消えた椅子に坐ると、デスクの板面の下に手をやった。

そこに隠されたスイッチを入れると、板面の一部が開いて、薄い木箱が押し上げられた。

リアは木箱を引き寄せて蓋を開く。

音を立ててスイッチを入れれば、木箱の蓋の裏側を蔽った薄い金属膜がカメラの絞りのように開いて、画面を露出させた。立てた画面の下にはタイプライターのキーが並んでいる。

テレビのような画面だがブラウン管ではない。もっと薄くて明るく、遥かにリアルな画像が画面に滲み上がった。

リアは手際よくキーを打ち始めた。画面に二人の名前が浮かんでいく。リアが操作すれば名前は左右に分かれ、それぞれの上に写真が現われた。

「顔と苗字を確認して」

「分かった」

神野は写真スタンドを持ち上げて、そこに写った顔と、画面の顔を見比べていった。

照会は数人で済んだ。

やがてリアは一枚の紙を神野に差し出した。紙には二人の女の最近の顔が印刷され、その下には肩書と住所が印字されている。

二人の女の一方は眼鏡を掛けて痩せていた。学者か知的な労働に従事している感じである。

もう一人は小柄でふっくらした女だ。優しそうな顔立ちなのに、とっつきにくそうに見えた。それは目が真っ黒い隈で縁どられているのと、占い師か催眠術師のような目つきをしているせいだった。

「この後は？　食事にする？」

リアに尋ねられて神野は首を横に振った。

「いや」

「それじゃ、どうする？」

「急いでこの二人に会いに行こう」

「尋問してみるの？」

「話を聞くだけだ。尋問なんて仰々しいものじゃない」

と神野はプリントアウトされた紙を懐に入れた。

「なにしろ残りは二十日。それっぽっちの間にアーカム中を嗅ぎ廻って、ロング博士を殺した奴を突き止めたり、《地獄印《ネザーサイン》》が何なのか突き止めたり、世界軸《アキシス・ムンディ》の真の建設目的を突き止めなくてはいけないんだ。のんびりと飯なんか食ってる暇はない。早く行こう」

「天地の行き過ぎぬうちに、って奴ね」

リアが冗談めかして言うと神野は真剣な表情でうなずいた。

「その通りだぜ。こんな時代だ、いつ天地が溶けて何もかも消えてしまわないとも限らないからな」

「オーケー。それじゃ、わたしの車で送るわ。どっちから行く？」

リアに問われて神野はプリントアウトされた資料に目を落とした。

「最初はミスカトニック大学だ。そのキャンパスの端に建つ電子魔術工学の研究室まで」

Ⅱ

狭いラボだった。

三人も入れば満員という面積なのに大きな机を三台も置いている。

その机の上にも床にも壁の棚にもコンピュータ端末が積み重ねられていた。

床は水浸しで、火事場の臭いがする。

水を吸ったモップと雑巾が床に投げ出されていた。

髪を肩のあたりで刈り揃えた痩せた女が、戸口に背を向け、取り憑かれたように作業している。

女の前の端末画面では、五芒星や魔法陣が目まぐるしく現われては消えていた。

壁のスピーカーはノイズだらけの音楽を流している。

古いジャズ・ヴォーカルだった。

歌は『嘘は罪』である。

大昔にパティ・ペイジが歌ってヒットした曲だ。

ただし、スピーカーから流れる歌はパティ・ペイジのものではない。

歌声が突然ひずんだ。

ノイズだろうか、歌声は何度も繰り返される。

突然、音を立てて三重のロックが外れていった。

だが、女はドアのロックの外れたのにも気づかずキーを叩き、コンピュータ画面を睨んでいる。

音もなくドアが開いた。

神野が両手をポケットに入れたまま戸口を潜り、ラボに踏み入った。

その後にリアが従う形でラボに進んだ。

リアはラボに入る前に、未だに気づかず作業する女の背中に一礼した。

作業を続ける女に声を掛けることなく、神野は珍奇な物を見る目でラボ全体を眺め渡した。

神野は目だけで笑っていた。

ラボに流れている女の歌声に耳を傾けて神野は呟いた。

「キャス・フェローのカバーした『嘘は罪』か」

次いで神野は手を挙げて指を弾いた。

乾いた音が大きく響く。

端末を睨んでいた女はその音で、夢から覚めたように我に返った。

後ろを振り返り、底に立つ男女二人連れを目にして、小さな悲鳴をあげた。

誰もいなかった場所に白スーツに白ずくめの男と、サングラスを掛けた黒スーツの女が立っていたのだ。誰でも悲鳴くらいあげるだろう。

リアはそう思って唇だけで笑った

「しっ、お静かに。……黙って入って失礼しました。わたしは怪しい物ではありません」

神野は女に呼びかけた。

怪しい者ではない、という男の言葉を聞いた瞬間、女は悲鳴を呑みこんだ。

まだ相手が何者か聞いてもいないのに、女は彼が「怪しい者ではない」と信じ込んでいた。

(言った言葉を相手に頭から信じこませる。……この男はクライアントと同じ魔術が使えるんだわ)

リアは改めて神野に驚きと微かな恐れを感じ、それを気取《けど》られないように、そっとサングラスをずり上げた。

神野は女に静かに尋ねる。

「稲井存子《いないのぶこ》准教授ですね?」

「貴方たちは誰? 何の用なの? どうしてここにいるの? いつ入ったのよ?」

神野は何もいわず、チェシャ猫めいた笑いを浮かべていた。

「人の気配を感じて振り返ると後ろに立ってるなんて、悪魔みたいな奴——」

稲井存子の口から「悪魔」という言葉が発せられると、神野は胸に手をやって軽く会釈した。

「……悪魔なの?」

稲井存子は相手を凝視した。

純白のスーツに白いワイシャツ。白いネクタイ。白いエナメル靴。まるで色のない世界から来たような男だった。

「わたしは神野十三郎と申します。日本人の私立探偵です。こちらは助手のリア・ハスティ。たった今申しあげたと思いましたが……」

神野は前髪をうるさそうに掻き上げた。黒檀の瞳が稲井存子を見つめる。

少し沈黙してから稲井存子は自信なさそうに言った。

「神野さん……とおっしゃったわね。……私立探偵の……」

「防犯カメラの前でＩＤカードを提示したら、貴女が入れて下さったのですが。……それもご記憶にない？」

「そうでしたっけ……全然覚えがないわ。許してね。近頃、記憶が曖昧で、たった今見たことや話していたことさえ、デリートボタンを押されたみたいに記憶から削除されて……何もかもすっかり忘れてしまうの。なんだか認知症にでもなってしまったみたいで……まったく学者としてお恥ずかしい限りだわ」

たった今、自分も同じように感じていたので神野は大きくうなずいた。

「大復活《ＧＲ》からこっち、わたしも含めて、皆さん、何処も同じですよ。貴女お一人じゃないので恥じることもない」

神野の慰めも聞こえない様子で稲井存子は言った。

「たとえば、こちらの端末に入ってるレコードを見て。そう、これはレコードよ。CDじゃなくてEPレコード盤。このレコードのデータを解析しはじめたのは十時だったの。ところが……見てよ、今、時計は十六時を示しているじゃない。わたしはたった三十分ほど解析してただけなのよ。……なのに、どうして六時間も経過してるわけ？　時計が狂ってるのかしら？　それとも狂ってるのは、わたしの精神のほう？」

「大復活《GR》で時間も空間も一切が狂ってしまいましたからね。時間の流れも因果率も何もかも狂ってしまいました。同一であり続けるものなど、もう何処にも存在しません。まるで赤ん坊が豚になって歩きだすアリスの不思議な国みたいです。こんな時代になってしまえば、狂っている人間はまとも、自分が正常だと主張する人間のほうが狂ってますよ」

「そうなの？　だったら、わたしは、まだ正気という訳かしら。……こんな気の狂いそうなレコードに蓄積されたデータを解析しようとしていても……」

稲井はそんなことを言いながら、机の上の鈍色《にびいろ》の金属ケースを指し示した。金属ケースに浅く彫られた七芒星を見て神野は片目を細くした。

一瞬、その七芒星に、夜空から見下ろしたアーカムの夜景が——世界軸《アキシス・ムンディ》の根元から七つの方向に広がった街明かりが重なったのだ。

軽くかぶりを振ってそのイメージを払うと神野は尋ねた。

「解析しているデータは何なのですか？」

「さあねえ。市の機関に分析を頼まれたけど、それが良く分からないのよ。どうも、何処かで市長の秘密警察が手に入れたレコードだとは教えられたけど」

「秘密警察？　市長はそんなものを持っているのですか？」

「いえ、秘密警察というのは言葉のアヤよ。アーカム市役所特別公安課。ノヴァチェク市長の肝煎りで作られた市民の安全と個人情報の保全のための課……って言っても日本から来たのなら知るわけないわね」

「秘密警察のことより、解析していたレコードのことを教えてくれませんか？」

「レコードを持ってきた男は浅黒い肌の痩せた男よ。黒いソフト帽を目深にかぶって黒いスーツに黒革のコート。戦争映画に出てくるナチス時代のゲシュタポみたいな恰好だった」

「その男の名前は？」とリアが尋ねた。

「その辺に名刺があったけど……ジョージ・ブラウンとかいうありきたりな名前が書いてたわ。あれは偽名ね」

「その、ブラウンがキャス・フェローのカバーした『嘘は罪』のレコードを？」

「ええ。ブラウンの言うには、これは音源じゃないし入手時の瑕《きず》がかなりある、とか……。そんなこと言ってたわ。でも、ごめんなさい。本当に、まだ何も分からないのよ。なんたって解析を依頼してきたのが初めて付き合う機関だったんですもの」

「機関の名は？」

「名前は教えてくれなかった。でも依頼書があるわよ。ちょっと待ってね……」

稲井存子はそう言って自分のデスクの抽斗を引いた。

（すごい。この女は神野のことを完全に信じ切っている）

とリアはそっと舌を巻いた。

ノヴァチェク市長の秘密警察からの依頼について、良く知らない男にここまでオープンに話すことなど常識では考えられない。

神野は超常的な能力で、デマカセを無批判に信じさせているのだ。

（神野、あなたって何者なの？）

リアは心の中でそっと神野に囁いた。

やがて稲井存子は書類を取り出して、神野に差し出した。

「拝見します」

神野は依頼書を読みはじめる。

「これによると、それはノヴァチェク市長の秘密の諮問機関とありますね」

「そうなの。詳細は秘密だと念を押されたわ。でも、市長の諮問機関なのに、その依頼状には賢人会議《オールド・ワイズメン》の承認サインが入ってるでしょう。おかしいわよね」

「G.O.G. とあるのは？」

「賢人会議《オールド・ワイズメン》の代表者の名よ。ミスター・GOGと呼ばれてる。わたしも一度しか会ったことはない。ちょっと見た感じ、百歳は軽く越えてる爺さんね」

「G.O.G の下に六人の名前が並んでますね。ええと……カウント……アーチデューク……ユアエミネンス……」

「違う、違う。それは名前じゃないのよ。賢人会議《オールド・ワイズメン》のメンバーの呼び名。あいつら、ミスター・GOG以外は、ちゃんとした姓名じゃなしに肩書で呼び合ってるの。〝大公〟とか〝猊下《げいか》〟とか〝伯爵〟とか……そんなご大層な肩書でね。……あなた、賢人会議《オールド・ワイズメン》に知り合いは?」

神野は首を横に振った。

「生憎とわたしは日本から来たばかりでして」

「ふうん……。そうなの」

「預かったレコードにはどんなデータが?」

横からリアが口を挟んだ。

「データ自体は音楽ね」

稲井存子は眼鏡をずり上げて言った。

「ずっとラボで流しているでしょう? 二十世紀に流行した古いラヴソング。『嘘は罪』ってジャズ・ヴォーカル」

『嘘は罪』というタイトルを聞いて神野とリアは反射的に目を合わせた。

(このレコードはロング博士の部屋から持ち出されたレコード盤の一枚だな)

(レコード盤だけ抜いて盗んだので、空のジャケットと紙袋が残されていたのね)

目でそんなことを囁き合ってそっとうなずいた。

それに気づくことなく、稲井存子は溜息混じりに呟いた。

「こんな古い歌、カバーにしても、初めて聞いたわ」

「歌以外に、何かデータが？」

「レコードには『嘘は罪』以外、なにも入ってはいない。……でも、不思議なのよ。わたしがコンピュータを使って解析しはじめると、画面に魔法陣や七芒星が何千何万と現われては消えはじめるの。そして、まるで解析するのを妨害するように、色んなことが起こるんだから」

「色んなこととは？　たとえば、どんなことです？」

「色んな……異常な現象よ。さっきなんか、火の気がないディスク・ラックから青い火が火炎放射器みたいに噴き出した。即座にスプリンクラーが作動して火を消してくれたけど、お陰でハードが何台かダメになっちゃった」

「それでラボの床はこんなに濡れて、きな臭いんですね」

「そうよ。わたしに解析を依頼した秘密警察の男によると、なんでもこのレコードは……」

と説明しかけて、稲井存子は言葉を止めると、神野に訊き返した。

「……私立探偵がわたしに何の用なの。貴方が何の用か、未だ聞いてなかったわよね。……それとも聞いたけど、わたし、忘れてしまったかしら？」

神野は肩をすくめた。

「わたしも貴女と同じなのです。初めてのクライアントにアーカムまで呼び出され、ある事件の調査を依頼されましてね」

「どんな依頼？」

「ダニエル・K・ロング博士はご存知ですね」

ロング博士の名を神野が口にすると、稲井存子はうなずいた。

「……ええ。魔術学では有名な方ですもの」

「直接には？」

「いいえ」

即座に稲井存子は否定して微笑んだ。

「家族思いの穏和な紳士だと聞いてるわ」

(直接知らない女と並んだ写真をロング博士はデスクに飾ってたって訳？)

とリアは思った。

神野のほうを見やる。

神野も同じことを考えているはずだが、見ただけでは何を考えているのか分からない。

神野は稲井存子に微笑みを返して言った。

「殺された魔術官僚《マギカクラート》のロング博士が言い残した《地獄印《ネザーサイン》》なる物が何か、そいつを探せという依頼を受けて、我々は調査しています」

「《地獄印《ネザーサイン》》ですって？　なに、それ？　ホラー小説のタイトル？」

「分かりません。クライアントに尋ねましたが向こうも知らなかったものでしてね。だから、わたしも分からないのです。ただ、クライアントがくれた資料――ロング博士が書き遺したノートに、ここの住所――ミスカトニック大学電子魔術工学科准教授の研究室と、稲井存子先生――つまり貴女が何かご存じだと記されていたのです」

「そんな話、知らないわ。初耳よ」

「ロング博士はクライアントの親友だったそうでしてね。彼は《地獄印《ネザーサイン》》だけがCの帰還による世界の混沌化・無秩序化をデリートし、もとあった世界に復元《リセット》することが出来る、と言ってたそうです」

「もとあった世界ですって？　それはどんな世界かしら？」

稲井存子はあざ笑うような調子で訊き返した。

神野は静かに答える。

「東から太陽が昇り、西に沈む世界です。水は水のまま。石は石のまま。東京はずっと東京であり続け、ニューヨークはニューヨークであり続ける世界。マクロコスモスからミクロコスモスまで――極大から極小まで――すべてが何もかも整合し秩序だった世界です。わたしたちがかつて住んでいた世界。つまり、大復活《GR》以前の世界ですね」

「整合……秩序ですって……。なんだかひどく懐かしい言葉を聞いたわ。こんな世界で聞くと、そんな言葉、大昔のラヴソングみたいに聞こえる」

といって稲井存子は手を伸ばした。

大昔のラジオ受信機みたいな形のマウスを動かしてアイコンをクリックする。

画面に映った魔法陣や七芒星の瞬きが消え、同時にスピーカーから流れていた『嘘は罪』の前奏も止んだ。

「そう、まるきりこの曲と同じね。古臭い時代遅れなラヴソングよ」

稲井はそう言いながら端末からレコードを取り出した。

慎重な手つきでレコード盤をアーカム市章の印刷されたケースに戻していく。

稲井存子がケースにレコード盤を入れた瞬間、神野の耳に大きな溜息が響いた。

人生にも仕事にも自分にも社会にも、あらゆることに疲れ果てた老人が落としたような絶望的な溜息だった。

ただし溜息を発したのは稲井存子ではない。

神野には、レコード盤自体がケースに仕舞われたことに絶望して、そんな大きなため息を落としたように聞こえた。

稲井存子は溜息など聞こえなかった様子で、無造作にケースをデスクに放った。

ステンレスの机の表面とケースがぶつかって、耳障りな音をたてる。

金属的なノイズに似た音だった。

「鉛のケースですね」

ケースに目を凝らしたまま神野は言った。

「しかもケースにはアーカム市章のほかに、表にも裏にも七芒星が浅く彫られている。そいつは魔術の印形《シジル》ですが、魔術でレコード盤を保護するためですか？」

「レコードに音楽と一緒に焼きこまれているのが特殊な魔術をデータ化させたものだと、そこまでは解析したから、こんな魔術的保護が必要なの。なんといっても、今は魔術と科学とが融合してしまった時代ですからね」

「データを何から保護しようというのです?」

稲井存子は一瞬目を見開いて神野を見つめると、さらに一息沈黙した。

ややあって口に入った羽虫を吐き出すような調子で答えた。

「……たとえばSPから保護するとか」

「なんですって?」

「SP……影人《シャドウ・パーソン》よ。わたしに依頼した黒服の男は、このレコード盤のデータは影人《シャドウ・パーソン》に狙われているといってたの。影人《シャドウ・パーソン》だけじゃなくって、ミ＝ゴウと呼ばれる知性をもった蟹とか、何十メートルもある円錐形をしたナメクジ——大いなる古きものども《グレート・オールド・ワンズ》とか、ウミユリみたいな奴——古えのものども《エルダー・ワンズ》とか……大復活《GR》の時、Cが覚醒した衝撃で開いた時空の裂け目から溢れだした化物ども……超古代や超未来や異次元の彼方に君臨している知的生命体どもよ。そんな奴らが、皆、そのレコード盤のデータを狙っているんですって。そのなかでも、影人《シャドウ・パーソン》はどんな場所にも遍在するだけに耳ざとくてね。もう、わたしがレコード盤を受け取り、解析し始めたことを知ってしまったみたい」

神野は話を聞く間、じっと稲井存子を見つめ続けた。

伸ばし放題の髪から注がれた視線はあくまでも冷たい。

その瞳はまるで稲井存子を観察しているようだった。

稲井存子は言葉を続ける。

「だから、わたしはレコード盤を鉛で拵えて七芒星の印形《シジル》を彫りつけて保護したケースに保管しなければならないのよ」

「影人《シャドウ・パーソン》に何が出来るのです？　ただの影じゃありませんか？」

「そう。前は、ただの影だった。かつては霊的に特殊な人間のみが見ることの出来る存在でしかなかったわ。でも、今は違う。奴らは人間の心の陰からこの次元に這い上ってくる方法を知ってしまった……」

「心の陰から這い上る？」

「意識の闇と言い換えてもいいかしら。人間がネガティヴな感情に心を支配された時、奴らは意識のずっと底の闇——無意識から這い上がってくる。そして、心に隙の出来た一瞬を狙って標的にした人間の意識を、奴らの体、つまり影で覆ってしまうのよ」

といってから稲井存子は神野を睨んだ。

「まさか、あなたは影人《シャドウ・パーソン》じゃないでしょうね」

「さあ。それはなんとも」

神野は肩をすくめた。

それを見て稲井存子は笑った。

「は、は、は、冗談よ。解析していたのが、あまり異常なデータだったせいで、わたしの精神も、データの異常性に同期して少しだけ壊れかけたみたいね」

自分の頭を軽く突いて、稲井存子はさらに笑みを拡げた。

唇が一瞬耳まで裂けたように見える。

だが、神野は微笑を湛えたまま、稲井存子を見つめ続けた。

「《地獄印《ネザーサイン》》なら、ひょっとしたら、わたしの知り合いが知ってるか、持っているかもしれないわ。チェコ系魔術師で、オブラク博士という人——」

と稲井存子は言った。

「チェコ系魔術師、オブラク博士ですね」

「そう。ノヴァチェク市長と同じチェコ系の魔術師。アーカムの西にあるハングマンズ・ヒルにチェコ系魔術師は固まって住んでるわ。ギャラウェイ・ビルというアパートメントに魔術師事務所を持ってるけど、多分、あそこに暮らしてるんじゃないかしら」

「ハングマンズ・ヒルのギャラウェイ・ビルですね。後でそちらに回ってみましょう」

「……あの人たちって、いつの時代のチェコから来たのかしら？　時々、チェコ系魔術師たちはよってたかって二十一世紀のアーカムを、十七世紀のプラーグにしようとしてるんじゃないかって思うことがある」

「プラーグ？」

「失礼。プラハっていうのね、今は。どっちにしても古い市街に魔術師やカバラの律師《ラビ》やゴーレムや中世の魔物どもがうろついてる——そんな感じの街よ。まあ、このアーカム自体、ずっと前からそんな雰囲気だけど」

稲井存子が話し終えるのを待って、神野は口を開いた。

「どうやら貴女は、わたしのクライアントの探してる《地獄印《ネザーサイン》》については御存知ないようですね。……ご協力に感謝します」

稲井存子に軽く会釈して、神野は身を返した。

一歩進みかける。

と、その瞬間、背後の「気」が変化した。

それに気付いて神野は、身を左に傾けた。

ほんの一刹那遅れてリアも左に身を寄せる。

身を躱した二人の横ろを黒い槍のような物が唸りをあげて掠めていった。

溶けた鉄と濡れたアスファルトの匂いがリアの鼻先をよぎる。

槍とも、槍の幻影ともつかない物は、神野の右頬すれすれを掠めてドアに激突した。

物凄い衝撃音を響かせてドアがひしゃげた。

それは槍などではなかった。

影である。

人間の腕の形をした影だった。

影は唸りを引いて稲井存子のほうに戻っていった。

神野が肩越しに振り返れば、稲井の目や口や耳から影が溢れだしている。

まるで黒いエクトプラズムだ。

稲井存子の両腕はすでに影そのものと変じていた。

「ディスクのデータを解析しているうちに、影人《シャドウ・パーソン》があんたの心の陰から這い上がり、ちょうど意識を乗っ取った時、タイミング良く俺が訪ねてきたという訳か」

神野は苦笑まじりに言った。

「何が私立探偵だ」

稲井存子と入れ替わった影人《シャドウ・パーソン》の声はひずみ、壊れかけた蓄音器から響くようだ。

「さっきスピーカーから流れていた古いラヴソングみたいな声だな。全然、人間の声らしくないぞ。その声に似合うのは人間の言葉じゃない。クトゥルーとかフタグンとかいう異界の言語だ」

神野は決めつけた。

「お前だって私立探偵なんかじゃない」

と影人《シャドウ・パーソン》は言った。

「いや、人間でさえない。お前は――」

そこまで言った時、神野の声が影人《シャドウ・パーソン》の真横から起こった。

「俺が何だって？」

影人《シャドウ・パーソン》はハッとして声のしたほうに振り返った。

つられてそちらのほうに目をやったリアも息を呑む。

ドアの前にいる神野はこちらを見つめているのに、一メートルとない真横にも神野が立っていて、ニヤニヤ笑いを浮かべていた。

突然出現した神野は、まるでラボのそこここにわだかまる影から湧いて出てきたようだった。

愕然とした影人《シャドウ・パーソン》のほうに右手が伸びてきたかと思うと、鉛のケースを奪った。

次いで突然現われた神野は、左の掌を影人《シャドウ・パーソン》の顔面に突きつける。

掌の皺も読みとれるほど近くまで突きだすと、神野は静かに言った。

「レコードを解析すると火が起こるんだってな」

その声を耳にしたリアの背に戦慄が走った。

それは神野十三郎の声ではなくて、リアが聞き慣れたクライアント——ミスター薄靄《シンヘイズ》の声に他ならなかったのだ。

影人《シャドウ・パーソン》の目が大きく見開かれた。

稲井存子の瞳ではなかった。その目には眼球がなく黒い影が渦巻いているのみである。だが、そんな瞳でも神野の左の掌は見ることが出来るらしい。

影人《シャドウ・パーソン》は怯えた調子で尋ねた。

「何をする気だ?」

「とっときの火をプレゼントしてやるぜ。貴様が二度とレコード盤のデータを解析できないようにな」

影人《シャドウ・パーソン》に後から出現した神野がそう囁きかけると、前からいた神野の手がそっと伸びてきて、リアの腕を掴んだ。

振り返ると同時に、神野はリアと共に瞬間転移した。

二人の体が白銀のカプセルに包まれたかと思うと時空を超える。神野はラボの外へ、リアは一ブロック離れた場所に停めた車の中へと——瞬間的に移動していた。

一方、ラボでは――。

後から出現した神野十三郎が軽く息を吸い込んだ。

神野は次に念を凝め、呪文《スペル》と妖術名を兼ねた「力ある言葉」を呟いた。

「劫火召喚《ごうかしょうかん》」

次の瞬間、一千度を超える高熱が神野の掌から放たれた。

凄まじい白熱光も放たれる。

熱と光は稲井存子の眼窩に満ちた影を散らし、脳漿を沸騰させ、全身の皮膚を瞬間的に黒焦げにした。脂肪が弾けて筋肉が縮み、一切の肉体器官が消し炭に変わった。すべての骨が膨れ、破裂した。

一秒とおかず、稲井存子と彼女の精神と肉体を支配した影人《シャドウ・パーソン》は、同時に消滅した。

いや、彼らだけではない。

白熱光の放射によって、ミスカトニック大学の校舎の一部も爆発していた。

数分後――。

けたたましいサイレンを響かせて、消防車と救急車が全速力で大学方面へ消えた。

いくつもの赤色回転灯の瞬きが、夜の彼方に去っていった。

それらが完全に消え去った時、待っていたように闇に炎が点った。

マッチの火だ。

オレンジ色の小さな光が両切り煙草をくわえた男の顔を照らした。

煙草に火をつけて、神野は瞳を横に流した。

闇に向かって神野は独りごちるように言った。

「大復活後のアーカムでは俺という個人の同一性を維持することさえ許されないのか？」

闇から返る声はない。

ただパトカーと救急車と消防車のサイレンの音だけが遠く響いてくる。

「まあ、いいさ。どうせ、この都市《まち》じゃ俺はあんたに雇われているんだ」

苦笑混じりに続けると神野は上空を仰いだ。

夜闇の濃くなった空中から下降してくる車に手を上げた。

車はファントム・コルセア１９３８だ。

運転席でリアがハンドルを握っている。

目の前に着陸したファントム・コルセアの助手席のドアが開かれた。

身を車内に押し込んだ神野にリアが尋ねた。

「派手にやらかしたのはいいけど、結局、稲井と会った収穫は？」

「やらかしたのは俺じゃない。……ま、どうでもいいことだがな。俺のほうは大した収穫はなかった。ただ、ドクター・オブラクの住所は分かった」

「住所は？」

リアが尋ねた。

サングラスの下でその目はフロントガラスの向こうを見つめている。

パトカーが稲井准教授の研究室のある校舎の前に停車したのだ。

警官が降りてきた。まだ煙の燻る校舎を見やり、さらにファントム・コルセアに目を転じた。こちらを怪しんでいる様子である。

神野は口早に言った。

「次はハングマンズ・ヒルにやってくれ。そこのギャラウェイ・ビルにドクター・オブラクって女のオフィスがあるらしい」

「ギャラウェイ・ビルね。分かった」

警官がこちらに歩きだしたのを見て、リアはファントム・コルセアを急に垂直発進させた。

急発進による閃光が闇を照らした。

眩いブルーの光を閃かせながら車は重力に逆らって浮揚する。

熱い風が周囲を吹き抜ける。

その風に制帽を飛ばされまいと警官は庇を押さえた。

車の発する閃光が、触手のうねる警官の顔面を露わにした。車を仰ぎ見た警官は瞬く間に小さくなっていく。

警官は「降りろ」と叫んでいるようだ。

指の代わりに五本の触手が伸びた手が激しく振られている。

Ⅲ

ハングマンズ・ヒルはアーカムの西北に位置していた。

その名の通り、開拓時代に絞首刑の刑場があった場所である。

かつてこの辺は小高い丘であり、丘の上からアーカム全体が眺められたというが、いま見えるのは丘陵を切り崩して拓いた高層建築群と、ビルの谷間にわだかまる闇の深さ。そしていつから走っているとも知れない時代遅れな車と、血の気と表情を失ったゾンビーのような人の群ればかりだった。

まるで表現主義映画に出てくるプラハのユダヤ人街と、二十世紀初頭の香港のスラム街と、一九七〇年代のニューヨーク・シティのハーレム界隈を足して、歪んだレンズで覗いたような市街《まち》だった。

求めるギャラウェイ・ホテルはそんな市街の最も闇の濃そうな一角にあった。

ファントム・コルセアを降りると、神野はリアと肩を並べて一キロほど西北に進んだ。

目指す場所はそこにあった。二十世紀にペンシル・ビルと呼ばれた形状の建物がそびえていた。香港に良く見られた建築様式である。狭い土地に無理やり建てたような不安定さが特徴だった。

「ここだな」

今にも崩れそうな細長いビルの前で神野が立ち止まった瞬間、神野とリアの眼前を影が走った。

影はノイズのように視野を走って消えた。

鈍い音が足元から起こった。二人のまん前で人間が敷石に叩きつけられる。

リアは反射的に足を引き、神野はスーツの裾に目を落とした。足のあった位置まで血の飛沫が飛んだが、神野の純白のエナメル靴や、白いスーツには一滴の染みも付いていなかった。

神野はうるさそうに前髪を掻き上げて、落ちてきた人間を見つめた。

太った中年男だ。敷石にうつ伏せになって、手足をあらぬ方向に投げ出している。即死したらしく、ピクとも動かない。顔がつぶれて、耳の前まで顔面を敷石にめり込ませたように見えた。

近くに金バッジが転がっていた。

死体からこぼれた物らしい。

バッジには〝ACPD〟の文字が彫られている。

死体はアーカム市警察本部《シティ・ポリス・デパートメント》の刑事のようだった。

神野はゲンナリした顔で鼻を鳴らし、両切りのキャメルを唇にねじ込むと、ビルを仰いだ。ペンシル・ビルなのに、壁が真っ黒で窓が一つもないので黒いオベリスクが聳えているように見える。オベリスクと違うのは壁面にガラス張りのエレベーターが設けられていることだけだった。

敷石に顔を埋めた刑事は屋上から墜落したように見えた。

ビルの玄関まで進んで、神野は眉をひそめた。

視線を感じたのだ。悪意と憎悪が込められた視線である。だが、ビルを仰いでも地上を監視するような者は見当たらない。見えるのは屋上すれすれまで垂れ込めた暗灰色の雲である。

雲——それだけだった。

暗灰色の雲の内部から時折、オレンジの光が閃いて、雲を臓腑《はらわた》のように見せている。天空の傷口から溢れ出した血まみれの臓腑だ。雲は何日も前から都市《まち》の一点、このビルの上に覆いかぶさり、風が吹いても動かない。

それが神野を苛立たせた。

アーカムに生きる人間で死体など気に掛ける者は一人もいない。

だが理由もなく気に障る雲は絶対に注意しなければならない。雲は霧や月光や影と同じくらい魔術的で危険な代物だからである。

ビルの中に進めば、壁にテナント一覧が記されたパネルが貼られ、その横にエレベーターが設置されていた。

神野は「Dr. Oblak」の名前をパネルに求めた。

オブラク博士。

それはクライアントから受け取ったノートの第一ページの二番目に掲げられた人物の名前だった。

「該当する名はないわね」

リアが呟いた。神野は居住人名を連ねたパネルを目で追った。「Dr. Oblak」はないが、「Dr. Cloud」なる人物ならば、十五階にいた。

「こいつだ」

その名を示すと、ドアが開かれたままのエレベーターに乗りこんだ。慌ててリアもそれに続く。神野は咥えた煙草の近くで指を弾いた。すぐに煙草に火が点った。キャメルの煙をガラスの壁に吹きかける。エレベーターの四方はガラス張りだった。

通りに面した面の向こうには、香港の夜景が広がっている。

B－17Gカスタムがガンターレットから機銃掃射して妖鳥怪鳥を蹴散らしながら、夜空を滑って、爆音高らかに空港に着陸していくのが見えた。

夜景はすぐに変化して、ボーイング747がハングマンズ・ヒルすれすれを滑空して、空港に向かう光景へと変化する。

もちろん、こちらの景色は現在のアーカムの夜景ではない。大復活《GR》以前の夜景である。しかも香港の夜景だ。まだ世界が隅々まで整合していた時代の香港の景色であった。

「このビルは大復活《GR》前には香港の何処かに建ってたらしいわね」

「Cの目覚めと同時に時空がねじくれ、この世はカジノのトランプみたいに隅々までシャッフルされたんだっけな」

「アーカムはその影響が最も少なかったそうよ。……どうしてだかは知らないけど」

「そいつは、きっとこの都市《アーカム》がこの世で一番地獄に近かったせいだろうぜ」

神野が吐き捨てた時、エレベーターのドアが開いた。

「あら。エレベーターも賛成してる」

「まともな神経してりゃ誰だって俺の意見に賛成だろうな」

神野は鼻を鳴らして皮肉に笑った。

開いたドアの向こうに現れたのはゴチャゴチャした計器や装置が所狭しと積み上げられたフロアである。

「なに、ここ。稲井准教授のラボと同じじゃない」

サングラスの上で眉根を寄せたリアに神野は答えた。

「ここは蒸気機関中心のようだな。稲井存子のラボとは少しばかり様子が違うぜ」

神野の言う通り、エレベーターの向こうは凄まじい熱気と湿気に満ちていた。パイプが縦横無尽に走り、パイプとパイプの継ぎ目からは常に白い蒸気が洩れている。

フロアの天井にも何十本ものパイプが走り、壁や床から伸びたパイプに繋げられていた。さらに壁の高い位置からは先の尖った鉄骨が何本も伸びている。

「まるでSLの機関室かタイタニックのボイラー室だ」

そう呟いた神野の目は、やっとこのフロアの主を見つけた。

小柄でふっくらした女である。女は蒸気機関の計器を調べていた。

神野の気配に気づいたか、不意に女は振り返った。女は怒ったような顔になって、神野とリアの立つエレベーターのほうにやって来た。

白衣をまとっているので、この女が博士《ドクター》らしい。だが、博士らしいのはそれだけだった。

「何か用なの？」

白衣の女は神野を見つめた。

正面から見つめると、女は蛙に似ていた。

不器用に人間に化けた肌色の蛙といった印象である。

「失礼ですが、オブラク博士でいらっしゃいますか？」

神野は尋ねた。

「確かにわたしがオブラクよ。だけど、今はクラウド博士。オブラクってのは雲という意味なの。チェコ語よ。大復活《GR》で何もかも混沌に呑まれてごっちゃになる前まで、私はプラハにいたからチェコ語なの」

クラウド博士はそう答えると
「あなたたち、エレベーターから降りていらっしゃい」

と、神野とリアに促した。

二人はエレベーターからフロアへと進んだ。どこもかしこも得体の知れない機械が積み上げられ、蒸気の洩れるパイプが走っている。

「確かにここも稲井のラボと同じだな」

神野は煙を吐きながらリアに囁いた。

それでも稲井存子のラボにはなかった物もある。フロアの一角に置かれたこの場に不釣り合いなほど豪華なソファである。

「このソファに坐って」

とクラウド博士は二人に勧めた。

二人は坐る前に、クラウド博士に名乗った。

「私は神野。神野十三郎といいます」

「Sin No？『罪を拒む』と言うからには、あなた、神父か、牧師ね」

「私立探偵です。東京に事務所を構えた私立探偵で、アーカム・シティのクライアントに雇われて、こちらに参りました」

「わたくしはリア・ハスティ。目下は神野の助手です」

名乗ると二人はソファに坐った。リアは一瞬雲に坐ったような気分に襲われ眉間に皺を刻んだ。クラウド博士も、神野の前の椅子に坐る。博士の椅子には手摺と足に頑丈なベルトが付いていた。形状から推測するに、どうやら、それは電気椅子だったようである。

「探偵ねえ。こんな時代じゃ、探偵も大変でしょう」

とクラウド博士は言った。

「幸い、クライアントが、変わり者で金持ちでしてね。お陰でなんとかやっていけますよ」

「私も同じよ。神野さん。偉大な人々——いや、つまり、スポンサーという意味だけど。そのスポンサーたちから研究に必要なお金をもらっているの」

「ひょっとして博士のスポンサーは賢人会議《オールド・ワイズメン》のどなたかなのですか?」

「ええ。賢人会議《オールド・ワイズメン》の七人全員が私のスポンサー。ちょっとはお見それしたかしら？　ははは、冗談は兎も角、七人のスポンサーのお陰で私は大復活《GR》前とは比べものにならないくらい、快適な環境で研究に励めるわ。そうでなければ、とっくに、わたしなんか、我が主のもとに旅立っていたでしょうね」

　と言ってクラウド博士は笑った。口が大きく開いた。なんという大きさだろう。前に坐った神野とリアを頭から一口で飲みこめそうなほど大きく見えた。

　笑い声ではなくケロケロという蛙の鳴き声を聞いたように感じて、リアはそっと身ぶるいした。神野も不快な思いに囚われているようで、煙草を何度もふかしている。煙草が短くなったと見て神野はそれを揉み消しながら言った。

「お互い、運が良かったという訳ですね」

「そういうことね。……時に何か飲む？　蜂蜜酒でもどう？」

「結構です。すぐに用は済みますので」

　リアが神野の代わりに答えた。

「それじゃ……貴方の御用は、何かしら？」

　博士は神野を見つめた。大きな目が一層大きくなる。その目の奥で灰色の靄が渦巻いているのが神野には見えた。

「ある物を探すようにクライアントに命じられましてね。その品が何で、何処にあるのか、貴女がご存じではないかと、クライアントは言うのです」

「その品の名前は？」

「《地獄印《ネザーサイン》》と呼ばれています。ご存知ですか」

「……」

少し間を置いてから、クラウド博士は言った。

「知らない」

一息ほどの沈黙が、言葉とは逆に、クラウド博士が《地獄印《ネザーサイン》》の正体を知っていると饒舌に語っている。

神野は薄い笑みを唇に刻んだ。

「わたしも、それがどんな物かは知りません。ただ、クライアントによりますと、それはCと敵対する存在《もの》の妖力か技術かエネルギーを使った魔術的な何かで、それがあれば、この世は再び秩序を取り戻し、大復活《GR》以前の姿になれるとか。それで、人類と人類以外の知的生命体が競って探し求めているというのです」

「この世が大復活《GR》前に戻るですって⁉　そんなこと、夢物語ね。もう二度とわたしたちのこの世界は、秩序を取り戻すことなんてない。永遠に、混沌のままよ。Cはルルイエで永劫の眠りから目覚めると同時に、あらゆる存在を混沌で覆ってしまったのよ。そのため、本来正反対だった存在は皆、互いに融合し混沌と化してしまった。正と邪、有と無、光と闇、昼と夜、現実と夢想、客観と主観、科学と魔術、貴方とわたし……一切は混沌化してしまったの。わたしたちは、すでに混沌の一部。もはや元に戻すことなんて絶対に不可能だわ！」

「しかし、我々は未だこうして大復活《GR》前そのままの生活を続けていますが？」

「こんな日常なんて、Cの魔術でもたらされた錯覚よ。わたしたちは夢の中で、大復活《GR》前の現実を演じているだけなの。真実のわたしたちは、すでに、人類の姿さえ留めてはいない。そう。

貴方も、わたしも、仮想現実のキャラクターよ。あるいは偉大なるCの見る夢を漂う泡沫《うたかた》に過ぎない。……気が狂うくらい魔術的な話だけど、これが現実よ」

「成程、博士が《地獄印《ネザーサイン》》のことなんか、全くご存じないのは良く分かりました」

神野は立ち上がった。

「ご協力に感謝します」

おざなりな挨拶をして身を翻し、神野はエレベーターに歩きはじめた。

と、神野の背中にクラウド博士の声が投げられる。

「お待ちなさい」

その声に振り返れば、クラウド博士の全身は輪郭を失いつつあった。

椅子に寄り掛かった部分は鉄の背凭れが透け、両手は手摺と融合し、靄に包まれた頭と肩は周囲の空気に溶け、空気の動きに合わせてゆらめいている。

だが、それはクライアントが薄闇に溶けていったのとは、まったく異なる様子だった。

固体が気体に、肉体が霧か雲になろうとしているのだ。

だが、この奇怪な変容を目の当たりにしてリアは叫び声を呑みこんだ。

だが、神野は微笑を浮かべたまま静かに言った。

「わたしの用は終わりましたが」

「こちらの用は終わっていないのよ、神野さん」

そう答えると同時に、博士の身体は白い霧となって空中に移動した。電気椅子に白衣と女物のダークスーツが残されていた。人間の形をした霧は、空中でゆらめきながら、その形を崩した。フロアの天井一杯に拡散する。次いで霧は収縮した。瞬く間に巨大な顔となっていく。白い気体で構成された顔、雲で作られた博士の顔だった。

「あなたのクライアントって誰なの？　《地獄印》《ネザーサイン》を求めているのは人間ではないわね。何なの？　さっきの刑事はミ＝ゴウに操られていたけど、貴方は何に操られているというの？　偉大なるCを再び魔睡《ますい》に封じようと陰でコソコソしてるのはなにものなのよ？」

博士の声が一息ごと大きくなる。天井で渦巻く雲の顔はさらに広がり、フロアの半分を満たすほどだ。小さな顔が現われては消え、さらに大きな顔を雲の上に現した。その動きに合わせ、突き立ったパイプから一層蒸気が洩れ、鉄筋から火花が散り、フロア全体が眼底に突き刺さるような蛍光性オレンジの光で照らされる。

リアはワルサーＰＰＫを懐から抜いて銃口を渦巻く雲が形成する顔に向けた。

オレンジ色の蛍光は周囲の機械からのものではない。それは巨大な雲の顔の内部から雷光のように発せられていた。リアが素早く引き金を絞ろうとする。

すかさず神野の手が伸びて、ワルサーＰＰＫの銃口を押さえた。「撃つな」という無言の命令である。リアが微かにうなずくと、神野は銃口から手を引いた。

「吐きたくなければ死ね。――あの刑事のように」

と博士が口を開いた。

その瞬間――。

「情報を得るまで生かしておこうと思ったんだが。……どうやら、これまでのようだな」

神野は片手を上げた。

雲の顔がその手を見つめる。

神野の右手が輪郭を崩した。

博士のような雲へと変化したのではなかった。

輪郭が二重になったのである。

次いで、神野の中から、もう一人の神野が飛び出した。

「おいおい、今度は俺の出番はなしか」

リアの背後からクライアントとよく似た声が発せられる。リアは肩越しに振り返る。彼女の背後にも神野が立ちチェシャ猫めいたニヤニヤ笑いを湛えていた。

その間にも神野から飛び出したもう一人の神野はオブラク博士の顔面に掌を向けた。

恐怖に歪んだ顔でオブラク博士は叫んだ。

「魔術的分裂……。貴様、Shoggothだったのか！」

「それはどうかな？」

神野が邪悪な笑みを拡げると同時に、ギャラウェイ・ビルの十五階はフロアを縛《いまし》めた時空もろとも吹き飛んだ。

刹那の後――。

ビルの前に立った神野の前を、影が上から下に向かって走った。

影は死体だった。

うつ伏せに倒れた刑事の死体の隣に、それは仰向けに叩きつけられた。

白衣を着たクラウド博士である。

恐怖で凍りついた博士の顔はすでに人間ではなかった。

それは人間そっくりの、巨大な蛙そのものだった。

「《地獄印《ネザーサイン》》を探せ、だと。この街全体が地獄じゃないか。地獄に住みながら俺はこのうえ何を探せばいいんだ」

神野はそう独りごちると身を翻した。

歩きだした神野を追いながらリアは尋ねた。

「あなた……Shoggothだったの?」

Shoggoth とはCともCの眷属とも、大いなる古きものとも、ミ＝ゴウとも、あらゆる超古代の存在とも敵対する不定形生物である。

一説によるとユゴス星より舞い降りた蟹とも昆虫とも知れない存在が奴隷として創造した人工生命だ。

可塑的な細胞を有し、如何なる姿にも変容し得ると魔道書に記されていた。

「あなたはクライアントそっくりに創られたShoggothかと一瞬思ったわ」

「ふん。Shoggoth がキャメルを吸うかよ」

そんなことを吐き捨てて、ファントム・コルセアに向かって歩きだした神野の背後で、地面から鞭のような触手が何本も伸びてきた。

触手は瞬く間に二人の死体に巻きついて、血と肉を吸い上げだした。

その後方に建つ細長いビルは、影の最も濃い部分から形を変え、ひずみ歪んだ形の生物へと形を変えていく。

リアはサングラスのレンズの底からそんなビルの変容を見つめていた。

周囲の他のビルも、遥かな丘も、棘や触手に覆われた何かに変化していくようだ。

ここはアーカム。

大いなる復活を終えたCによって、超次元の星辰が正しい座標に固定された地球の首都だった。

第6章 Cannon Your Dream!

――［6］恋人《ラヴァーズ》たち

アダムとイヴ。現われた力と隠れた力。敢えて苦難に挑む「ヘラクレスの選択」。相反しながら同時に相互に補完し合う存在。希望の光を背にした天使が二人に矢を射放とうとしているが、恋人たちは気づかない。超意識と潜在意識を表すこともある。司教冠を被った男が、二人に結合を勧めるが、二人は「応」とも「諾」とも言わない。それは天使も司教も信用できないからである。

I

クライアントが神野のために用意した十一階の111号室は窓ごとに眺望《パースペクティヴ》が狂っていた。ある窓から見えるのは真夏のフロリダの白い砂浜と、波と戯れる水着の人々だが、隣の窓から見えるのは凍てついたシカゴと吹雪に立ち往生したフォードやパッカードの車列である。別な窓の外は夜明けの光がビルの谷間から黄金色に差しこめるニューヨーク市街だが、別な窓から見えるのは南欧の港町の夜景と遠ざかる漁火だった。

一般人には神経のおかしくなるような景観だが、神野はさして気にならぬ様子で、リアを帰した後は風呂に入り、白いバスローブ姿で小さなテーブルと椅子をベッドルームに置いた。

稲井存子とオブラク博士、二人と戦った今日の疲れを癒そうともせず、神野はミネラル・ウォーターを飲みながらクライアントから預かったノートを開いた。殺されたロング博士の記した魔術日記である。ページに目を落とした。

そこに書き記されたのはヘブライ文字とデタラメな数字の羅列。鉛筆で描いた螺旋。同心円。

……そして百合のような花のスケッチである。

ミネラル・ウォーターを一口飲み、気のない顔で神野はさらにページをめくり続けた。

ついさっきまで見ていた、螺旋形だけが殴り書きされたページに至る。

(ここはさっきも見たな)

神野はページを飛ばそうとする。

と、その瞬間、窓から眩い光が射しこめた。

光は灯台の明かりのように部屋を一渡り照らしだして横に消えていく。

「なんだ?」

神野は眉をひそめた。

少し置いて、また光が現われ、部屋の中を照らしながら横に移動していった。

それは四度繰り返される。

(たった今までこんな光は射さなかった筈だが。また時空が歪んで窓の外が違う風景に変容したのか)

そう考えて顔を上げた。

五度目の光が通り過ぎていった。

それが流れた後、窓を背にして、灰色の影が立っているのに気がついた。

「薄靄さんか。わざわざ俺の部屋に何の用だ？」

神野はげんなりした調子で言って、背凭れに寄り掛かった。クライアントかと思ったのだ。

灰色の影は女の声で言った。

「二日目の報告がなかった、とクライアントはおかんむりよ」

「あんたは？」

神野は不審げな眼差しで相手を見つめた。

見つめるうちに灰色の影は女のシルエットに変じ、さらに高級なスリーピース・スーツに身を固めた四十前後の女になっていく。肩の所で髪を刈り揃えた背の高い女である。

「わたしはアン・セット。クライアントの顧問弁護士よ」

「アーカムじゃ弁護士も魔術で勝手に他人《ひと》の部屋に入ってくるらしいな」

「わたしがクライアントだったら、あなた、そんな口は叩かないでしょうね」

アン・セット弁護士はぴしゃりと言った。

神野は不機嫌な口調でアンに言った。

「あんたはクライアントじゃない」

「わたしはクライアントの代理としてここに来たの」

アン・セットの口調は神野に有無を言わせない迫力があった。

「……いいだろう。そういうことにしておく。だが、今、俺はプライベートな時間を過ごしていて、バスローブ一枚なんだがな」

「安心して。脱げ、とは言わないわ」

「そいつはお優しいこって」

神野は顔をしかめてミネラル・ウォーターを一口飲んだ。

「報告を聞いたら、すぐに消えるから。……リアからはオブラク博士を殺してラボを離れた所までの報告を受けているけど、クライアントはその後どうしたのか、知りたがっている」

少し間を置いてアン・セットは尋ねた。

「なぜ、報告しなかったの？」

「報告するようなことがなかったからさ」

「リアはそうは言ってなかったけど」

「ふん、俺の監視役は何と言ってたんだ？」

「稲井とオブラクを殺した後、あの二人の学者がロング博士と組んで何を研究していたか調べていた。リアはそう報告した。だけどロング博士が、どうして影人《シャドウ・パーソン》に肉体を乗っ取られた音響学者や、雲魔術使いのカエル女と組んでいたのか理解できない。世界軸《アキシス・ムンディ》を魔術武器にした壮大な儀式魔術の準備をしていたと思われるのだが、とそう電話してきた」

「音と雲と世界軸《アキシス・ムンディ》だ。それにキャス・フェローの歌う『嘘は罪』。この四つを使ってロング博士は何か準備していた。俺たちは今日、そこまで推論を進めた。後は明日だ。もういいだろう。俺はロング博士のノートを眺めながら寝る」

ふてくされたように呟いて神野はノートに目を落とした。

突然、神野の両肩にしなやかな手が乗せられた。

「むう……」

神野はその手に目をやった。爪が淡い真珠色のマニキュアで光っている。手は女のものだ。たった今までまん前に坐っていたアン・セット弁護士の手であった。

(窓の前から俺の背後へ瞬間的に移動したのか)

神野は片頬を凍らせた。

「わたしは神野十三郎の口から説明が聞きたいんだけど」

背後からアン・セットは言った。言葉の底に冷たい感情を感じる。それは殺意に近い。

(後ろから俺を殺る気か)

そう感じて神野はミネラル・ウォーターをサイドテーブルに置いた。

「オーケー……。報告したい気分になってきた」

そうアン・セット弁護士に答えた声はかすれている。寒気を覚えた。

(誰かに戦慄するなんて初めてだ)

胸の脇を冷たい汗が滴ったように感じる。平静を装って神野は言った。

「ハングマンズ・ヒルのオブラク博士の研究所を出た後、俺たちはアッパーサイドに向かった。安い下宿屋が密集している地区だ」

「どうして、そんな場所に行こうと思ったわけ?」

神野の肩から手を離すと、アン・セットは指を弾いた。一人掛けのソファが神野の位置まで滑ってくる。まるで目に見えない手で運ばれたかのようだ。

ソファが二メートルほど前で静止すると、アン・セット弁護士は静かに坐った。

窓を背にしているのと、外から射しこめる光が逆光になってるのとで、アン・セットは女の残像のように見えた。

闇より濃い暗黒の残像だ。

神野の背にまた冷たいものが走った。

アン・セット弁護士を見つめたまま、神野は話しはじめた。

「アッパーサイドはハングマンズ・ヒルに近い。だから、ホテルに戻る前にアッパーサイドに寄り、そこに住んでるソニア・エンゼル――ロング博士の孫娘に一度会っておこうと思ったんだ……」

Ⅱ

ソニア・エンゼルの住んでいる下宿屋は、ファントム・コルセアのコクピットに備えられたコンピュータ端末でリアが簡単に割り出した。

「黒魔女亭《ブラック・ウィッチ・ハウス》という古い下宿屋に、一つの部屋を二人でシェアして住んでるわ」

「今は午後七時ちょい前か。クラブに働きに行ってなければいいが」

「クラブの踊り子じゃなくて、ただの煙草売り《シガレット・ガール》だから未だ出勤してないと思うけど」

神野に答えてリアはファントム・コルセアを飛ばした。

すでに夜が近い。

晩秋のアーカムの夜空は、磨き上げたレンズのように澄み渡り、何億もの星が眩しいまでに瞬いていた。

時折、そんな美しい星空を横切る影がある。

ヴォッズス鳥の群れだ。

また、星空にはギラギラしたオレンジのアメーバみたいなものが、滲み広がったと見るや収縮して消えてしまった。

これはシャンブラーとか「星かげろう」と呼ばれる妖物だった。

「まるきり街ぐるみの化け物屋敷だ。流石にうんざりしてきたな」

助手席の窓のすぐ向こうをヴォッズス鳥が耳障りな声を立てて飛んでいくのを横目に神野はうんざりしたように呟いた。

「カラスと同じと思えば腹も立たないでしょう」

リアは苦笑混じりに答えてファントム・コルセアを垂直下降に移した。

車体が高度五〇メートルの位置からまっすぐ下降する。

それは下りのエレベーターなどよりも遥かに神経に障る乗り心地だった。

それでもリアの運転技術は完璧である。

車はフワリと地表に着陸した。

リアはフロントガラスの前方、斜め左のほうを軽く示して言った。

「あの館が黒魔女亭《ブラック・ウイッチ・ハウス》よ」

神野は示されたほうに目をやって呟いた。

「ホーソンの小説に出てくるような屋敷だな」

Ⅲ

屋敷のノッカーを叩けば、大家らしき老女がすぐに現われた。

老女は黒魔女というよりも女優のヘレン・ミレンという印象である。

「どちら様でしょう」

「失礼ですが黒魔女亭の大家さんでいらっしゃいますか?」

リアがソフトに尋ねると老女は微笑んだ。

「はい。マリー・パトナムと申します」

そう言って笑うと一層ヘレン・ミレンに似ている。

神野はリアに負けずにソフトな頰笑みを湛えて言った。

「初めまして、ミス・パトナム。わたしはシンノ、こちらはハスティといいます。わたしたちは、先日亡くなったソニア・エンゼルさんのお祖父さま、ダニエル・K・ロング博士の遺言執行を命じられた者でして。ソニアさんにお祖父さまが残された遺産についてご説明したいのですが。

……ミス・エンゼルは？」

「いらっしゃいますよ。どうぞ、お入りください。今すぐお呼びしますから」

パトナム夫人に促されて二人は黒魔女亭のなかに進んだ。玄関から入れば広いホールになっていて、右手のほうに勾配の急な階段がある。こんな造りもホーソンの小説に出てくる屋敷のようだった。

夫人は鉄の手摺に掴まって、その階段を上っていった。ソニアを呼ぶ夫人の声。ドアの軋み。そして、二階から夫人と若い女が話す声が聞こえた。

やがてパトナム夫人に手を貸しながら、十八前後の娘が降りてきた。

ロング博士の写真スタンドに飾られていた写真そのままの可愛い娘だ。

ホールに降り立って、パトナム夫人が居間に戻るのを見送ってから、娘は改めて神野とリアに向き直った。

「わたしに御用ですか？　お祖父さんの遺産がどうとかパトナムさんは言ってたけど……お祖父さんの屋敷のことかしら？」

「いいえ。違います」

リアは首を横に振った。

「だったら……なんのこと？　屋敷以外にお祖父さんには何の財産もなかったはずだけど」

「それについては資料をお持ちしましたので詳しく説明させて下さい」

神野はほんの少し間を置いて言い足した。

「あなたのお部屋で」

「……」

一瞬、ソニアは黙りこんだ。その顔から表情が消える。

まるで人形のように無表情になったかと思うと、次の刹那には表情が戻っている。

ソニアは二人に微笑みかけて言った。

「詳しくお話をお聞きしたいわ。資料もお持ちなら拝見させてね。わたしの部屋で」

それは神野の言ったことを自分の考えと信じ切って、繰り返した言葉であった。

「ありがとうございます」

リアが礼を言い、ソニアは居間のパトナム夫人に声を掛けた。

「お二人はわたしのお客です。少しだけお部屋でお話しますので」

居間のほうから声が返された。

「それじゃ、お茶をお持ちしようかしら」

即座に神野はパトナム夫人に答えた。

「それには及びません。用事が済んだら、すぐに失礼します」

そして三人は階段を上って、ソニアの部屋に移動した。

部屋はソニア一人で借りているのではなさそうだ。

鏡台も箪笥も一つだが、部屋の隅に立てられた衝立には派手な寝間着が引っかけられ、壁には胸元の大きく開いたナイトドレスがハンガーに掛かかって吊り下がっている。

「ルームメイトは？」

リアが尋ねた。

「リハーサルがあるから早目に仕事場に出かけてるんです」

説明しながらソニアは二人に小さな椅子を勧め、自分はたった一つしかないベッドに腰掛けた。

「リハーサル？　ルームメイトは役者かしら……」

と尋ねかけたリアの言葉を押し戻して、ソニアは訊いた。

「お祖父さんの遺産について聞かせてください。それってお金ですか、それとも別荘か何か……。ガツガツしてるように聞こえるかもしれませんが、今、クラブのアルバイトでやっと暮らしてるもので……ちょっとでも暮らしの助けになれば嬉しいな、と思いまして」

「ご両親はお亡くなりになられた？」

神野は尋ねながら書類鞄を持ち上げた。

「大復活《GR》の時に起こった大暴動に巻き込まれて両親同時に……。それで、わたし、学校も止めて働きはじめました。お祖父さんが亡くなった時、あの屋敷に引っ越そうと思ったのですが、お祖父さんも参加してた賢人会議《オールド・ワイズメン》の意向で、屋敷は、わたしが二十六になるまで相続できなくて、住むことも出来ないと聞かされまして……」

「ご苦労されたのですね」

神野はソニアに優しく言った。

その表情を横から見たリアはそっと眉宇をひそめた。

普段の神野なら、他人の苦労にも暮らしにも無関心で、冷たく突き放した態度をとるのに、今の神野の口調や声音には心からの同情といたわりが籠められていると感じられたのである。

「……ええ。ですから、恥ずかしい話ですけど、少しでも暮らしが楽になるならと思って――」

「残念ながら、今回お話しに参りましたロング博士の遺産は、金銭的なものではありません」

「そうなんですか」

ソニアの顔に失望が拡がった。

「ただ、必要でしたら賢人会議《オールド・ワイズメン》なり魔術省に交渉してみましょう」

「そうしてくれると有り難いんですけど。出来るかしら？　これまで何度も窓口に行って訴えましたけど門前払いもいいところで」

「大丈夫です。わたしが交渉すれば確実ですから」

まるで兄のような口調で言いながら神野は鞄から写真スタンドと、「貸金庫のレコード盤」を取り出した。

「それは何かしら？　それが遺産なの？」

落胆した調子で洩らしたソニアに、神野はかぶりを振った。

「遺産ではありません。これを見て頂いて、ちょっと貴女に確認して頂きたいだけです」

そう言いながら写真スタンドの三面を開いてソニアに見せる。

「こちらは貴女とロング博士ですね」

「ええ。一年半くらい前に撮ったものだと思います」

「こちらの写真の、博士と一緒にいる二人の女の人に見覚えは？」

「あら」

ソニアは目を丸くして言った。

「イナイさんと、オブラクさんだわ」

「ご存知で？」

「ええ。この二人に協力してもらったのよ」

「協力？　何を？」

「イナイさんは、音源作りを。オブラクさんは……何してたのか、よく分からないけど……多分、舞台の演出とか、スチール写真の演出とかじゃないかしら」

「音源って、貴女の歌を録音したの？」

とリアが身を乗り出した。

「まさか。わたしは歌なんか歌えない。歌ったのは――」

ソニアは手を伸ばし、写真スタンドの三枚目の写真をピタリと示した。

「彼女。キャス・フェローよ」

「このブロマイドの女がキャサリン・フェローですね」

神野は探りを入れるような調子で尋ねた。

「ええ、そう。素晴らしい歌手だわ。『天界の乙女の歌声』って、ポスターにも書かれてた」

「イナイも、オブラクも、キャス・フェローのレコーディングの時のスタッフだった？」

「そうよ。どっちもお祖父さんが呼んだの。魔術省時代に知り合ったんですって。レコーディングの腕は抜群だったみたい。お陰で素晴らしいサンプル盤が作れたって、キャスもお祖父さんも喜んでた」

「そのサンプル盤は確か四枚作られたんだったね」

神野は慎重に探りを入れる調子で尋ねた。一枚は貸金庫から見つかり、二枚は博士の魔術僧房に放り出されていた。

その放り出されていた二枚のうちの一枚は稲井存子が分析していたが、神野が稲井のラボもろとも破壊した。

これまでに見つかった三枚のレコードに共通したことは一点、三枚とも「×」と殴り書きされていたことである。

そして三枚にはそれぞれ「1／4」「2／4」「3／4」と書かれていた。

ならば「4／4」のレコード盤が存在し、それには「○」と書かれていなくては辻褄が合わない。

神野はそう考えたのである。

「そうよ、四枚。お祖父さんは『4という数には重要な意味がある』って言ってた……。ええと……他にも4には意味があると言ってたんだけど……なんだったかな……」

ソニアが眉を寄せれば、すかさずリアが答えた。

「4は地上界の秩序を表す数ね。それから、東西南北の四方位。地水火風の四大。世界を支える四本の柱――」

「それだ」

神野は指を立てた。

「間違いない。四枚のサンプル盤も、アーカムに建設中の世界軸《アキシス・ムンディ》もロング博士の設えた、世界に秩序を取り戻すための魔術なんだ。だが、博士が殺されてしまった今、魔術を稼動させるパスワードを知るものは消えた……」

リアが身を乗り出して尋ねた。

「ねえ、ソニア。ロング博士から何か聞いたか、預かったかしていない？」

「特に何も……預かってなんかいないわ」

「じゃ、キャス・フェローの四枚目のレコードはどうしたのかしら？」

「それなら、ここにあるわよ」

にっこり笑ったソニアの言葉に神野とリアは同時に叫んでいた。

「なんだと!?」

「なんですって！」

ソニアは二人がどうしてそんなに驚くのか分からないと言いたげに小首を傾げた。

「そいつは……そのレコードは……この部屋にあるのか？」

神野が問えば、

「あるわ。……聴きたい？」

「是非聴かせて」

「いいわよ」

ソニアは二人に微笑んで立ち上がった。

部屋の隅に置いた四角い箱に歩み寄り、その上部を持ち上げる。蓋を上げると、箱の中からラッパ管が立ちあがった。四角い箱は蓄音機なのだ。

ソニアは蓄音機の下方を開いて、そこに何枚も立てられたレコード盤から一枚を取り上げた。

神野は素早くソニアの手のレコード・ジャケットに目をやった。

殴り書きされた「4／4」の文字。筆致は他の三枚と同じものである。恐らくロング博士のものだろう。……ただし、ジャケットに「○」は書かれていない。

（四枚目も『×』とは、どういうことだ。ソニアの持っているのが魔術に使われるものじゃないのか？）

ジャケットから抜いたEPレコードをソニアはターンテーブルに載せた。アームを持ち上げて針をそっとレコード盤に乗せる。シャリシャリいうノイズに続いて前奏が始まった。その前奏は「嘘は罪」"It's a Sin to Tell a Lie"に間違いない。

前奏が始まって五秒としないうちに窓の外が青い閃光に照らされた。稲妻だ。何度も閃き、雷鳴と爆発音が轟いた。ソニアがハッとして窓のほうに振り返った。

「どうしたのかしら。今まで空は晴れてたのに、急に雷なんて。あの音……近くに」

ソニアの「落《お》ちた」という言葉が凄まじい落雷音に掻き消された。黒魔女亭全体が大きく揺れる。かなり近くに落雷たようだ。

キャス・フェローの歌声がラッパ管から流れはじめた。それを妨害するように、稲光が三度閃き、落雷音が三度轟いた。

リアが窓に駆け寄った。

カーテンをめくって外の様子を覗いてみる。

その顔が青く照らされて、すぐに落雷音が轟いた。

「かなり強い魔術反応を感じる。……下にいるのはパトナム夫人だけ？」

「いいえ。他に下宿人が三人いるわ。大学生が二人と退役軍人が一人。多分、みんなで、居間でお茶飲んでるか、ラジオを聞いてると思うけど……」

「その人たち、魔術師？」

「いいえ」

「じゃ、パトナム夫人は？」

「魔術師なんかじゃない。ただの下宿の小母さんよ！」

思わず発したソニアの大声に、悲鳴が重なった。長く尾を引いた三人の男の悲鳴である。一息置いて、その悲鳴に、老女の悲鳴が重なった。

それを聞いてソニアは片手を口にやった

「大変！　階下《した》で何かが起こったんだわ」

ソニアの叫びに、リアがうなずいた。

スーツの懐に手を流し、ワルサーＰＰＫを抜く。

だが、神野がリアの手を軽く押さえ、鋭く言った。

「あれが聞こえないのか？」

「……」

リアとソニアは耳をそばだてた。

悲鳴が唐突に消える。

静かだ。

その静けさの底から口笛が流れてきた。

「ミスティ」を奏でる口笛が――。

「あいつね」

リアが呟いた。神野は黙ってうなずいた。あいつ――。やさぐれた雰囲気の痩せた男である。〈火《ファイア・》〉魔術《マジック》を使う男だった。

「痩せた殺し屋《ランキー・キラー》だ……」

神野はそう答えると、ドアに駆け寄った。耳を澄ませる。

「ミスティ」のメロディを奏でる口笛。

ギシギシという階段の軋み。

それにゴオゴオと燃え盛る音も聞こえてきた。

神野はドアのノブに手を掛け、すぐに引いた。痛い。否、凄まじく熱いのだ。

真鍮のノブが溶けそうなほどに灼けていた。

殺し屋の足音が廊下に響きはじめた。

足音はこの部屋に近づいてくる。

「レコードを取れ」

神野はリアに命じた。

リアは蓄音機に飛びついた。

「君は俺のほうに――」

「来い」とソニアに呼び掛けるより早く、ドアの向こうで足音が止まった。

ノック。ノック。ノック。それから悪意と冷笑の籠った調子で男の声が部屋の中に投げられた。

「国勢調査員です。下の方たちは全員終わりました。残るのは、こちらにいらっしゃる三人だけなのですが。開けていただけませんか？」

神野はリアがレコードをバッグに入れるのを確かめると、ソニアに右手を差し出した。

「俺の手を握れ」

「………」

ソニアは神野の右手を両手でしっかりと握りしめる。

ソニアの手を握り返して、神野はリアに言った。

「オブラクのラボでやった手だ。俺が劫火召喚を使うと同時に、窓から飛び出せ」

リアはうなずいた。

ドアの向こうから、また痩せた殺し屋《ランキー・キラー》の声が投げられる。

「わたしが用のあるのはソニアさんだけでしてね。あとのお二人は無用なので、消し炭にでもなってもらいましょうか」

神野は左手を大きく広げてドアに向けた。念を凝らして、鋭く言った。

「劫火――」

リアが窓めがけて走りだした。

ドアの外の男の声が突然真剣な口調になり、

「サラマンダーよ、燃えよ《ラウラーテ・サラマンドラ》！」

ラテン語で唱えられた呪句《プレイヤー》が〈火〉の妖気を呼んだ。

男の身からオレンジ色の熱波が発せられ、ドアが内側に大きくたわんだ。

リアはガラスを砕いて、二階の窓から外へと身を投げる。

「召喚……」

神野の左手から白熱光と一千度の熱波が発せられた。

左手から熱波を放つと同時に神野とソニアの身が白銀のカプセルに包まれた。

カプセルは刹那とおかず、瞬間転移して消えてしまった。

痩せた殺し屋の〈火〉魔術が喚起した熱波と、神野の劫火召喚の熱波が下宿屋の二階で真っ向からぶつかりあった。

白銀に輝く火龍と眩いオレンジ色の火竜《サラマンダー》とが真正面からぶつかり合い、互いに巻き付き合い、互いの首や胴に牙を立て合った。

だが、魔術的な視覚を有さない一般人の目に、この戦いは白熱光とオレンジの光とのせめぎ合いにしか見えなかった。

戦いは一秒とかからなかった。

相討ちだった。

この〈火〉の妖術と〈火〉魔術との衝突によって黒魔女館の二階が吹き飛んだが、すでにその一階は炎に包まれて、自然に崩落しはじめていた。

Ⅳ

ソニアが気づいた時、彼女はファントム・コルセアのリアシートに坐っていた。

運転席にはリアが、助手席には神野がいる。

それにようやく気がついたソニアはかすれた声で洩らした。

「何が起こったの……」

助手席から神野が振り返って言った。

「大したことじゃない。まだ、君も、俺も、リアも無事だ」

「消防車とパトカーが来たわ。面倒になる前に行くわよ」

そう言ってギアチェンジしたリアのサングラスには消防車とパトカーの赤色回転灯が映っていた。

第7章　Darktown Strutters Ball

――［7］戦車《チャリオット》

魔王を乗せた戦車を引くのは悪徳の象徴たる赤のスフィンクスと無慈悲を表す黒のスフィンクスである。闇を駆ける戦車は尊厳・統治・権力・栄光を打ち砕き、善悪二元論を混沌の一元へと回帰させんとする妖術師の意志である。それゆえ戦車の手綱を握る者はメルクリウスであり、同時に顔のないファラオであり、破壊と戦いの守護者マルスの使いという秘密の顔を持っている。

I

薄闇の向こうで舌打ちする音が聞こえた。

神野が振り返るとリアが呟く。

「……追ってくる」

コクピットでグリーンに輝くモニターが車の後ろから迫る異影を映し出し、規則的な信号音を発しだした。

モニター上では危険信号の対象も針の先程の光点にしか見えない。

「何が追って来るというんだ」

神野はルームミラーを見やった。リアウインドウ越しにオレンジ色の光が見える。光は目に痛いほど眩い。

色はオレンジだ。

さらにその光は尾を引いていた。

(まるで水平に流れる箒星のようだ)

と感じると神野の片目が痙攣した。

それは不快な物、あり得ない物を目にした時の神野の癖だった。

オレンジの光体が時速三〇〇キロで飛翔するファントム・コルセアを追跡していると認識したせいだった。

「あいつよ!　痩せた殺し屋《ランキー・キラー》!」

ソニアが後ろに振り返って叫んだ。

追跡してくる光体のことである。

いかにもその光点は人間の形をしていた。

神野は身体ごと振り返り、目を凝らした。

凶暴な光に包まれたそれは人間の形をしている。

――より正確にいえばソフト帽を目深に被った痩せた男の形を。

全身から放たれるオレンジの光は炎のようでもあり、痩せた殺し屋を包むオーラのようでもあった。

突然、コクピットの一部が点灯した。「ミスティ」の一節が大音量で流れる。

「どうして、勝手にラジオが……」

リアは片手を点灯したラジオにやった。

スイッチを切るより先に、スピーカーから男の声が発せられた。

「俺はあんたらがランキー・キラーと呼んでる男だ。とっくに気がついてるだろうが、そっちの車を追跡中だ」

「リア、スピードをもっと上げろ」

神野に言われてリアはアクセルを踏んだ。

するとスピーカーから小馬鹿にしたような含み笑いが流れてくる。

「逃げられないぜ」

とランキーの声は言った。

「俺から逃げのびた標的は今まで一人もいない」

ランキーの冷笑を帯びた声に神野が答えた。

「効能書きなら沢山だ。俺たちに、そんな脅しは効かん」

「脅しだって？　ふふ、そいつはどうかな？」

ファントム・コルセアの一五メートル後方で男は人差し指を立てた。

指をピストルのように構えて車を狙う。撃つ真似をした。

同時に、男の指先の少し離れた位置からオレンジ色に輝く物体が飛び出した。

「あれ、なあに！」

ランキーが指先から発射した物体は全部で五個あった。

長さは五センチほど、形状は平べったくて、全体はスペード型である。

ただし、そのいずれもが灼熱していた。

先のとがったスペードの頂点が飛翔するファントム・コルセアの車体後部に突き刺さった。

灼熱したスペードが五個たて続けに命中し、車体に突き刺さっていった。

その衝撃でファントム・コルセア全体が激しく揺れる。

まるで後ろから追突されたような衝撃だった。

「――小型ミサイルなの!?」

ソニアが悲鳴をあげた。

「違うみたい。コクピットに魔術反応がある。〈火〉魔術《ファイア・マジック》の一種ね」

凄まじい前後の揺れに、ハンドルを放すまいとしながら、リアは答えた。

「なんにせよ――」

と神野は助手席のサイドウインドウを下ろした。

「奴に一発お見舞いしなきゃ腹の虫が治まらん」

神野は助手席の窓から大きく身を乗り出した。凄まじい風にあおられ、純白のネクタイが夜気にたなびいた。

それを目にして、遥か後方を飛ぶランキーが真っ白い歯を見せた。

せせら笑ったらしい。ランキーは人差し指を立てて神野に照準を合わせる。

わざとらしく片目をつぶって、狙いを定めたその様子は、射的場で遊ぶギャングのようだった。

ランキーの指先が軽く上下した。

灼熱したスペードがひとつ、夜を貫いた。

神野の顔めがけて、真っ赤に灼けたスペードは、一直線に飛んでくる。

だが、神野は瞬き一つすることなく、それを見つめ続けた。

鋭く尖ったスペードの先が神野の視界に迫る。

それが視界いっぱいになった瞬間、神野は軽く左に顔を傾けた。ブンッ、という唸りが右耳に響いた。

スペードが右頬をかすめて飛んでいった。

神野の頬に浅い傷を残してスペードは夜の彼方に消えた。

右の人差し指で軽く、頬の傷を弾く。指先がほんの少し、血で濡れていた。

神野はその手を広げ、掌をランキーに向けた。

右手首を左手で握った。

静かに念を凝らした。

念が満ちた刹那、身の裡に溜まった妖気を四大の〈火〉に変換し、ランキーめがけて一気に撃ち放った。

白銀の炎が水平に迸り、アーカムの夜空を一瞬切り咲いた。

だが、それは一秒の何百分の一という短時間に過ぎない。

オレンジの光輝に包まれた人影が白銀の炎に呑まれて消えた。

「倒したの？」

ソニアとリアが同時に同じ質問を神野に投げた。サイドウインドウから身を引いて、助手席に戻った神野は眉を寄せたままだった。

「いや……」

サイドウインドウのガラスを上げながら神野はかぶりを振った。

「野郎の手応えがなかった。多分、俺の妖術が炸裂した瞬間、瞬間転移で逃げやがったんだろう」

そして神野はシートに深く身を鎮めると目を瞑った。

「ソニア、しばらくダレット・ホテルの俺の部屋に身を隠せ。リアがいるから退屈はしないだろう」

そうソニアに呼び掛けると、神野はリアに言った。

「二、三日はランキーも現われないだろう。安心しろ」

「それを聞いて半分安心したけど、あなたは？　大丈夫なの？」

「心配いらん。ホテルに戻って風呂に浸かり、清浄な水を補給して、しばらく休めば、俺は元に戻る」

神野が呟くとリアは小さくうなずいた。

「了解……」

リアのサングラスのレンズには夜空のラインを流れ飛ぶクラシック・カーの車列と、のしかかるようなアーカムの町並み、そして更けゆく夜空を貫くほど巨大な世界軸《アキシス・ムンディ》が映っていた。

「……それからファントム・コルセアはダレット・ホテルに急ぎ、リアはソニアのために小さな部屋を借りてから消えた。それを確かめた俺は安心して風呂に入り、清浄な水をたっぷり補給してから休もうとしていた。……そこにあんたが現われて、俺の休息を妨げてくれたという訳だ」

神野は話し終えると頭を上げた。アン・セット弁護士を睨んで、さらに皮肉の一つも吐き掛けてやろうと思ったのだ。

だが、眼前にアン・セット弁護士の姿はない。

神野の真ん前に、念動力で寄せたソファがまだあるから、アン・セット弁護士は幻覚ではなかったようである。

「帰る時には一声掛けるのが礼儀だろう。近頃の弁護士はそんなことも知らないのか」

うんざりして呟いた神野の耳に乾いた音が聞こえた。本がソファに放り投げられたような音である。

「うん……？」

低く洩らしてアン・セット弁護士の坐っていたソファを見つめ直した。そこには神野がさっきまで眺めていたロング博士のノートが放り出されている。

腰を上げて神野はそれを取り上げた。ノートには紙片が一枚、挟まっている。紙片はさっきまで無かったものだった。

「なんだ。お別れの言葉か」

そう言って紙片を抜き、紫色のインクで走り書きされた文字に目を落とした。

〝正義の女神《ジャスティス》〟からの進言
一、すべての事象はカードの表裏。2の内含する秘密に思いを凝らせ。20の裏に16が隠れていることもある。
一、〝キャス・フェローの4枚の歌声〟とは何を意味するのか？　キャスは普段、何処にいるのか？
一、世界軸《アキシス・ムンディ》の役割は何か。なぜ世界軸《アキシス・ムンディ》は針のように鋭く、天に届くほど高いのか？
一、賢人会議《オールド・ワイズメン》のメンバーは市長を入れて8人。ロング博士の所属していた時には9人。アン・セットが遊戯に加われば10人。10から9に、9から8へと移れば次の数は？
一、6月24日は聖ヨハネの日。それ以外の意味は12。
最後まで読むと神野は顔をしかめて呟いた。

「謎を置いていきやがった。あの女、弁護士かと思ったが、スフィンクスだったか」

Ⅲ

翌日午後二時少し過ぎに電話が鳴った。

電話はリアからだった。

午前中、ソニアのために下宿を探していたのだという。

「学生向けの下宿屋を見つけたので、そこを仮の宿と言うことにしたわ。当座の着替えや日常品もまとめ買いしておいた。下宿の場所はサウス・リバーストリートよ。一九七〇年に建てられた小さな下宿の二階で窓からミスカトニック川が見下ろせるので本人も喜んでる。唯一の不満と言えば仕事場のクラブ・ジッカーフのあるノースサイドの歓楽街は川の向こうで、橋を渡らなくちゃならないことくらいかしら」

「仕事場？　クラブ・ジッカーフ？　昨夜、焼き殺されかけたのに今夜から、もう職場復帰かよ」

「働いてたほうが何も考えなくて良いから心が休まるんですって」

「それなら、それでいい。仕事場のクラブ・ジッカーフまで行き帰りはお前が車で……」

「送迎係ね。はい、はい」

「これでソニアはいい。次はキャス・フェローだな。お前、キャスと面識は？」

「あるわけないでしょう」

「同じアーカムに住んでいるのに？」

「相手はナイトクラブの歌手でしょ。しかも、彼女が歌ってるのは、ディナーとお酒とジャズと舞台を楽しむオールド・ファッションなクラブ。おまけにノースサイドの歓楽街の一番ゴージャスな場所にある。あの辺は戦前までは大金持ちのお屋敷街だったんですって。それが没落した金持ちから順番に屋敷を売って徐々に歓楽街になっていった。今じゃアーカムで最もゴージャスな場所なのよ。わたしはクライアントの秘書兼ボディガードでしょう。全然、接点がないってこと。もしキャスが男で、お客がホールで踊るタイプのクラブでＤＪでもしてるのなら、見たことくらいはあるでしょうけど。わたし、ナイトクラブなんて行かないし、行ったこともないから」

「なら、今夜、行こう」

神野は即座に提案した。

「それはデートのお誘い？」

リアは鼻で笑った。

「そうことにしたいなら、してもいいぜ。デートに出かける前に今夜キャスが出演するクラブを調べてくれ。そこでディナーを食べ、カクテルでも飲もう。午後七時半くらいでどうだ？」

「オーケー。……で、太陽の出てる間は何して過ごすの？」

「世界軸《アキシス・ムンディ》とその周辺――七芒星型に広がる新市街を調べたい。世界軸《アキシス・ムンディ》そのものには上れるのか？」

「工事関係者しか近づけないわ。しかも六月二十四日の竣工式に間に合わせるため、工事現場は殺気立ってるから無理だと思うけど」

「賢人会議《オールド・ワイズメン》に遣わされた人間なら近づけるだろう」

「賢人会議《オールド・ワイズメン》関係者は最高特権者だから何しても許されるけど。あなた、どうやって関係者になるつもり――」

ノックの音がした。

神野は受話器を押さえてドアに振り返った。

「うるさい。今、電話中だ。ベッドメイクや清掃なら後にしろ」

ノックの音は止まない。さらに強く叩き続ける。次第に激しくなり、やがてドアを叩き破らんばかりの勢いになってくる。

とうとう相手はノックだけでなく、ドアを蹴り、怒鳴りはじめた。

「神野十三郎、開けろ!!」

中年男の濁声《だみごえ》である。

続いて、ハスキーな女の声も湧き起こった。

「公務執行妨害、アーカム市長発令特別条例違反で逮捕する」

神野は不愉快そうに眉を寄せると電話の向こうのリアに言った。

「うるさいのが押し掛けてきたので、一度電話を切る。後で、こちらから連絡するので待っててくれ」

「了解したわ」

受話器を本機に叩きつけると、神野は身を翻した。

ドアのほうに駆け寄る。

ドアはまだ叩かれていた。

男と女もまだ喚き続けている。

「神野、部屋にいるのは分かってるんだ。早く開けろ」

「開けないと、抵抗したと見做す」

神野はドアスコープを覗いて、荒々しいノックを止めない男女が何者か確かめた。

魚眼レンズを通して見えたのは男女の制服巡査である。

サングラスを掛けた二人の顔を見て、神野は片目を痙攣させた。自然に唇から呟きが洩れる。

「嘘だろう……」

自分の目が信じられなかった。男女の制服巡査の顔に神野は見覚えがあった。

顔だけではない。二人の身分証を抜きとったリアから、彼らの名前も聞いていた。

小太りな体型をした男の巡査の名はハリー・オルドゥン。痩せた女巡査の名前はメグ・シュタイナーだ。二人ともアーカム21分署に属する本物の巡査で——神野が己れの白柄の脇差で喉を斬り裂いた警官に間違いなかった。

(アーカムでは殺した警官が生き返るというのか)

そう考えて神野は唇を歪ませた。

ドアスコープから目を引いた。

と、同時に銃声が廊下で轟いた。

反射的に神野はドアの右に身を寄せた。
ドアの表面がめくれ上がり、たて続けに十二発もの銃弾が撃ち込まれた。
最上等の樫材製のドアに大きな孔が走る。木の砕片と削り滓が宙を舞った。
敵の動きを見つめたまま、神野は右手を懐に流した。
手が懐に眠る白鞘の脇差を確かめた。
白柄を握った。
銃撃がやんだ。
だが、まだ静寂は訪れない。
残響がまだ部屋の空気を震わせていた。
神野は身構える。
ドアが蹴破られた。
リボルバーのシリンダーを素早く替えて二人の巡査が躍り込んだ。
二人は神野の姿を探し求める。
サングラスを掛けた無表情な顔が部屋を眺め渡した。
二人の構えたリボルバーの銃口が一瞬泳いだ。
その刹那、白いエナメル靴が床を蹴った。
鞘走りが突風のような音を立てた。
抜き放った白柄の刃は立て続けに二人の喉を切り裂いた。

刃に浅く彫られた倶梨伽羅竜《くりからりゅう》が血を呼んだ。

神野は喉を斬る手を返して、ハリーの心臓に刃を突き込んだ。

こちらに振り返ろうとしたメグの横首に斬りつけて、下に流した刃で肝臓を抉った。

ハリーはのけぞったまま静止した。

メグは拳銃を握った手で腹を押さえ、そこで凍結した。

神野は二人に背を向けていた。

握った白柄を振る。

血の滴が絨緞に散った。

刃を返して、白鞘に戻すと、そのままスーツの懐に戻した。懐から刃の鞘に戻る乾いた音が響いた。

その音を待っていたかのように、二人の制服巡査は、床に頽《くずおれ》ていった。

神野は電話機に戻ると、リアを呼びだした。

「はい」

すぐに出たリアに神野は言った。

「賄賂のきかない警官が襲ってきた」

「なに、それ。何の冗談よ?」

「こないだ俺が殺した男と女の制服巡査だ。男はハリー、女はメグ。身分証を抜いて名前を確かめた奴らのことを覚えてるだろう」

「………」

神野の言葉に、リアは数秒間、絶句した。

ややあって確かめるように尋ねる。

「本当なの？」

声がかすれているのが電話を通じても分かった。

「大復活《GR》後のアーカムでは何でもありらしい。二人の死体を片付けて、俺の部屋のドアを元に戻し、ついでに絨緞も綺麗にするよう、クライアントに伝えてくれ」

「分かったわ。すぐ手配する」

「伝えたら、ロビーに来い。予定を早めて動き出すぞ。ロビーで合流して今日の仕事に取り掛かるんだ」

「了解」

短く答えて電話を切ろうとしたリアに、神野は「ちょっと待て」と呼び掛けて言い足した。

「アン・セットという女を知ってるか？」

「……アン・セットって、弁護士のアン・セットのこと言ってるの？」

「そうだ。そのアン・セットだ。信用できる女か？」

「アン・セット弁護士はクライアントの顧問弁護士よ。確か賢人会議《オールド・ワイズメン》付きの弁護士も、ノヴァチェク市長やミスター・ＧＯＧの弁護士もやっていた筈。アーカムでもアン・セット弁護士を雇えるのはＶＩＰだけよ。……彼女がどうかした？」

「昨夜、お前たちと別れて一人でいたら、俺の前に現われた」

「どうして、アン・セット弁護士が貴方の許に!?」

「ご本人は正義《ジャスティス》の女神気取りらしい。今後の捜査の方向について、幾つかアドバイスをくれた」

「そのアドバイスは聴いても良いけど、アン・セット弁護士のことを全面的に信用しないでね。彼女は得体が知れない所がある。賢人会議《オールド・ワイズメン》のミスター・GOGと同じくらい得体が知れなくて危険な香りがする女よ」

「もとより俺は誰も信用しない」

「賢明ね」

「別に賢人会議《オールド・ワイズメン》の弁護士をしてるから信用しない訳じゃない」

「だったら、どうして」

「正義《ジャスティス》の女神って奴はいつも目隠しをしているからさ」

吐き捨てるように言うと、神野は受話器を置いた。

第8章　Almost Blue

——［8］剛毅《ストレングス》

「不屈の精神」「ダビデ」とも呼ばれる。女神は獅子の頭《こうべ》を取り押さえるが、それは力ではなく、彼女の勇気による。女神はミネルヴァと成り得るが、正義とは限らない。乙女座に支配された獅子座の時代。精神に支配される肉体。水星の支配を受けた太陽。憎悪は愛に破れるが、破ることのできる愛は意志と錬金術によって生まれた愛のみである。

I

フロントガラスの向こうを流れる高層ビルの連なりはコンクリートと鉄筋と磨き上げたガラスの高波だった。

三〇年代風の窓に六月の陽が眩く反射している。そうして地上一五メートルの低空から眺めたアーカム・シティはアメリカ東海岸に良くある中規模の都市だった。

ミスカトニック川の悪臭が窓を閉めていても少しばかり鼻につく。だが、それは腐肉の臭いでも、鼻の奥に突き刺さるような強酸の臭気でもない。

東海岸の都市を流れる川や運河にはお馴染の、軟泥やヘドロの悪臭である。

腐臭や酸の臭いといった嗅覚が感じるほどの妖気は北上するにつれて薄くなった。

「妖気」はミスカトニック川北部——通称ノースサイド一帯では、ほとんど感じられない。

それはノースサイドに聳える巨塔、「世界軸《アキシス・ムンディ》」のお陰であると、ノヴァチェク市長はメディアでしきりに訴えていた。

「建設途上にして、これほどまでにCの影響を緩和出来るのだ。六月中旬に完成し、二十四日に本格的に稼働したならば、世界は必ずや元の秩序を取り戻し、世界を整合したものに戻してくれる」

というのがノヴァチェク市長の主張だった。

ファントム・コルセアはビル街から世界軸《アキシス・ムンディ》周辺に移動した。

かつてはスクエアと呼ばれていた一区画に世界軸《アキシス・ムンディ》は位置し、その下に七方向に新しい市街が造られつつある。

七方向に延びた新市街は空から眺めると、見事な七芒星型をしていた。

（世界軸《アキシス・ムンディ》の不自然な形状と異常な高さのせいだろうか。あまりに非現実的なせいで、あれはアーカム・シティに描かれた巨大な魔法陣に見えるぜ）

そう感じて神野は呟いた。

「世界軸《アキシス・ムンディ》は七芒星の魔法陣の中心に建てられていたのか」

運転席からリアの声が起こった。

「やだ。意地汚い化け物鳥だわ」

車体が揺れた。見ればヴォッズス鳥が三羽、ファントム・コルセアに体当たりしている。二つ首が耳障りな鳴き声をあげ、紫色の毒液を車体に吐きかけた。

「餌と間違えるな。ようし……」

垂直下降のギアを入れ、さらにコクピットのスイッチをひねった。バンパー下からトミーガンの銃身が出て掃射を開始した。ファントム・コルセアは世界軸《アキシス・ムンディ》の基底部に向かって垂直に降りていく。その一方で襲ってきた妖鳥が次々と粉砕されていった。

思い出したようにリアが尋ねた。

「なにか言った？」

「いや。真ん中に七芒星が大きく描かれた魔法陣はなんだったかな、と、そう独り言を言ったのさ」

「気になるのなら調べてみたら？　助手席の前にあるダッシュボードの下を引けばコンピュータ端末が出てくるわよ」

「……」

神野は言われた場所にある細長い抽斗に手をやった。

抽斗を一杯に引き出せば、古風なデザインの端末が自動的に現われる。

タイプライターのようなキーボードに、角の丸い画面の大復活《GR》後仕様の端末だ。

音を立ててスイッチを入れ、端末が起動すると、神野はＤＵＦＡ《ドゥッファ》というドイツの検索エンジンを使って、「七芒星」「魔法陣」でワード検索を掛けた。

ヒットした項目が並んでいく。

――ヨハン・ファウストの研究。フリーメーソン・ロンドン・グランド・セントラル・ロッジの祭儀室の床に描かれた模様。ベルギーの魔術師Ｊ・Ｒの指摘――。

神野は激しく瞬いた。
（違う。これじゃない）
検索ワードを付け加える。
「ゲーティア系魔術」「クトゥルー」「退去」「秩序」「世界変容」……。
やがて、神野は気になる見出しを見つけ、そのコンテンツを引き寄せた。
「ミスカトニック大学付属図書館アーミティージ研究室文庫」
大学図書館のデータベースである。

▽アクセスしますか？△

リンク先▼『死霊秘法《ネクロノミコン》』▲
神野はリンク先に関する説明を目で追った。
「大復活《GR》以前は禁閲覧・禁帯出であったが、米国魔術省の儀式魔術書情報公開命令およびノヴァチェク市長特令第二号によりインターネット公開された」

(……ということは、魔術省と市長の両方が、『死霊秘法《ネクロノミコン》』とかいう本に記された情報が必要だった、という訳か)

神野は『死霊秘法《ネクロノミコン》』にアクセスした。

★アラート★

『死霊秘法《ネクロノミコン》』への一般人のアクセスは禁じられました。

(本体にアクセスできなくても、本文を引用した論考にはアクセスできる筈だ)

そう考えて、「『死霊秘法《ネクロノミコン》』」・「七芒星」・「魔法陣」・「クトゥルー」と打ち込んでいった。

求める論文はすぐに出た。

▼タイトル/『死霊秘法《ネクロノミコン》』における魔法陣の一考察

▼著者/文学博士フランク・K・コステロ

神野はその論文にアクセスした。

論文はジョン・ディー博士が英訳した『死霊秘法《ネクロノミコン》』の一節を引用した後、こんなことを記していた。

「……七芒星を内部に設えた魔法陣で、限られた秘儀参入者のみが使用することが許されている魔法陣は『死霊秘法《ネクロノミコン》』に紹介された〝クトゥルー召喚〟のためのものである……」


「なんだと⁉」

神野は小さく叫んだ。

（世界軸《アキシス・ムンディ》は目覚めたCを再び眠らせ、大復活《GR》で混沌化したこの世界に秩序をもたらす魔術を実行するため、突貫工事で建設されているタワーじゃなかったのか）

だが、フランク・K・コステロなるオカルト学者によれば、七芒星の設えられた魔法陣は「クトゥルー召喚」の儀式で用いられるものだというのである。

（ひょっとして……ノヴァチェク市長と賢人会議《オールド・ワイズメン》が新市街の名目で、ここで築いてる七芒星形の街区は……ロング博士の企図とは正反対の機能を持った魔法陣じゃないのか？）

神野がそう考えた瞬間、車体にズンッとした衝撃が走った。衝撃はヴォッズス鳥の攻撃よりは重く、着陸時のショックよりは軽い。神野はリアに振り返った。

「大丈夫か？」

端末画面から神野はリアへと視線を映した。

「もちろん」

リアは片頬だけ笑って答えた。

「垂直着陸中に何かにぶつかったみたいね。この辺は工事現場だから建設資材が当たったのかも――」

とコクピットに目をやる。微かに眉根が曇った。

「車体の前後には破損はないみたいだわ。多分、大丈夫でしょう。このまま降りちゃいましょう」

ファントム・コルセアは静かに着地した。

もう異音は聞こえない。

サイドウインドウから外を見れば資材置き場である。

石と雑草の荒れた空き地に鉄骨や木材が積まれて、近くには起重機、ブルドーザーが停車し、巨大なコンクリートミキサーが何台も、唸りを上げて回転していた。

ただし、人影は見当たらない。

神野はチラとコクピットの時計盤に視線をやった。

(まだ作業員が引き上げるような時刻じゃない)

そう思うと同時に神野の脳裏でシグナルが点滅し、踏切のカンカンカンという音が響きはじめた。

警告である。

研ぎ澄ました神野の神経が、迫りくる危険を彼に教えていた。リアに警告しようと口を開きかけた。

それより早く、ファントム・コルセアの運転席横のドアが開いた。リアはさらにドアを押して降りようとする。

神野はリアに振り返った。

「待て！」

「出るな」と続けようとした瞬間、ドアの外から車内に向けて、腕が何本も突き込まれた。

異様に青白くて太い腕だった。

蹄とも鉤爪ともつかない三本の指がリアの手を掴んで、その身を外に引きずり出した。

悲鳴を上げる暇もない一瞬のことだった。

一息置いて、車から離れた闇の向こうから悲鳴が起こった。目をやれば車から十メートルほど離れた位置にリアが見えた。何人かの人影に手足を取られて攫われていく。

悲鳴が遠ざかる。

拐ったのはずんぐりした体型の背の低い男どもである。

（連中は皆、丸腰だ）

男たちは身に襤褸《ぼろ》をまとい、牙のある野豚の顔をしている。その皮膚の色は闇にも青白く映えていた。

人豚《ホッグ》だ！

「くそっ」

舌打ち混じりの罵声を残して、神野の姿が車内から消えた。

Ⅱ

人豚《ホッグ》はヴォッズス鳥や夜魔《ナイトゴーント》と同じように、大復活《GR》後のアーカムに出没するようになった妖物である。

「人豚《ホッグ》」というその名の通り、牙のある野生の豚の顔に、脂肪の詰まった胴体をした亜人間だ。

手足は短いが動きは素早く、蹄と鉤爪の混ざった形状の三本の指を持っている。

その人豚《ホッグ》のいやらしい三本の指が、リアの腕を掴み、足首を掴んで、さらに濃い闇の奥へと運び入れようとしていた。

その数は五匹。中に一匹、髪を伸ばした豚よりも人間に近い容貌の人豚《ホッグ》が混じっていた。

他の四匹より背が低く、胸が盛り上がっている。

これはメスの人豚《ホッグ》らしかった。

メスが混じっているからにはリアを攫ったのは彼女を犯すためではない。

食うのが目的なのだ。

枯れ草の生えた荒れ地にリアの体が投げ出された。

その両手足が素早く抑えられる。

恐ろしい力であった。

それなりに護身術や格闘技を心得たリアが身をよじるしか出来ない有様だった。

メスの人豚《ホッグ》が、もがくリアの懐に手を入れた。

衣服を引き裂くことなく三本の鉤爪がワルサーPPKをホルスターから引き抜いた。

それが武器であると知っている様子で、メスは拳銃を遠くに放り投げた。

強張ったリアの顔を八個の目が凝視した。目はいずれも餓えた豚の目である。

真っ赤に血走って、いくら食っても満たされぬ空腹を訴えていた。

リアを覗きこんだ一匹が鼻を鳴らした。

豚の鼻の下で震えるV字型の口から涎が垂れる。

銀色の糸を引いて垂れてきた涎が髪を汚した時、恐怖とおぞましさで動けなかった〝金縛り〟が唐突に解けて、リアは悲鳴をあげた。

「いいぃいぃやあああぁぁーーーッ!」

すると四匹の人豚《ホッグ》は牙の突き出た唇を開き、嬉しそうに咆哮する。

「YYYYAAAAaaaa!!!」

リアの悲鳴を真似たのだ。それから人豚《ホッグ》は人間そっくりの声で哄笑した。

地獄の豚のごとき姿ながら、人豚《ホッグ》にもリアを嬲《なぶ》り、嘲《あざけ》りながら、生きたまま食らう程度の知性は有しているようだった。

それを察してリアはさらに悲鳴をあげた。今度の悲鳴は喉から血を吐かんばかりの絶叫だったが、長く尾を引いたその叫びも、人豚《ホッグ》どもの咆哮と哄笑に掻き消されてしまった。

――だが、人豚《ホッグ》どもの叫びと笑い声は長くは続かない。

リアの右腕を押さえた人豚《ホッグ》が突然、電撃が走ったようにギャンッと叫んで身をのけ反らせた。弓なりに反った身から頭部が転げ落ちる。

肉の詰まった頭が荒れ地に転がった。

野獣の目に白い影が映っていた。

蓬髪を乱し、純白のスーツに身を包んだ男だ。

男の手には白柄の脇差が握られている。

神野十三郎である。

神野は、胴体だけになっても未だ立つ人豚《ホッグ》の真後ろから、横たえられたリアに皮肉な笑みを投げた。

(まるで白い死神だ)

とリアは思ったが、微笑は返せなかった。

頭を失った人豚《ホッグ》の首から血煙が噴き上がった。

真紅の熱い霧を浴びて、他の人豚《ホッグ》どもがハッとした。

その一瞬の隙を衝いてリアは左手を人豚《ホッグ》の鉤爪から引き抜いた。

身をよじって両足も妖物どもの手から抜き、下方からの鋭い蹴りをぶち込んで、一匹の顔面を砕く。蹴りは一発では終わらない。続けてもう一発、足を押さえていた人豚《ホッグ》にも打ち込んだ。ブーツの爪先が顎を粉砕した。

両足の自由を取り戻すと同時にリアは全身のバネを利かせて宙に跳んだ。

蹲踞の体勢から立ち上がり、両手を引き寄せる。

マーシャル・アーツの構えだった。

だが、リアがそれ以上闘うまでもない。

神野の刃が闇に閃くと、人豚《ホッグ》の頭が漆黒の空高く舞い上がり、腕が二本同時に地面に落ちていった。

三匹目が神野を威嚇しようと鉤爪を向け、牙を剥いて吠えようとした。

——吠えるために腹に力を入れると、その身の左肩から右脇腹にかけ、チバッ、という音が走る。

人豚《ホッグ》の目に驚愕と恐怖が浮かんだが、その色は、胴体が斜めにずれると共に消えしまった。

重い音と共に三匹目の半身が地面に転がった。

青白い人豚《ホッグ》の胴体は肩の部分から反対側の脇腹までチェーンソウで切断されたような状態だった。

神野の構えた白柄の刃で、浅く彫られた倶梨伽羅竜が血に濡れて、一層妖しく輝いていたが、その表面には一点の曇りも見えなかった。

「もう一匹！　あっちに逃げたわ」

リアが叫んで闇の向こうを指した。その指の示したほうでは、メスの人豚《ホッグ》が必死に走っていた。

四つん這いになり、両手を前足にして逃げる姿は畜殺場から遁走する豚そのものである。

うるさそうに前髪を払った神野の瞳の奥で稲妻が閃いた。

「……妖術修羅遍在《しゅらへんざい》」

低く呟いたのと、逃げる人豚《ホッグ》の行く手を白い影が遮ったのとは同時だった。

メスは白い影に驚いて顔をあげた。

そこに神野が立っていた。

片手に白柄の脇差を構えている。

慌てて立ち止まった人豚《ホッグ》は、後ろを振り返った。

遥か後方にも神野が立っている。

妖物特有の鋭い勘で、メスは後ろの神野と真ん前に立ちはだかる神野とが同一人物と見てとった。

メスは牙を剥いて唸った。

前半身を低くして豚の目で神野を睨みあげる。

ガッ、と叫ぶなり、飛びかかった。

鉤爪と牙で神野の喉を引き裂こうとする。

だが、鉤爪が神野に触れるより早く、銀色の倶梨伽羅竜が闇に奔った。

メスの顔面に、縦に一本、赤い筋が走り、次の刹那、その筋から顔面は左右に分かれた。

空中から地面にメスの胴体が落下した。

肉の詰まったズダ袋が柔らかい土に叩きつけられる音が響く。

人豚《ホッグ》の死体が荒れ地に転がった一秒後には腐敗が始まっていた。

だが、完全に腐り果てるより早く、地面から緑色の淡い光を帯びた触手が何十本も伸び出して、メスの死体を絡め取り、地中に引きずり込んでいく。

神野はそれを不快そうな目で眺めてから、リアと一緒にいる神野に叫んだ。

「こっちは倒したぜ」

すぐに向こうの神野が応える。

「有難うよ」

神野は何も言わずに消え、離れた場所にリアと神野だけが残された。

リアが神野の顔を見つめて言った。

「あなた、何者なの？　オブラク博士の所じゃShoggothみたいに分裂したけど。今のはShoggothじゃないわね。むしろ魔術《マジック》かＥＳＰ。……貴方の体に凄い妖気が蓄積されているのを感じるから、むしろ、妖術《ソーサリー》と呼ぶべきかしら」

「日本の密教系の妖術で、修羅遍在という。自在に俺の分身――ドッペルゲンガーを呼びだす術だ」

神野は説明しながら白柄の刃を振って血を払った。

「私立探偵《プライベート・ディテクティヴ》じゃなくって妖術師《ソーサラー》だったの？」

リアは驚いたように言ってサングラスを持ち上げ、神野を見た。

ブルーの瞳に笑いが湛えられている。

神野に対して、得体の知れなさによる警戒よりも、仕事の相棒として実力を認めなおしたようだった。

「俺は私立探偵で妖術師さ」

と神野は浅い笑みで唇を歪めた。

「ついでに、記憶喪失の」

「記憶喪失？」

「ああ。クライアントは、俺を東京から呼んだというが、俺は東京にいた頃の記憶がぼやけている」

「なんだ、それじゃ、わたしと同じじゃない」

「お前と同じ？」

「ええ。わたしも、クライアントはＮＹから呼んだボディガードだっていうけど、ＮＹにいた時のことなんて、全然覚えていないのよ」

そう答えて、リアはすぐに笑みを拭って呼び掛けた。

「さてと、それじゃ、過去の無い者同士で仲良く、世界軸《アキシス・ムンディ》を調べるとしましょうか」

第9章　Towering Silence

――［9］隠者《ハーミット》

隠者の古衣にはヘルメスが隠れている。白い顎鬚を垂らした賢者は彼の意志を象徴する姿で、目に見える姿は隠者とは逆である。すなわち隠者の暗欝な顔ではなく明るく精悍な若者の容貌で、若者の唇には皮肉な笑みさえ刻まれている。隠者の黒いマントは若者が闇に属する種族であることを教えているが、実際に若者がまとうのは染み一つない純白の晴れ着である。隠者の持つカンテラは若者がこの世のものならぬ術者であることを象徴し、隠者の杖は若者が懐に短剣《ダガー》に象徴される殺意と悪意を隠し持つと教えている。

I

世界軸《アキシス・ムンディ》の基幹部に建設本部が設けられていた。

ただし今夜は本部に人気《ひとけ》はない。

建築資材や建築作業用のタブレットが作業台や簡易デスクに捨て置かれている。

デスクに置いたままの紙コップにまだ半分以上コーヒーが残っているのを見て神野はいった。

「緊急事態が起こって現場の人間は全員退避したようだが。近くに逃げ遅れた奴なんかいないだろうな」

「いないようね」

リアはスーツの懐から銀色のシガレット・ケースを出すと蓋を開いて覗きこんだ。

それはシガレット・ケースではなかった。

蓋を開けば、小さな計器とチューナーが並び、蓋の裏は画面になっている。

リアはチューナーをひねり、画面に映った映像を見ながら答えた。

「地上にも地下にも作業員はいない」

「地下も作業場なのか？」

「この断面図によると、作業場だけじゃなくて、七芒星形をした新市街地の下は巨大な空洞らしいわ。世界軸《アキシス・ムンディ》の芯みたいな物と、その空洞がつながってるみたい」

「新市街ってのは地下街なのか」

「そうじゃないようね。地下の空洞に、これから住居や商店や行政施設を作る気配はないらしい。その証拠に一部、空洞の周囲に厚いコンクリートで壁を築き掛けている」

「妙な地下空洞か。覚えておこう。作業場に誰もいないのは、地下空洞の事故か？」

「違うわね。空間に魔術警報《アラーム》が残されている。ええと――作業中に空中に〝Yog ホール〟が出現した……ですって。そこからC系妖気が漏出した……一時退避せよ……警報はそう訴えている」

「俺に分かる言葉で言えば？」

「クトゥルーの夢から魔物が現実に溢れだしそうになったので慌てて避難したってこと。……さっきの人豚《ホッグ》もC系妖気の濃度が増したので湧いてきたのね」

「なるほど」

神野は眉間に皺を刻んだ。

「世界軸《アキシス・ムンディ》に忍びこんで何かやましいことはないか、探ろうとしてた、わたしたちとしてはナイスタイミングだけど。どうする？」

「せっかく来たんだ。一般人が見れない所を見学しようぜ」

神野はそう言うと唇の端を皮肉な微笑で吊り上げた。

Ⅱ

建設中の世界軸《アキシス・ムンディ》は地上一〇〇〇メートルまでは作業用の高速エレベーターが動いている。

エレベーターは一〇〇〇メートルの高みに上るための、ただの狭くて四角い箱に過ぎなかった。安全装置も、万が一のための警報ボタンも、遠隔監視用のカメラもない。蛇腹式のドアが付いているからエレベーターと分かるが、なければ蓋の外れた棺桶といっても通じそうだ。

それでも作業現場用だけあって、動きは確かである。蛇腹式のドアを閉めて壁に付されたパネルのボタンを「ON」にすれば天井の照明が点き、低い稼働音が響いた。パネルに階数はない。「作業場」という殴り書きの上のボタンを押せば、ガクン、と一度揺れて、いきなり上りはじめた。

淡いオレンジ色の光を帯びたエレベーター・ダクト内を垂直に上昇していくが、その速度は急上昇する戦闘機さながらである。

リアは思わずエレベーターの壁についてしまった。それでも強風がエレベーター内に吹き込まないのは昇降機とダクトに魔術加工が施されているからだ。

淡いオレンジの光は魔術によって生じた妖気のせいだった。

弾丸のようなスピードで上るエレベーターから、蛇腹式のドアを通して外界を見れば、周囲に聳える高層ビルの窓々が流れていく。

瞬く間に窓や壁やネオンは消えて、蛇腹格子の向こうに夜空が広がった。

星が異様に大きく輝く異界の夜空である。

空に瞬く赤や緑の星々が手を伸ばせば届きそうに見えたかと思えば、唐突に、空にぶちまけられた星々が漆黒の巨影に遮られた。

何百とも知れないヴォッズス鳥の群れだ。

餓えた妖鳥群は二つの頭を振り、女の悲鳴に良く似た鳴き声をあげながら南の方角――海浜地帯に向かって飛んでいく。

神野はヴォッズス鳥群の飛ぶ先に視線を向けた。

「キングスポートのほうで何か起こったみたいね」

ようやくバランスを取り戻したリアが言った。

「化け物鳥のパーティーか?」

「さあ、どうかしら。あいつら、濃密な妖気が発生すると、そっちに惹かれて飛んで行くから……。何にしても、わたしなら絶対、今夜は海のほうには行きたくないわね。それでなくても、アーカムの海辺は、今、危険なんだから」

「海辺は危険?　鮫でも出るのか」

「鮫は怪しげな儀式なんかしないわよ」

「カルト教団が牛耳っているとでも？」

「ええ。それも半分魚のカルトがね」

リアは吐き捨てるように言った。

そんなことを話すうちにエレベーターが徐々に減速しだした。

どうやら間もなく一〇〇〇メートルの高みに到着するらしい。

エレベーターの蛇腹格子が内側に大きく撓《たわ》んだ。

息も出来ないほどの強風がエレベーター内に吹き込んでくる。

神野が風を避けようと横を向いた。

「なんとかならないのか」

「すぐに止む。空中作業用の結界に入るまでの一瞬だけ我慢して」

リアの言葉の通り、卵の皮のような薄膜を突き破ると同時に強風は止まった。蛇腹格子の向こうから淡いオレンジ色の光が射しこんでくる。アーカムにおいてオレンジ色は魔術を表す色なのだ。

「高層ビルで工事をする時は魔術結界を張っているのよ。強風だけじゃなく、ヴォッズス鳥や、星かげろう、その他いろんな魔物がアーカムの夜空を飛びまわっているから」

「いつの間に、そんなに遅い時刻になっちまったんだ……」

「この街《アーカム》では時間も空間も三次元の動きとは全然別だって、もう忘れちゃった？」

「今、思い出した……」

神野は苦笑で歪めた唇にキャメルをねじこんだ。結界が風を遮ってくれるお陰で、指を一度鳴らしただけで、煙草に火が点いた。

作業場は広かった。

結界内が一種の亜空間に設定されているので小さなグランドほどもある。

良質の土で造った地面の上に鉄骨や接合用の巨大なボルト、さらに足場用の材木、コンクリート製の太い柱などが積み上げられている。その周囲にはクレーンやブルドーザーや大型の杭打ち機などが停められ、ほとんど地上の基底部の様子と変わらない。

こうした資材や機材は、飛行機や車などから眺めた時には見えなかった。

いや、それ以前に地上一〇〇〇メートルあたりにもう一つの地表があるなど、予想だにしなかった。

神野は改めて、世界軸《アキシス・ムンディ》を建設させている賢人会議《オールド・ワイズメン》の、強力な魔術パワーに舌を巻いてしまった。

リアはシガレット・ケースの画面を見ながら言った。

「高度一〇〇〇メートル地点には特に怪しい所はないようね。妖気も致死量じゃないし、魔物の反応もない。ここはただの建設工事現場だわ。世界軸《アキシス・ムンディ》の秘密を探るというのなら、いっそ一五〇〇メートル――世界軸《アキシス・ムンディ》のてっぺんまで上ってみなくては」

「しかしエレベーターはここで終わりだぞ。どうやって、この上を調べる?」

「…………」

リアはシガレット・ケースの横のチューナーを操作した。

すぐに小さな端末画面に黒光りする物体が現われた。

一九三七年型のフォルクスワーゲンを一回り小さくした形の車体に楕円形の半透明な羽根が六枚付いたような形状だ。

「うん、使えるわ。これで行きましょう」

呟いたリアの手元を覗きこんで神野は尋ねた。

「なんだ、それは」

「南京虫《ベッドバグ》。高層建築の工事に使う作業用魔術機よ。しかも、二人乗り。ツイてるわね。さ、行きましょう」

神野の手を引くようにしてリアは現場のフロアを南に駆けだした。

建築資材の迷路を抜けると、すぐに目指す場所に着いた。

細長い空間に、黒光りする魔術機が三台、並んでいる。丸まっちい車体に脂ぎった光沢の薄褐色羽根が六枚、禍々しく伸びている。

神野は、

(南京虫《ベッドバグ》か。呼び名が外見にフィットし過ぎている)

と苦笑した。

リアは南京虫《ベッドバグ》のドアを引く。鍵は掛けられていないようだ。素早く乗り込むとコクピットのカバーの一部を外してシガレット・ケースを向けた。コクピットの中から小さな火花が散り、同時に南京虫《ベッドバグ》のヘッドライトが点灯してエンジン音を響かせる。

「さ、早く」

車内からリアが促した。

神野は助手席に乗り込む。狭い車内にはドリルや電気鋸のような機材が押しこまれ、さらに狭くなっていた。

それでも堅いシートに坐ってドアを閉めると、リアは南京虫《ベッドバグ》を動かした。ブブブ……という振動音がしたかと思うと、脂ぎった羽根が羽ばたきはじめる。その動きは昆虫が畳んだ羽根を拡げて羽ばたく様子にそっくりだった。

六枚の羽根の動きは瞬く間に目に止まらぬほど早くなる。完全に見えないほどの速さになると、南京虫《ベッドバグ》の車体はフワリとうき上がった。

そして車体は螺旋を描きながら、世界軸《アキシス・ムンディ》の頂きに聳える漆黒のオベリスクの周りを回って上昇しはじめる。

だが、車内から見た時、それはフロントガラス一杯に広がる黒光りする壁だった。

あまりに巨大なため――あるいは南京虫《ベッドバグ》が小さすぎるため、窓一つない尖塔がそのように映るのだ。

「大きすぎて観察も調査も出来ないわ。戻りましょう」

リアが首を横に振った。

「戻る前に調べてほしいことがある。……もし可能ならならば」

と神野は黒光りする壁面を見つめて言った。

「なに？」

「この壁面が何で出来ているのか、車内から調べられるか？」

「壁面を構成する魔術因子《エレメント》？　それとも壁面の材料？」

「両方だ」

「待ってね」

リアはコクピットの隅にある五芒星に掌を向けた。何か呟く。それがパスワードか呪文だったのだろう、コクピットから五センチほど上の空間にオレンジ色の光る線で描かれた印形《シジル》や魔法円《マジカルサークル》や数式が浮かび上がった。

それらを素早く読みながらリアは神野に説明する。

「一〇〇〇メートル地点の作業場から上の五〇〇メートルは、窓一つないオベリスクよ。区割りされた様子はなし。鉄筋もなし。まるまる五〇〇メートルの黒くて尖った細長い塊――」

「その塊の成分は？」

「成分は……」

と読みかけてリアは舌打ちした。

「なによ。大事な時に故障なの」

「どうした？」

「成分解析をコクピットの解析魔術機が間違えてる」

「どうして間違えてると断言できるんだ」

「だって……目の前にある黒い壁がダイヤモンドで出来ている、なんて言ってるのよ。絶対、解析魔術のバグだわ」

「バグじゃないとしたら？」

「この黒くて光ってる壁がダイヤモンドなんてあり得ないでしょう。こんな巨大なダイヤが……」

神野はリアに皆まで言わせず、

「ダイヤと同じ元素で出来ているのかもしれないぜ」

「どういうこと？」

「カーボンの塊だとしたら？」

「いくら黒いからって石炭とは……」

失笑しかけたリアに神野は言った。

「石炭と言ったんじゃない」

「え……」

「カーボン。つまり、炭素だ」

「炭素の塊ですって？　あなた……全長五〇〇メートルもあるオベリスクが……丸ごと一つ……炭素で作られている……と、そう言いたい訳？」

「ダイヤモンドも炭素の塊だ。魔術機は何かの理由で、この尖塔をダイヤモンドと誤読した……そう考えたらどうだ？　たとえば尖塔を構成する炭素がダイヤと同じくらい純粋なように、魔術的な加工を施されているとしたら」

「何が言いたいの、あなた」

「さあな。ただ、ダイヤで作られた針みたいな塔を、ロング博士は何に使おうとしたのか、そいつが気にならないか？　なんだろう。ロング博士はマギカクラートという魔術技官であったのにも拘わらず、雲魔術師や影人《シャドウ・パーソン》使いのような胡散臭い連中の助けを借りてもこのオベリスク——世界軸《アキシス・ムンディ》を建てようとした。なんのためだ？　ロング博士が死んだ後は、今度は賢人会議《オールド・ワイズメン》の怪しげな連中が莫大な金と労力を使って、五〇〇メートルもある炭素製のオベリスクを六月二十四日までに完成しようとしている。なんのためだ？」

「儀式魔術の世界には大いなる業《グレート・ワーク》と呼ばれる大がかりなものがあるけど……」

リアが当惑げな視線を神野に投げる。

「待てよ」

神野はスーツの内ポケットに手を流した。一枚の紙片を引き出す。きれいに折り畳まれたそれはアン・セット弁護士が置いていった謎のメッセージだった。

「ここは女神の助言とやらに耳を傾けたほうが良さそうだ」

そう言って神野はメッセージに目を落とした。

〝正義の女神《ジャスティス》〟からの進言

一、すべての事象はカードの表裏。2の内含する秘密に思いを凝らせ。20の裏に16が隠れていることもある。

一、〝キャス・フェローの4枚の歌声〟とは何を意味するのか？　キャスは普段、何処にいるのか？

一、世界軸《アキシス・ムンディ》の役割は何か。なぜ世界軸《アキシス・ムンディ》は針のように鋭く、天に届くほど高いのか？

一、賢人会議《オールド・ワイズメン》のメンバーは市長を入れて8人。ロング博士の所属していた時には9人。アン・セットが遊戯に加われば10人。10から9に、9から8へと移れば次の数は？

一、6月24日は聖ヨハネの日。それ以外の意味は12。

たった今、リアと交わした会話の内容が、この「進言」の三番目の項目をかすったような気がしたのだった。

「世界軸《アキシス・ムンディ》の役割は何か。なぜ世界軸《アキシス・ムンディ》は針のように鋭く、天に届くほど高いのか？」

（世界軸《アキシス・ムンディ》は針？　天に届く針？……）

神野が心の中で呟いた時、南京虫《ベッドバグ》は世界軸《アキシス・ムンディ》の頂き近くに到達した。

眺望《パースペクティヴ》を遮った黒光りする壁が唐突に途切れる。

途切れた箇所はギザギザで、一部は雲に覆われ、さらに作り掛けのオベリスクの上には奇怪なものどもが蠢いていた。

それはゆらめきながら魔術的な作業をする人豚《ホッグ》であり、資材を組んで足場を作る影人《シャドウ・パーソン》であり、星空から流れ落ちてくるオレンジ色のきらめく気体アメーバ――星かげろうだった。

さらにリアと神野の目に飛び込んだのは――。

「あれ……なに……」

リアが掠れ声で神野に囁いた。声の底の方が震えている。神野は眉間に皺を刻んだまま、かぶりを振った。

それは神野も見たことのない妖物《もの》だったのだ。

第10章　Let's Get Lost

［10］運命の輪《ホイール・オブ・フォーチュン》

ネブカドネザル。手回しの輪は二本の帆で支えられている。車の上には神秘の象徴たるスフィンクスが乗っている。輪の一方には犬頭の戦士が、もう一方には猿頭の戦士が掴まっている。二匹の戦士は混沌と秩序である。スフィンクスが輪を回す時、天界から終末の喇叭が鳴り響くが、それは真実ではない。

I

生白い縄が黒光りする未完成のオベリスクにからみついていた。

否。縄ではない。縄ならば生き物のようにそれ自体意思ある物の動きなどするはずはない。では蒼白い蛇の群れか。蛇ではない。蛇の群れが何もない虚空から垂れさがり、作業員が放棄したオベリスクの工事現場になど現われるはずがない。それでは、あれは何なのだ？

あれ——死んだ魚の内臓のようになま白く、烏賊の触手のような物を絡み合わせ、蛇のように触手の先をもたげながら、夜空の一部に生じた裂け目から、次から次へと溢れ出てくるあれは、一体、なんだというのだ。

生白い触手の群れは夜に開いた縦長の裂け目にも絡みつく。そうして触手群は星が瞬き、雲がたなびく夜空を、さらに押し開いた。

広がった裂け目の奥から蠢く胡麻粒のようなものが湧き起こり、こちら側の夜空に移ってくる。

それらはねじくれ、歪み、撓み切った異形の生き物どもだった。

ある物は生白い生きたチューブに覆われたウミウシと人間の混合物であり、ある物は美しい女の顔を有したウミユリともナメクジともつかぬ生き物であり、さらにある物は皺に覆われた肉塊に明らかな知性を宿した瞳を幾千万と瞬かせた生命体である。

牙を持ち、毒液を吐き散らし、酸を滴らせながら、それらは折り重なり、互いに食らい合い、吸収し合い、消化し合いながらも、夜のアーカムへと溢れ出て来る。

神野の目にはそれら溢れ出た魔物の姿は、数千メートルもの深海に生息する動物とも植物ともつかぬ生物が、海ならぬ夜空から零れ出たかのように映っていた。

この恐るべき光景に目を奪われたまま、リアは震え声で呟いた。

「夜の傷口が開いて……魔界の膿と毒にまみれた悪徳が……この世に溢れてくる……まるでこの世の終わりだわ……」

溢れ出た異形の群れは、そのまま、一五〇〇メートルの高みから地上めがけて落下していった。

その光景は化け物の滝のようだ。

だが、膨大な量の魔物群は、滝のように流れ落ちるうちに、地上に着く前にオレンジ色の光を発して蒸発していった。

「奴等、どうして、消えてしまうの？」

リアがひきつった声で呟いた。

「アーカムじゃ、オレンジ色は魔術の色だったな。俺たち人間が生気《オーラ》に包まれているように、化け物どもは妖気に包まれているんだ。ところが、あの裂け目から触手と一緒に溢れだした化け物どもの妖気は強烈な毒性を帯びていた。だから空間が拒否反応を発して、奴等を一瞬のうちに焼き切った。……そんなところだろう。多分な」

神野はそう言ってから、リアに尋ねた。

「ところで、あの触手は誰の——何のものなんだ？」

「えっ——」

リアが驚きの声を発した時、夜空の裂け目がさらに大きく広げられた。

と、触手の付け根のほうが広げられた裂け目から覗く。巨大な目が見えた。

瞳のない真紅の目だ。

目は人間と同じように二つあった。

夜空に絡みつく触手は、その目の上方——人間で言うなら額のあたりから生えていた。

両目の下には鼻に似た隆起があるが、空飛ぶ南京虫《ベッドバグ》から見た時、鼻梁は山脈を真上から見下ろしたようだった。鼻の下も、互いにもつれあう触手で覆われているように窺われた。

突然、顔面の下方から超巨大な鉤爪の生えた指が伸びて来た。裂け目に爪を引っかけて、夜空をさらに引き裂こうとするようだ。

だが、なんという巨大さであろう。

額を覆う触手だけで夜空の一角を裂きかけたほどの巨大さならば、その全身が地上に降臨した時、地球の大気や気象は、宇宙的なまでの打撃を蒙るに違いない。

夜空を舞台の幕のように揺らし、掻き分けて、あれはこちら側に強引に侵入しようとしているのだ。

「夜の裂け目の下にいるのは神だ！」

神野は叫んだ。

「あいつがクトゥルー——混沌の源——この悪夢世界を夢見ている邪神なんだ！」

リアが悲鳴をあげてハンドルを切った。六枚の羽根がバラバラになりそうな勢いで羽ばたく。

車体が大きく後退して、夜空に生じた裂け目から一気に三〇メートルほど離れた。

離れた時には、鉤爪も、触手も、超巨大な「神の目」も、すべて裂け目の内側に消えていた。

裂け目から溢れ出る魔物の滝もやんでいる。

空にはオレンジ色の稲妻が閃き、眩いブルーの彩雲が裂け目のあったあたりの空でゆらめいている。

どうやら邪神は夜空を引き裂いてこちらに侵入しようとするのを諦めたらしい。

神野はなんという理由もなく、邪神を遠ざけ、夜空の裂け目を塞いだのは今、空をたゆたい右回りに回転するブルーの彩雲のように思った。

南京虫《ベッドバグ》を上下に浮遊させながらリアが切れ切れに言った。

「あいつ……夜の裏側に封印されて……出られらないでいるのよ……だから……裂け目を広げて、無理矢理、こっちに押し入ろうとしている……」

「ああ、俺もそれは直感した」

神野は小さくうなずいた。

「裂け目から顔の一部が見えた時、何かが頭の中になだれ込んできやがったからな」

夜の傷口を広げかけた触手は邪神の額から伸びていた。だから、神野は裂け目から邪神のおぞましくも宇宙的なまでに超巨大な容貌を垣間見ることが出来たのだ。

「……クトゥルーは……こちらに踏み入ろうとして……出来ずに……怒っている……ああ、でも、なぜなの？　この世界はクトゥルーが長い眠りから覚めたせいで混沌化したはずなのに」

「邪神はまだ完全には目覚めていないのかもしれんな」

神野は唇にキャメルをねじ込みながら言った。

「どういうことなの？」

「奴は夢と現実の谷間にはまって、何とか現実世界に出ようと、もがいているのかもしれん」

「意味が分からないわ」

「いや。俺も、分かって言ってる訳じゃない。ただ、空の裂け目から奴を垣間見た瞬間に、そんな気が……」

と、そこで神野は突然、口をつぐんだ。

「どうしたの？」

唇に指を立てて、尋ねたリアを黙らせる。鋭い目を漆黒のオベリスクに向け、「あれに集中しろ」と無言で命じた。

「……」

リアは口をつぐむと、世界軸《アキシス・ムンディ》の頂点部分に目を向ける。ブルーの彩雲が尖塔の天辺――針のように尖った頂きの上で回転していた。回転しながら彩雲は薄くなっているようだ。

「何か、聞こえないか?」

神野は囁いた。

「……」

リアは耳を澄ませた。高空特有の強い風の音。妖鳥の鳴き声。アーカム警察のヘリの音。遥か下の地上から湧き起こる夜の街の騒音。――そして……何かが……。リアは神経を集中した。

微かに聞こえてくる。

歌声だ。

女の歌声である。

その歌には聞き覚えがあった。

パティ・ペイジが得意だった『嘘は罪』だ。

それをキャス・フェローがカバーした歌である。

夜の息吹に紛れてしまいそうなほど微かなその歌声の源を追って、リアはさらに耳を澄ませた。

「何処から……」

神野が黙って黒く光るオベリスクを指し示した。

そちらを見やれば、オベリスクの頂き――尖端が細かく震えていた。

震えに伴って淡いブルーの光が空中に湧き出ている。微光はすぐに彩雲に変じて、オベリスクの上で廻り出した。回るにつれてキャス・フェローの歌声が風音や夜の都会の音に紛れて、微かに流れてくる。

「オベリスクからキャスの歌が？」

リアが困惑したように尋ねれば、神野は煙草の煙と共に言葉を吐きだした。

「ひょっとしたら、あれが、ロング博士が守りたかったキャス・フェローの歌声かもしれない」

「四枚のレコードは全部、ダミー？」

「というより、ロング博士は、自分を狙う奴等の注意を逸らすため、囮として四枚の同じレコードを用意し、それにバツを付けたり隠し金庫に預けたり、思わせぶりな言葉を残したのかもしれないな」

神野は懐からアン・セット弁護士の助言のメモを出すと、その二番目の項目を読みあげた。

「一、〝キャス・フェローの四枚の歌声〟とは何を意味するのか？　キャスは普段、何処にいるのか？」

それからリアを横目で見て神野は訊いた。

「キャスは普段、何処にいるんだ？　俺はアーカムに来てから一度もキャス・フェローに会ってなかったようだが？」

II

「卑怯だぞ、セット君」

賢人会議《オールド・ワイズメン》のクラブルームに怒鳴り声が響き、そこここで静かな会話を交わしていた客たちは一斉にそちらに振り返った。

怒鳴ったのはミスター・GOGだった。ミイラのような面貌からギラギラした光を発して、チェス盤の向こうに坐る美しい弁護士を睨みつけた。チェス盤の上には神野とリアの駒が並び、その前には世界軸《アキシス・ムンディ》そっくりの大きな駒が据えられている。

「指し手《プレイヤー》がゲームの中に入るのはルール違反だと知らんのか」

「……そうでしたっけ」

アン・セットはハンドバッグから黄金のシガレット・ケースを出した。巻紙の色がオレンジ色の煙草をくわえ、ライターで火を点けながら、

「このゲームで最初にルールを破ったのは貴方だと記憶しておりますが」

「わたしの何がルール違反だ!?」

ミスター・GOGは喧嘩腰で言い返した。

「この世界を創造したのはわたしだ。いわばわたしはこの世界の造物主だぞ。人間ふうに、〝神〟と呼んでもいい。〝神〟がどうしてルール違反などせねばならんのだ」

アン・セットは煙草を吸いながら上目遣いにミスター・GOGを見返した。

「貴方が〝神〟なら、対局相手のわたくしは、さしずめ〝悪魔〟というところかしら?」

「悪魔など存在せん。人間どもの病的な想像力から生まれた幻だ」

ミスター・GOGはそう呟くとシャンペンで割ったブランデーを一口啜った。

「幻……」

アン・セットの唇の端が軽く吊りあがる。皮肉な笑みなのだが、光線の加減で、その微笑は邪悪な企みを含んだ笑いに見えた。

「オーケー」

アン・セットが小さく洩らすと、ソファの傍らに灰皿が現われる。

そこに煙草の灰を落としてアン・セットは言った。

「わたくしのルール違反をお詫びしますわ、ミスター・GOG。お詫びのしるしに、貴方の隠し駒をお返ししましょう」

そして精細そうな指で手元に並べた相手から奪った駒を一つ摘まむと、ミスター・GOGの前に置いた。

「うむ。それなら話は分かる」

ミスター・GOGは置かれた駒を見て満足げに笑った。その駒の上には〈火《ファイア》〉のシンボルが赤く浮かんでいる。

III

世界軸《アキシス・ムンディ》の作業場から地上に戻ると、二人は再びファントム・コルセアに乗り込んだ。

空から眺めたアーカムの空は、東が完全な闇に包まれている。それでいながら空の果ては明るいブルーで地平線のやや上が白く光っていた。それを見た神野が呟いた。

「もうすぐ夜明けだな」

「それじゃ、キャス・フェローは明日、訪ねましょう。彼女、ナイトクラブでしかつかまらないから、夕方過ぎにね」

「そうしよう」

うなずいてから、神野は吹きだした。

「どうしたの」

「いや。いつの間にか、俺たちは夜だけうろつきまわるようになってると思ってな。それがおかしかったのさ」

「夜だけ動くのがおかしいこと？」

「なんだか自分らが吸血鬼になったような気がしたんだ」

「探偵と吸血鬼、おんなじようなものじゃない」

「俺みたいなことを言うな」

「一緒に走り回ってるうちに似てきたんでしょう」

「そいつはどうかな。ＧＲ後の世界は色んな物の境界線が曖昧になってるんだ。善と悪、昨日と今日、希望と絶望、どれも境目がぼやけて、どっちがどっちか分からなくなっている。俺とお前の境目もぼやけかけてるのかもしれないぞ。――なんたって、ここは夢の中なんだからな」

神野は面倒くさそうにシートに凭れ、目をつぶった。リアは何も言わずにハンドルを操る。

ファントム・コルセアはまだ暗い空で車体を返すと、そのまま、ホテルに向かって走り出した。

明け方の空を滑空するその車体をオレンジ色の瞳が見上げていた。

たった今、アーカムの闇に生まれ出た男の瞳だった。

男は目だけで笑うと、グレーのソフト帽の庇を引き下げて歩きはじめた。

口笛が闇に鎖された街路に木霊する。

そのメロディは「ミスティ」だった。

Ⅳ

夕方になって、ホテル・ダレットの十一階111号室にリアは迎えに来た。

窓の向こうではアーカムの夜と昼がせめぎ合っていた。神野の待つ部屋の窓からは陽光が降り注いでいるが、隣の部屋に移れば、窓の外には何処《いずこ》ともしれない都市の夜景が広がっている。

アーカムではいつもそうだ。夜と昼。混沌と秩序。恐怖と安寧。常に相反する存在が同一空間内でせめぎ合っている。まるで狂人の悪夢のように。これも大復活《GR》の後遺症だった。

だが、この異様な光景に目もくれずにリアは言った。

「さっき電話したら、ソニアは無事だったわ」

「よし。それじゃ、お嬢様を迎えに行こう。何処だったかな、新しい下宿は？」

「サウス・リバーサイド・ストリート。ミスカトニック川に面した所に建つ古い下宿屋よ。古くても黒魔女亭よりは居心地がよくて、窓から川を見下ろせる綺麗な部屋よ」

二人がホテルの玄関まで出ると、ボーイが地下駐車場からリアの車を出してきた。

「こないだの晩の約束は覚えているか？」

神野はファントム・コルセアに乗りこむなり、リアに尋ねた。

「何か約束したかしら？　男との約束なんて守られた試しがないから約束する片端から忘れることにしてるの」

リアはフロントガラスを見つめたまま答えた。

「デートの約束だ。一緒にナイトクラブに行こうと言っただろう。あの時は二人組の警官に邪魔されたが」

煙草をくわえながら神野は言い足した。

「ほら、賄賂を受け取らない二人組——男と女の制服巡査だ」

「ハリーとメグ？」

「そいつらだ。奴等のせいでデートがおじゃんになった」

「思い出したけど、それがどうかした？」

「嫌じゃなかったら、ソニアを送った後、俺たちもクラブに行こう。……キャス・フェローが歌ってるクラブに」

「……」

　リアは沈黙した。黙りこんだリアは、怒っているように見える。神野はリアに振り返った。イブニング・ブルーを背景にリアの横顔は白薔薇のように美しい。瞳も見えない漆黒のサングラスを掛けた白薔薇だ。

「どうした？」

　神野が尋ねると、リアはコクピットに手を伸ばした。一九三〇年代風のデザインのコンピュータ端末が引き出される。それを片手で操作してリアは画面に何かの表を呼びだした。

「なんだ、これは？」

「アーカムでライブをやってるナイトクラブのイベント表よ。検索でキャス・フェローと押して、今夜は何処で歌ってるか、読んでくれない」

「お安い御用だ」

　神野は旧式なタイプライターそっくりのキーに手をやり、検索窓に「キャス・フェロー」の名を打ち込んだ。キャスの今夜のスケジュールが一瞬で現われる。キャスの名前が明るいパープルに点滅しはじめた。

「アイルスベリ・クラブ……と書いてある。午後七時半からの出演だ」

「了解」

　神野が言い終わらないうちにリアは車を走らせた。

ミスカトニック川の南までは文字通り一飛びだった。リアが見つけた新しい下宿屋はサウス・リバーサイド・ストリートの高台にあった。

ミスカトニック川の川沿いだが、川はコンクリートで固められた堤防の下を流れている。今は川水が少ないので、アーカムの中心を流れる広い川も、ホテルの庭の飾り物みたいに見えた。

新しい下宿は「野ウサギ館」といい、黒魔女亭ほど古くも無駄に大きくもなかった。少なくともホーソンの小説に出てきそうな雰囲気は微塵もない。程良く使い込まれた家具のような屋敷であった。

玄関でノッカーを使うと、ソニアはすぐに現われた。ブルーのカチューシャをして、白いブラウスをまとい、淡いグリーンの細身のパンツを穿いている。軽く羽織ったのはピンクのカーディガン。まるで五〇年代の映画に出てくる女子大生のような格好である。

戸口まで迎えに出てくれた小柄で太った老婦人にソニアは言った。

「では、お仕事に行ってきます」

「いってらっしゃい」

老婦人は眼鏡をずり上げて微笑んだ。

ソニアが身を翻し、野ウサギ館の前に停めた車に向かおうとすると、夫人は思い出したように尋ねた。

「今夜は、お友だちは来ないのかしら?」

「はい。来ないと思います」

「来るのは構わないけど、夜中に歌の練習は困ると、お友だちに言っておいてね」

「はい」

明るく返事をしてソニアはファントム・コルセアの後部座席に乗り込んだ。リアが素早く乗って車を上昇させる。すると、ソニアはリアの背に呼びかけた。

「アイルズベリ・クラブまでお願いします」

神野は助手席から振り返った。

「前に働いてたクラブじゃないのか？」

「専属じゃなくて、日によって働くクラブが違うの」

「派遣されるのか」

「そんな感じ。でも、派遣会社の社員じゃないわ」

「大変だな」

神野は御愛想のように呟いた。

「煙草売りだもの。……でも、いつか歌手になってみせる」

「歌手志望だったっけ？」

リアがハンドルを操りながら尋ねた。

「言わなかった？」

「聞いてないわ」

すぐに言い返してから、リアは付け足した。

「窓から見える景色が部屋ごとに違うような世界だもの、若い子の夢が一秒ごとに変わったって別に驚かないけどね」

リアの言葉に笑ったソニアに、神野は畳みかけた。

「ところで、下宿のおばさんが言ってたお友だちって……。夜中に訪ねてくる友達がいるのかな」

「ええ」

「ボーイフレンド？」

「まさか。黒魔女亭でルームメイトだった子よ。子というか……少し年上の友だち」

「ああ、ルームメイトね」

うなずいた神野の脳裏に、黒魔女亭のソニアの部屋に掛けてあったドレスが浮かんだ。

「その子の仕事はクラブのホステス？」

「いいえ。歌手よ」

「歌手だって!? じゃ、キャス・フェローと同じクラブ歌手って訳か」

「そんな感じ」

「そんな感じって……。良く知らないのか、元ルームメイトで、時々、夜中に遊びに来るのに」

「うーん。……お互いのこと、干渉しないから。お爺さんが良く言ってたわ。他人のことには干渉するな、それがアーカムで普通に暮らす極意だって」

「じゃ、その子の名前は？」

「Cよ」

「C？　アルファベットの？」

「ええ」

「まさかクトゥルーのCじゃないだろうな」

「笑える。……でも、違うわよ。彼女はC、わたしはS――」

そこでリアが横から口を挟んだ。

「アーカムの若い子の間で流行ってるのよ。お互いをアルファベットで呼んだり、一緒に暮らしたり、時には寝ることもあるけど、相手のことには干渉しない。知ろうともしないというのが」

神野は目を覆って苦笑した。

「大復活《GR》前に生まれた人間には理解不能だな」

と。――後方からクラクションが発せられた。神野はルームミラーを見上げる。シルバーグレーの一九四〇年型パッカードだった。ドライバーがまたクラクションを鳴らす。

「うるさいわね」

そんなリアの呟きが聞えたかのようにパッカードはいきなりスピードを上げた。

後方からぐんぐん追い上げて、瞬く間にファントム・コルセアの右に並走した。

視線を感じて神野はパッカードのほうに振り返った。

並走するパッカードの運転席からこちらに笑いかける顔があった。グレーのソフト帽を被り、庇を思い切り押し下げている。

神野の視線を受け止めて、相手は目深に被ったソフト帽の庇を弾いて撥ね上げた。痩せて細長い顔が表れた。

その、やさぐれた容貌と、ソフトから溢れたプラチナ・ブロンドの髪を見るなり、神野は低く唸った。

「ランキーか」

いかにもパッカードを運転しているのは痩せた殺し屋《ランキー・キラー》に他ならなかった。

ランキーはパッカードのコクピットからマイクを取り上げると口元に寄せた。

突然、ファントム・コルセアのコクピットに内蔵されたラジオのランプが灯り、雑音を響かせる。雑音はすぐに低く流れる「ミスティ」に変わり、そのメロディにランキーの声がかぶさった。

「ハイ、大将《マック》。元気そうで嬉しいぜ」

神野は並走する車のドライバーを睨んで答えた。

「幽霊にしては顔色が良すぎるようだが。そいつは地獄灼けか？」

「ハッハ、地獄灼けは良かった。あんたと話してると飽きないわ」

「どうせ賢人会議《オールド・ワイズメン》の爺どもの口寄せ《ネクロマンシー》で生き返ったんだろうが。……せっかく甦ってくれたのに悪いが、今はお姫様をお城に送ってるところでな。お前と〈火〉の妖術で遊んでる暇はないんだ」

そう言いながらも神野の左手は人差し指と中指を立て、残りの指を畳んでいた。妖術を使うために印を切ろうという形である。専門的には「剣指《けんし》」と呼ばれる構えだった。

「安心しなよ。……その車ごとバーベキューにしても俺は構わないんだけどさ。俺の雇い主に、一緒にいる娘だけは傷つけるな、と命令されているんだよ。だから、今はやらねえさ。この次……そこの娘が俺の呪圏《スペルバウンド》の外にいる時に絡ませてもらうぜ」

「男と絡む趣味はないのだが」

「ハハハ、面白え。あんた、面白えわ。あんまり面白くてご祝儀やりたくなったぜ」

そんなスピーカーの声と共に、ランキーは車のサイドウインドウを下ろした。こちらに振り返り、掌を向ける。ランキーは叫んだ。

「燃えろ《コンブスティーオ》！」

同時に掌からオレンジ色の閃光と衝撃波が発せられた。

間近から激突した〈火〉魔術《ファイア・マジック》の衝撃に、ファントム・コルセアの車体が一瞬、「く」の字に歪みかけた。

右側のサイドウインドウのガラスが粉々に砕け散る。

右のドア枠が灼熱し、ゴムの溶ける悪臭が薄黒い煙と共に車内に流れた。

空中で瞬間的にファントム・コルセアが制止し、次いで、垂直に墜落しはじめた。

左回りに回転しながら車体は地上に落下していく。

ソニアが悲鳴を上げた。

彼女の瞳に映ったアーカムの夜景が瞬く間に大きくなっていった。

飛行機のように車の鼻面を下に向けることなく水平に保ったまま落下するので、車内は急速降下するエレベーターに乗っているようだった。

それでもリアは表情を変えず、素早くギアチェンジして魔術浮遊に切り替えた。

ファントム・コルセアの内部がぼんやりしたオレンジの光に包まれる。

垂直の墜落が中断した。

「手加減したからな。あんたら、これくらいじゃ死なねえさ。死ぬときは、早く殺してくれって、俺に泣きつかせてみせるってよ」

スピーカーから嘲笑を含んだランキーの声が遠ざかっていった。

第11章　Sing a True Spell

――［11］ 正義《ジャスティス》

皇帝の玉座に坐った正義は女神である。手にした天秤は人の子と天使と悪魔の罪の重さを測る。終末の喇叭と狂気山脈に象徴される狂熱から人間を解放し、宇宙意識と個人の意識と結びつける銀の鍵を人の子と天使と悪魔に賜る。だが、今、人の子が求めても、正義の女神は表れない。彼女は玉座ではなく、人の子の群れに隠れているからである。

I

ランキーの攻撃を受けた直後こそ、ソニアは怯えた様子だったが、対橋を渡ってノースサイドに入ったあたりから落ち着きを取り戻し、歓楽街のネオンに照らされる頃には平静そのものとなっていた。

(見かけより肝の据わった娘だ)

神野はそっと舌を巻いた。

リアが車をアイルズベリ・クラブの裏口に停める。すでに車は半分スクラップのような有様だ。歪んだドアを苦労して開くと、礼もそこそこにソニアはファントム・コルセアから降り立った。

「わたしたちはどうする?」

リアに訊かれて神野は微笑みかけた。

「ソニアのお仕事が済むまでナイトクラブでキャス・フェローのショーとカクテルでも楽しま

ないか?」

「デート気分を味わうってこと?」

「本当のは今度の事件が片付いてからにしよう」

神野が言うとリアはサングラスのレンズをこちらに向けた。

ほんの少し沈黙してから、微笑を返した。

二人は見つめ合う。

自然に唇が近づき掛けた。

と、その瞬間を狙いすましたようなタイミングでコクピットから電子音が響いた。

小さく舌打ちしてリアはラジオ近くのスィッチを入れた。

「はい、リアです」

「俺だ」

ラジオのスピーカーからクライアントの声が響いた。

「緊急事態ですか?」

神野が緊張した口調で尋ねた。

「そんなのじゃない。ただ、お前らに面白い見世物を見せてやろうと思ってな」

「では、これからダレット・ホテルに——」

神野の言葉を押し戻してクライアントは言った。

「ホテルに戻る必要はない。俺はクラブにいる」

「どこのクラブです？　急ぎ……」

リアが言いかければ、それにクライアントの言葉が重なった。

「目の前のクラブだ」

「えっ、アイルズベリ・クラブに？」

リアは驚きのあまり小さく叫んでいた。

「クラブに入ったら応対に出た人間に、ＶＩＰ席に先客が待っている、と言え。俺の席まで案内してくれるだろう」

「有り難いですね」

神野はげんなりした顔で言った。

「ちょうど報告したいことがあったんです」

「クラブで聞かせてもらおう」

クライアントはそう言うと一方的に連絡を切った。

Ⅱ

神野十三郎とリアがアイルズベリ・クラブに着いた時、ステージではショーがはじまろうとしていた。

原色のスポットライトが駆け廻り、バックバンドの前奏が響き渡る。

「ソニアは何処かしら」

リアは素早く店内を眺め渡した。

バニーガールの格好をして煙草のカートを提げたシガレット・ガールは、三人ほど店内を回っているが、ソニアらしき娘は見当たらない。

「なんだか気になるわ。わたし、ソニアを探してみる」

そう言って離れようとしたリアを神野は引きとめた。

「待て。俺も行こう。ランキーと出くわした後だからな。用心したほうがいい」

近くを通りかかったシガレット・ガールに神野が尋ねると、従業員の出入り口と控室の場所を教えてくれた。ステージの左隣――サテンのカーテンに幾重にも隠されたドアだ。

カーテンを潜ってドアの向こうに出れば狭い通路である。

ただでさえ狭いのに、ビールやウイスキーのカートが山積みされて、ほとんど人間《ひと》一人通るのが精一杯という通路を二人は進んだ。

従業員用のトイレから出てきたボーイにリアは声を掛けた。

「ソニアの友達なんだけど、彼女の控室は何処？」

「ソニア？　ソニアなら、そっちの部屋だよ。キャス・フェローの控室――」

突き当たりの部屋を指差してボーイは店内に通じるドアに消えていた。

「キャスの控室……って今、ボーイは言ったわなかった？」

神野は黙ってうなずいた。

「どういうこと？　このクラブじゃ、ネットの番組表に名前の出る歌手と煙草売り《シガレット・ガール》に同じ部屋をあてがっているの？」

「下手な推測は混乱するだけだ。控室を覗いてみよう」

「でも、クライアントが待って……」

リアに皆まで言わせず、神野は断じた。

「あんな奴、待つことを学んだほうがいい。躾《しつ》けなきゃツケあがるからな」

それを聞いてリアが吹きだした。

「その言い方、クライアントそっくりね。口調だけじゃない。表情も雰囲気も。ちょっと寒気がしたくらい似ていた」

「そうか。真似した覚えは全然ないんだが」

神野は面白くもなさそうに呟いて、控室のドアを顎で示した。「入ってみよう」と、無言で促したのだ。二人は控室のドアに忍び寄った。上が曇りガラスで下は薄っぺらな板のドアだった。ガラスには大きく「キャサリン・フェロー」と速乾性のペンキで走り書きされている。

ナイトクラブや劇場の控室で良くある出演者控室のドアである。

ただしソニアの名前は何処にも記されていない。

神野はポケットから万能ナイフを取り出すと、ドアと鍵の隙間に薄刃のナイフを差しこんだ。金具をひねれば、鍵を外すことなく、ドアを開けられた。

リアと神野は息を潜めて、キャス・フェローの控室に進み入った。

入ってみれば、何の変哲もない控室だ。鏡付きの化粧台、下着の引っかけられた大きな衝立、何着ものステージ衣装が掛かったハンガーバー、床には何足ものステージ用の靴が脱ぎ捨てられている。奥にあるドアはバスルームのものだろう。

控室を眺め渡して神野は眉をひそめた。

「妙だな」

「なにか、変?」

「ソニアの服やハンドバッグは何処だ」

「そう言われてみれば……」

リアはぐるりと見渡した。

「見えないわね、五〇年代の女子大生みたいな服が……」

化粧台にも衝立にもハンガーバーにもソニアの服は見当たらない。

「ちょっと待ってて」

リアは奥のドアを開いて中を覗きこんだ。

「あったわ。シャワー横の脱衣籠に脱ぎ捨てられている」

それを聞いた神野は顔をしかめた。

「ここは本当にキャスとソニアの共通の控室なのか。様子を見ただけじゃ、ソニアが控室に逃げ込んで、キャスの衣装を借りて、何かに変装して出てしまったような感じなんだが」

ノックの音がした。外から男の声がする。

「中に誰かいるの」

神野はリアに「出よう」と囁いた。

二人で控室の外に出ると、安物のタキシードを着た男が驚いて叫んだ。

「な、なんですか、あんたたちは!?」

神野は男の胸ポケットに五ドル紙幣を押しこんで答えた。

「ＶＩＰ席で待ってる友人を探してて迷い込んだんだ。良かったら案内してくれ。ミスター
……」

と、そこでクライアントの仮名を忘れて言葉を濁した。

すかさずリアが受けて男に言った。

「シンヘイズよ。ミスター・薄靄《シンヘイズ》」

Ⅲ

安物のタキシードを着た男に名を告げると、二人は控室から通路を渡り、ドアとサテンのカーテンを抜けて、クラブの奥にあるＶＩＰルームに通された。

芝居の桟敷席のようにステージが眺められる小部屋だった。

クライアントは暗い部屋の片隅でグラスを傾けていた。

クライアントのスーツは例によって、暗がりで霞のような色に見え、その顔は薄闇に隠されて

いる。

まるで幽霊か、オペラ座の怪人のような男だ。

ボーイに注文を訊かれて神野はクライアントに振り返って尋ねた。

「貴方は何を飲んでるんです？」

「水だ。俺は新鮮な水しか飲まない」

「気障な趣味だ」

顔をしかめて吐き捨てると、神野はやって来たボーイに「堕ちた天使《フォールン・エンゼル》」を注文した。リアは甘みを抑えたダイキリを頼む。「坐れ」の言葉を待って二人はクライアントの前の席に坐った。

「ルシファーの別名のカクテルか。堕ちた天使。……神野、お前に相応しいな」

「俺が堕ちた天使なら、あんたはサタンでしょう」

神野は言い返してキャメルを口にねじ込んだ。クライアントの乾いた笑い声を聞きながら指を弾いて神野は煙草に火を点した。

カクテルはすぐに運ばれてきた。

グラスを取り上げると、神野は思い出したように、クライアントに言った。

「世界軸《アキシス・ムンディ》の天辺まで上ってみましたよ」

「ほう。馬鹿と煙は高い所に昇ると言うが、優秀な探偵とボディガードも高い所に上るとはな」

神野はムッとして続けた。

「あんたの探す《地獄印《ネザーサイン》》の秘密を探るためです。聞きたくないのなら、この話はやめますが」

「すまん。前言撤回する。口が悪いのと皮肉を言いたがるのは癖なんだ。気を悪くしないでくれ。……ご苦労だったな。それで何か掴んだか？」

「断片的すぎて、まだ、取りとめがない段階です。まず、世界軸《アキシス・ムンディ》の頂き五〇〇メートル部分ですが——」

「先が鋭く尖ったオベリスク部分だな」

「はい。あれは純粋な炭素で構成されています」

「炭素？」

「そう、それも解析機がダイヤモンドと間違った解析を出すくらい純粋な炭素です」

「どういうことかな？」

「さあ？　オベリスクの建築作業は人間ではなく、雲や、人豚《ホッグ》や、影人《シャドウ・パーソン》がやっていましたよ。あれはオベリスク部分はきわめて魔術的な目的で作られていて妖気が濃密だからじゃないでしょうか」

「ロング博士が狂雲師や影人《シャドウ・パーソン》使いなんかと組んだのは危険地帯の作業員を確保するためか」

「おそらくは」

「賢人会議《オールド・ワイズメン》や市長に言えば、どんな化け物でも都合してくれたのではないかな？」

「賢人会議《オールド・ワイズメン》にも市長にも、一般の建設業者にも教えたくない作業だったようですね。……つまり高度な魔術的繊細さが必要とされる作業だったからだと、わたしはそう見ました」

「なるほど。それなら話は分かる。それでオベリスクの用途は？」

「まだ全容は掴めていませんが、リアが面白いことを見つけました」

クライアントはリアに視線を転じて尋ねる。

「何を掴んだ？」

ダイキリを一口啜ってからリアは答えた。

「世界軸《アキシス・ムンディ》の下に建設中の新市街の地下には大きな空洞部があります。それも七芒星形の」

「ほう」

「新市街が高空から見ると巨大な七芒星形になっているのと、この空洞とは明らかに関連がありますね。たとえば魔法円《マジカル・サークル》と魔術道具のベルが魔術的に関連付けられているのにと同じ意味で、新市街の七芒星形と、地下の七芒星形の空洞は魔術的に関連付けられています」

「覚えておこう」

「それと、世界軸《アキシス・ムンディ》のオベリスク周辺は常に気圧が不安定なようです。雷と強風が止みません」

「ロング博士は気象兵器を開発しようとしていたのか？」

「少し違うようです」

と、横からリアが口を差し挟んだ。

「これは魔術端末で、世界軸《アキシス・ムンディ》と新市街と地下の空洞を見ているうちに感じたのですが、この三者は音叉《おんさ》に似ていると感じました」

「音叉？」

「ええ。U字型の音叉──共鳴箱──箱の中の空洞。この構造と、世界軸《アキシス・ムンディ》──新市街──地下空洞とが似ていると」

「つまり、どういうことかな」

「世界軸《アキシス・ムンディ》が魔術的な振動を起こし、七芒星形の市街と地下空洞が、その振動を共鳴させて、さらに魔術的振動を大きくさせるとか……」

「素晴らしい推論だぞ、リア。ボディガードにしておくのが惜しいくらいだ。まったく素晴らしい。その仮説はきっと《地獄印《ネザーサイン》》の秘密の一端を掠めたような気がする」

クライアントはいつもの皮肉な調子も忘れてリアを褒めちぎった。

「お言葉に感謝します」

リアはそう言ってサングラスの周囲をほんのり紅潮させた。

キャスの歌声がリアに絡みつく。歌は「It's Always You」だった。

「これは好きな曲だ」

と呟いてクライアントはステージに振り返った。歌うキャスを見つめながらクライアントは言った。

「ところで。……さっき外が少し騒がしかったようだが？」

「死人に声を掛けられて俺が驚いたせいでしょう」

「幽霊とでも遭ったのかな？」

「アーカムでは年寄りや子供と擦れ違うように幽霊や妖魔と遭遇しますけどね。ちょっと会いたくない奴だったものでして」

「ほう。お前がそんなことを言う相手には興味があるな。どんな男だ？」

「痩せぎすで、やさぐれた感じの、いつもヘラヘラしてる野郎です。神経に障る男でね。ランキーって仇名を付けてやりました」

「で、そのランキーは？　まだ生きてるのか」

「一度始末したんですが。命冥加な奴でしてね」

神野は唇だけ微笑んだ。

「まあ、いいか。恐らくは市長か賢人会議《オールド・ワイズメン》のクソ爺の手下だろうが、俺は口出しするまい。いずれお前かリアが始末してくれるだろうからな」

そう言うとクライアントはグラスの水を飲み、ステージに集中した。

「あの歌手も謎が多い」

独り言のような調子でクライアントは呟いた。

「何ですって？」

「ロング博士が残したSP盤。……十二インチ・七十八回転の蓄音機用レコードに吹き込まれていた歌は四枚ともキャス・フェローの歌う『嘘は罪』だった。ロング博士はなんのために四枚のレコードを残し、その何れにも『×』をつけたのだろうな……」

神野は内ポケットから紙片を取り出して、そこに記された四項目の二番目を読み上げた。

「一、〝キャス・フェローの四枚の歌声〟とは何を意味するのか？　キャスは普段、何処にいるのか？」

「なんだったかな、それは」

「正義の女神《ジャスティス》からの進言ですよ。つまり、アン・セット弁護士からの謎かけです」

「……ふうん。アン・セットは油断できない女だが、ミスター・GOGやノヴァチェク市長のような悪党ではない。あの女の言葉なら傾聴に値するかもしれないな」

クライアントは下顎に手をやって首を傾げると、リアに尋ねた。

「〝4〟という数字の象徴するものは？」

「東西南北の四方位。地水火風の四大。世界を支える四本の柱。基本的に4は世界とか秩序とか合理性を表します」

「それだ。……四枚のレコード全てが違う、というのは、東西南北・地水火風、この世界の何処を探しても、ロング博士の隠した物は見つからない、という意味じゃないのか」

「まだ、良く分からないですね」

神野は肩をすくめた。

「世界の何処にもなくて、その……秩序だった思考も、合理的な推理も拒むとしたら、《地獄印《ネザーサイン》》は何処に隠しているんです」

クライアントは拳を唇にやって少し考えこんだ。そんな仕草を見て神野は、

（考えこむ時の俺の癖とそっくりだな）

と鼻白んだ。

「正義の女神の進言は？　何と言っている？」

「何番目ですか？」

「最初のを読んで聞かせろ」

クライアントに命じられて神野は紙片を持ち上げた。

「……すべての事象はカードの表裏。２の内含する意味に思いを凝らせ。20の裏に16が隠れていることもある……」

「アン・セットが正義の女神を気取っているのなら、カードとはトランプではなくてタロット・カードのことだろう。トランプは13までしかないからな。それに、もしトランプなら、あの女のことだ。『鏡の国のアリス』の赤の女王を気取って、自分の夢に世界を閉じ込めたとでも言うことだろう」

「つまり、タロット・カードの表と裏……。タロット・カードの表は絵札で裏は紋様ですね」

リアが身を乗り出して言った。

それにうなずいてクライアントが呟く。

「紋様に絵札が隠されているということか」

「それは見かけは同じでも、その裏に秘密があるということじゃないのか。で、さっきの四枚のレコードいずれでもないのは、世界の何処にもない——特定の場所に隠されている訳ではないという意味だ。なぜなら秘密は紋様に見せかけた絵札——その辺の何処にでもある物に見せかけた大きな秘密だからだ」

神野は頭に閃くままに、クライアントとリアにまくしたてた。

「2の象徴するのは二面性。表と裏。嘘と真実」

リアはそこまで言ってからハッとして神野の顔を見た。

「……『嘘は罪』……って歌のタイトルが浮かんじゃった……」

「タロット・カードの20は？」

とクライアントが尋ねた。

「20は審判です。最後の審判を表し、死者たちが甦り、失われたものたちが復活するという意味ですけど」

「クトゥルーもそれに含まれるのか？」

「そんな筈はないです。審判は非常に良い意味を表すカードですから」

それを聞いた神野がすかさず口を挟んだ。

「20の裏に16が隠れていることもある……」

「16は、塔。神の裁きを受けて崩れ落ちるバベルの塔よ」

「……喪われた神々が復活した状況を打ち砕くことも出来るが、復活しかけた秩序が無残に叩き潰されることもある。……そう言ってるようだな」

神野はキャメルの煙を溜息と共に吐きだした。

「アン・セットが神野に寄越した助言の幾つかが解け掛けたな」

クライアントはそう言って鋭い視線を神野とリアにくれた。

「それじゃ今度は、ロング博士の残したレコードから、俺なりに得た仮説を見てもらおう」

「さっき言ってた見世物ですか？」

神野が尋ねるとクライアントは大きくうなずいた。

「その通りだ」

「じゃ、席を移さなくては……」

腰を浮かしかけたリアに、クライアントは首を横に振った。

「それには及ばん」

「……と言いますと？」

「ここで、これから始まるんだ」

クライアントは手を一閃させると手品のようにレコードを取り出した。

「それは？」

神野の問いにクライアントは答えた。

「貸金庫に仕舞われていた四枚目のレコードだ」

「確か、そいつも×が付いてたのでは？」

「×はついてたが、使いようによっては本物以上の効果を見せてくれるらしい」

「ふ……ん。そういうことなら探し物の手掛かりは、あらかた出尽くしたから、俺はもうお払い箱ですね」

神野が苦く笑うと、クライアントは、また大きくかぶりを振った。

「残念ながら、まだ、お前を解放する訳にはいかん。これで終わりじゃないんだ。やっと《地獄印《ネザーサイン》》の正体を知ること――事件解決の端緒についたというところなんだ」

「焦らさずに教えてくれませんかね。俺たちに見せたい物とは何なんです？」

神野が尋ねれば、クライアントはステージを指差した。

「あの歌手がキャサリン・フェローだということは知ってるな」

「ええ、勿論」

神野とリアはうなずいた。

「ロング博士が残した四枚のレコードとは、あの女が歌ったラヴソングだ」

あの女、とクライアントが指差したほうを神野が見やれば、黒いドレスに身を包んだ二十七、八の美しい歌手がステージに立ち、旧式なマイクを前にしていた。

オーケストラが前奏を奏でる。

次の曲は『ミスティ』だ。

キャサリン・フェローは情感を込めて歌いはじめる。

「この曲は嫌いだ」

神野は呟いてカクテルを傾けた。

グラスの上から周囲を眺める。何処からかランキーが現われるような気がしてならない。妙な胸騒ぎに突然襲われたのだ。

「普通のジャズ・ナンバーを歌っている分には確かに悪くないのだが、キャス・フェローはある呪歌を歌うと、その歌声は邪悪なものに変わる。……俺は、神野が暴れる傍ら、イナイ准教授のラボやドクター・オブラクの研究室にあったノートを調べた」

「よくそんな暇がありましたね。そもそも、あんたは、あの場には……」

と神野は眉をひそめた。

「お前と同じように、何人にでも増える能力がある。修羅遍在《しゅらへんざい》という妖術だったな」

「ええ」

と答えてから神野はクライアントを睨んだ。

「思わせぶりな物言いは好きじゃないですね。何度も付き合わされると、この仕事から降りたくなってくる」

そう吐き捨てて神野は怒ったようにグラスを置いた。

大きな音が、一瞬、周囲に響き渡る。

その音に驚いたか、ステージを囲んだ席の客が一斉に神野に振り返った。

タキシードとカクテルドレスで着飾った紳士淑女は、超一流のクラブに不釣り合いな長髪に白スーツの男に、非難の視線を射放っていた。

「神野、あの女の歌う呪歌がどれほど邪悪か、今、見せてやろう。変容を目の当たりにしたなら、この仕事から降りるなんてことは二度と言えなくなるはずだ」

そう呟くと、クライアントは片手を挙げた。

飛んできたボーイに耳打ちした。

ボーイは顔色を変えて首を横に振る。

「そんなこと、出来ません」

とボーイが断る声が聞こえた。

クライアントはボーイに何枚か重ねて二つに折った札を手渡した。

「この金を持ってすぐに逃げればいい」

クライアントの囁きも聞こえてきた。

(何をする気だろう)

神野が見ていると、クライアントはレコード盤をジャケットに戻して立ちあがった。

「次にキャスが歌うのは『嘘は罪』It's a Sin to Tell a Lieだ。ただしオーケストラを休ませて演奏の代わりに、例の貸金庫のレコードを使う」

「まさか本気じゃないでしょうね」

「俺は本気だ。このレコードの音源に合わせて『嘘は罪』をキャサリンに歌わせるんだ」

「何かの罰ですか?」

「キャス・フェローが本当にロング博士が隠したかった五枚目のレコード——生きたレコードなのか、儀式を行なって確かめたいのさ」

「儀式……」

「あの女は〈楽器〉で、レコードは歌の体裁をとった魔術書だ。〈楽器〉で呪歌を奏でれば即座に魔術が始まる」

「なんの魔術です？」

「この音源を制作した知的生命体もしくは神性は、Ｃと敵対する存在だったという。ロング博士はその神性と交わることで、世界に秩序を復活させる秘密を手に入れた。――大復活《GR》で生じた一切の混沌をデリートさせ、世界を元に戻せる魔術を」

「何が起こるか、あんたにも分からないような口ぶりだな」

「前回、ロング博士が儀式を行なった時には、都市が変容した。それだけは知っている」

「変容……」

神野がそういった時、ボーイがやって来た。

次の歌でバンドを休ませ、レコードを使う準備が出来たようだ。

「こいつだ」

とクライアントはレコードを渡した。

ステージのキャサリンに神野は注目した。

明らかに歌手は困惑している。

同時に脅えているようにも見えた。

「女にはアカペラで『嘘は罪』を歌えとしかいってない」

「彼女、脅えてますよ」

「大丈夫だ。前回の儀式の記憶は俺が封じた」

「貴方が？」

振り返るとクライアントはＶＩＰルームの片隅から消えかかっていた。

小部屋にわだかまった闇に灰色の輪郭が溶けて、ぼんやりした人影に変わろうとしている。薄靄は消えつつあるのだ。

「儀式が失敗したら、女を連れて、リアと一緒に逃げろ」

「しかし、ソニアが――」

リアと神野の言葉を無視してクライアントは言葉を続ける。

「〝正義の女神からの進言〟を忘れるな。すでにお前はスフィンクスの謎の一と二と三を解き掛けている。残りは二つ。二つの謎を解いた時、お前はこの世界から解放されるだろう」

人影は言い残すと、そのまま消えた。

神野だけがその場に残された。

ステージを見ればキャサリンが『嘘は罪』をアカペラで歌いはじめたところだ。

歌声に、レコードに再生された伴奏が重なった。

「妖気……密度がどんどん濃くなっていく……神野、早く逃げましょう。ここは危険よ」

リアがサングラスの端を押さえ、緊張した調子で言った。サングラスの漆黒のレンズの上にオレンジ色の記号が浮かんでは消えていく。それらは魔術の印形《シジル》であり、魔術師や錬金術師の秘密の記号であり、喪われた太古の生命体の文字だった。

ステージの上で、キャサリンは息を呑んだ。

だが歌は中断しない。

レコードに録音された歌声も響きだしたからである。
一体何十年前の録音だろう。
凄まじいノイズで歌声がひずんでいた。
だが、気になったのは最初だけだ。
キャサリンの歌声が忠実に音源の歌声と重なり、絶妙なハーモニーを奏ではじめる。
神野は素晴らしい歌声に耳を傾けた。
(素晴らしい)
神野は心で呟いた。
そして、異変は唐突に起こった。
ミラーボールの光が翳ったのが前兆だった。
客が照明を見上げた。
照明の前を影が過ぎった。冷気が床から起こった。
キャサリンの歌声が空中で白く曇った。
客席から布地が裂けるような音が響いた。
ビリッ、あるいは、メリッという音だ。
音は客から湧いていた。
タキシードの背を裂いて翅が飛び出した。
カクテルドレスの生地を破り、皮膚を貫いて棘だらけの肢や触手が伸びてきた。

『嘘は罪』を聴く客の眼球が顔からこぼれ落ち、その下から触角が現われる。

鼻や口から伸びた触手がもつれ合いながら首から上を覆っていく。

頭部が花開くように五つに開いた。

満席の客は一人一人異なる異次元の生命体と変容しつつあった。

客は隣席の客に襲いかかり、互いに牙を立て、棘を発し、触手を絡めて殺し合い、共食いを始める。

信じられない変容は客だけではない。

呪歌を歌うキャサリンの容貌や身長や大系にも甚大な変容が現われた。

謳いながらキャサリンは少女に変わる。あでやかな歌手から、地味で大人しそうな娘へと変化する。ふくよかな二十六、七の女の体から、十六歳のまだ堅い少女の肉体へ。

――キャサリン・フェローはソニアへと変わっていく。

「これが〝すべての事象はカードの表裏。２の内含する秘密に思いを凝らせ〟という謎《スフィンクス》の答えなのね」

拳銃を速射しながらリアが叫んだ。

「キャス・フェローの四枚の歌声を守れ、とはソニアと呪歌の秘密を守れという意味だった訳か」

神野も大声で答えた。

阿鼻叫喚の地獄と化したナイトクラブに今は完全にソニアと化したキャス・フェローの悲鳴が響き渡った。悲鳴は呪歌を中断させた。だがレコードは止まらず、変容はさらに続けられる。

背後にいたバンドマンが、昆虫とも頭足類ともつかぬ化物と化して、ソニアに襲いかかる。

神野は、リアと共にステージに駆け上がった。駆けながら神野はスーツの懐に手を走らせる。

白柄の脇差を抜いた。蒼い刃の表面には倶利伽羅竜が浅く彫られている。密教の法具を武器として改造したものだった。

リアもワルサーＰＰＫを構え撃ち放った。

客席から飛びかかった化け物めがけて射出した。空中に黄金の薬莢が飛び、化け物の頭部がけし飛んだ。弾頭部に魔術の印形《シジル》を彫り込んだ特製の銃弾の威力は散弾並みだった。

ソニアに襲いかかった化物を神野は倶利伽羅竜剣で斬り裂き、突き、さらに斬りつけた。

顔面すれすれに触手に覆われた昆虫とも両生類ともつかぬものの頭部が飛んでいった。

それを目にしてソニアは悲鳴をあげた。

ソニアを片手に抱きとめると、神野はステージから降り立った。

ボーイやフロア支配人だった化物を倒し、客だったものどもを切り伏せながら、進んでいった。

歌はまだ止まない。

レコードが呪歌の音源を再生し続けている。

その合間にリアの撃つワルサーＰＰＫの銃声が効果音のように轟いた。

神野はソニアを庇いながら、ステージ下に設置されたプレイヤーまで進んだ。

プレイヤーはすでにプディングの塊のようになっていた。

ようやく神野に追いついたリアがそれを見て、

「この呪歌のメロディに秘められた波動は、機械の同一性さえも奪ってしまうの!?」

愕然として呟いた。

片手にソニアを抱いた神野は、プレイヤーからレコードを持ち上げた。素早くレコードをリアに渡せば、リアは床に落ちたジャケットにレコードを納めた。

腕の中のソニアは失神している。

(泣き喚かれるよりは余程扱いやすいぜ)

と、神野は思った。

神野が片手で白柄を振る度に、汚らしい色の血と、原色の漿液がしぶき、甲殻類の棘だらけの肢が宙に舞った。

切断された触手の蠢くクラブを逃れて、神野とリアは外に飛び出した。

神野は女に肩を貸して先に進んだ。

「車を取ってくるわ」

「頼む」

神野の答えを待たずにリアは走りだした。

背後のナイトクラブからオレンジ色の閃光が発せられた。だが、神野は絶対に振り返ることなく、歩き続けた。

やがて眩い白色光が、後ろから神野とソニアを照らしだした。

今度は、神野は振り返った。

自らを照らした光がオレンジ色ではなかったからだった。

リアの運転するファントム・コルセアだった。車体は焼け焦げ、右のドアはひしゃげて、サイドウインドウのガラスも失われていたが、まだ動くようだ。神野のまん前に停車し、後部ドアが開いた。

神野はバックシートにソニアを押し込めてから乗り込んだ。

「ホテルに戻ろう」

そう言った神野の声は自分でも驚くくほどしゃがれていた。

「帰るまでにランキーが来ないことを祈ってて」

リアはそう言うなり、ファントム・コルセアを垂直上昇させた。ファントムは唸りをあげて夜空を滑り出した。

「今夜はちょっとバテたな」

他人事《ひとごと》のように呟くと神野は隣のソニアの背に手をやった。ソニアは恐怖と変容のショックで大分弱っているが、なんとか大丈夫なようだ。神野はソニアに小さくうなずいて、微笑みかけた。

それから神野は車の窓から下界を眺めた。

アーカムは今夜も歪んで片時も同じでない町並みを蜃気楼のように広げている。眩い闇空をT型フォードやパッカードが飛び交っている。触手のある街を行くのは人間と、人間の肉体をまとった旧支配者の眷属と、異次元の怪物どもだ。

その中心部ではオレンジ色の光に縁取られた七芒星が広がり、七芒星の真ん中からは闇空を貫かんほどの尖塔が聳えていた。

（これがクトゥルー復活後の世界——）

神野は片目を疲労で痙攣させながら思った。

（アーカム・シティか）

そう、いかにも、この都市こそが、まごうかたなき二十一世紀に生きる都市の姿だった。

第12章　Street of Dreams

――［12］ 吊《ハング》るされた男《ドマン》

T字型の木から逆さに吊り下げられた男。「魔術師」の魔術と「愚者」の神がかった狂気を統合した詩人。彼はオシリスでありディオニソスである。智慧と直観、知識と推理、それら全てを有した悟達者《アデプト》。彼は何らかの罪で逆しまなのではない。彼の前に広がる世界が、その罪によって逆しまなのである。

I

「落ちつかない風景だろうがすぐ慣れる。……一杯飲めばな」

神野十三郎はソファに坐ったソニアに微笑んだ。

「お酒はやめているの。喉に悪いから」

「それじゃ、新鮮な水でも?」

神野はグラスを二つ取り出した。片方に水、もう片方にスコッチを注ぐ。その間、ソニアはぼんやりと部屋を眺めていた。窓の外の気の狂いそうな景色より、豪華な部屋を眺めているほうが精神衛生には良いに決まっている。神野も一人の時にはそうしていた。

水を受け取るとソニアは言った。

「こんな時代に、ダレット・ホテルにこれだけの部屋を借りられるなんて。あなた、お金持ちなのね」

その言葉を聞いて、リアはソニアに振り返った。リアの背後の窓外には何処とも知れない都市の夕景が広がっている。モスクがあるから中近東かロシアなのだろうが、窓に切り取られた夕景だけでは何処と特定することも出来ない。

「ここには前に一度寄ったでしょう？　わたしたちのクライアントが神野に当てがった部屋よ。何日も経ってないのに忘れたの？」

「………」

ソニアは困ったように形の良い眉を寄せた。

「まあ、いい。まず水を飲めよ」

神野はそう促してから、キャサリン・フェローのドレスを身に着けたソニアに尋ねた。

「ええと……君はソニア？　それともキャスかな？」

「ふざけてるの？」

とソニアが言った。リアも同時に神野の横顔を見つめる。ソニアとおんなじ質問を投げたそうな表情だった。

「いいや」

神野はソニアとリアにかぶりを振った。

「確かめたいんだ。……アーカムじゃ偽者や成りすましが多いんでね」

神野は優しい目で娘を見つめた。

「……わたしは……キャサリン・フェローよ。みんなはキャスって呼ぶわ」

それを聞いたリアは目を見開き、何か言いたそうにしたが、神野は片手をあげてリアを制した。ソニアに優しく尋ねる。

「オーケー、キャス。ソニアって娘は知ってるね？」

「ええ。わたしのルームメートよ」

「今も？」

「違う。前に住んでた黒魔女亭って下宿屋で同じ部屋を二人でシェアしてた」

「今は？」

「今日？　今日はソニアと控室をシェアしていたわ」

「……」

神野は立ち上がると、ソニアの横に歩み寄った。坐ったソニアの斜め前から身を近づけて尋ねた。

「君は誰かな？」

ソニアは吹きだして口を開いた。

「なあに、今、言ったばかりでしょう。わたしはキャス・フェロ……」

皆まで言わせず神野は押し返した。

「君はロング博士の孫娘のソニアだ」

一瞬、ソニアの顔から表情が剥落した。人形のような無表情だ。次いで、それは放心した少女の顔になったかと思うと、一瞬の沈黙の後に唇を開いた。うわ言のように洩らす。

「わたしは……ソニアよ」

その一言を耳にして、リアは驚いて神野に振り返った。

「催眠術の心得があるの？」

神野は首を横に振って、

「いや。俺には自分の言葉を相手に無批判に受け入れさせる能力がある」

「それって……」

「クライアントも持っていたと言いたいんだろう。分かっている。そのことについてはいずれ話す機会があるだろう。今は、キャスとソニアが一枚のレコードのA面とB面ということのほうが重要だ」

「……で、これから何をしようっていうの？」

「ソニアを霊媒《メディウム》にしてロング博士を呼び出す」

「そんなこと……ソニアは霊媒体質じゃないでしょう」

「霊媒じゃないが、ロング博士の施した魔術でキャス・フェローという第二人格を帯び、さらに自らの肉体をキャス・フェローに変化させるくらいの芸当は仕込まれている。なら、俺の命令でロング博士の霊を呼ぶ霊媒《メディウム》にだってなれる筈だ」

「信じられないけど。……あなたが出来るというのなら、やってみてほしいわね」

「じゃ、やらせてもらうぜ」

「………」

リアはうなずくと、「続けて」と瞳で囁いた。

神野はソニアに向き直ると言った。

「ソニア、君のお祖父さんは亡くなったロング博士だ」

「ええ……」

「亡くなる前にロング博士は君に何か命じた」

「そうだったかしら……」

「思い出せ。記憶の本棚の一番奥まで入って思い出すんだ」

「……何を思い出すの……」

「ロング博士に『忘れろ』と言われたことをだ」

「お祖父さんが『忘れろ』と……」

「言っただろう。現実でも、夢の中でも、ロング博士は君に何か言い、さらに『忘れろ』と命じている」

「……そんなこと……」

「あっただろう。君に歌手になれとか、そういうことを言っている」

「……待って……亡くなる何日か前に……歌手のこと、話してくれた」

「二十代半ばの美しい歌手だ」

「……ええ……あれは……一九三〇年代にアーカムで活躍していた……ヘレナ・ヴォーンというクラブ歌手……彼女のポートレートを……古いアルバムから取り出して……見せてくれた

……」

ソニアの言葉を聞いたリアの脳裏にキャス・フェローのポートレートが浮かんだ。ポートレートは大判のモノクロで、いかにも芸能エージェントのカタログに掲載されていそうな古臭い写真だった。

（あの写真はキャスを昔のポートレート風に撮ったんじゃない。昔のポートレートの歌手にソニアのB面を魔術で似させたんだ。そして、三〇年代のクラブ歌手ヘレナ・ヴォーンそっくりのキャス・フェローという歌手を創造した……）

ソニアは催眠術を掛けられたように答えた。

「わたしが『きれいね』って言ったら、『お前だからね』と答えた」

「そして、お前はキャサリン・フェローだ、と深層暗示を掛け、さらに時折、ソニアがキャスになるよう魔術を掛けた」

「……そうよ」

「その時のことを思い出せ、ソニア」

ソニアの眼球が半分閉じられた瞼の下でピクピクと動いた。まるで夢を見ているような有様だ。

「……思い出したわ……」

「今、君は何処にいる？」

「お祖父さんの魔術僧房……」

「部屋にいるのは君とロング博士だけ？」

「ええ。さっきまでイナイとオブラクがいたけど、お祖父さんが帰らせた。わたしが、あの二人のこと、嫌いだって知ってるから」

「お祖父さんは君の前にいるんだね？」

「……いる……」

そこで神野はソニアの手に自分の手を重ねた。ソニアの手の甲に重ねた掌に意識を集中させる。しなやかな指の線。柔らかい少女の皮膚。皮膚をそっと潜って意識を少女の内部に忍ばせる。さらにソニアの内部の深淵へ――その心のより淵《ふか》みへ――記憶の奥の奥、底の底へ――。

ソニアの心の時計は左に回りはじめ、目に見えた現象は逆回りになり、聞こえた音も逆回転されていく。そうして――あの瞬間へ――ロング博士がソニアにB面をプレスした直後へ――神野の意識は凄まじい速度で辿っていった。

老人の背中が見えた。

老人は、いまの神野と同じように斜め前に立ち、椅子に坐った少女に、何か囁くように屈みこんでいる。

まるで眼科医が診察しているように見えたが、ここは眼科医院の診察室ではない。四方を丈高い書架に囲まれ、棚という棚に魔術道具が溢れた部屋だ。アーカムの旧市街の片隅――アパートメントの一室――ロング博士が魔術僧房として借りた部屋だった。

ロング博士は片手に大判のポートレートを持っていた。ヘレナ・ヴォーンのポートレート。キャス・フェローのイメージのモデル像だった。

神野は、ソニアの記憶の中のロング博士に呼びかけた。

「博士、よろしいですか?」

自分と孫娘しかいない部屋の背後から声を掛けられて、ロング博士は身をすくめた。恐々と肩越しに振り返る。神野を目にして小さな悲鳴を洩らした。

「き、君は誰だ? 悪魔みたいに現われおって」

一息置いて、博士は小声で神野に尋ねた。

「悪魔なのか?」

神野は首を横に振って答える。

「そう呼ぶ者もいますが、少なくとも、貴方とソニアには悪魔ではありません」

「では何者だ?」

「少しだけ未来の世界を助けるよう依頼された私立探偵です」

答えると同時に神野は手を伸ばし、ロング博士の腕を掴むと、そのまま意識を一気に戻した。

――時計を右回りさせ、視覚や聴覚を早送りし、ソニアの意識から――精神世界から――客観的な現実世界へと、ロング博士を引き上げた。

リアの目に、それは、神野がソニアの陰に隠れていた小柄な老人を見つけて、腕を掴んで引きずり出したように見えた。

ただし、神野が腕を掴んだ老人は質感がなく、半透明で、受像画面の壊れたテレビのように絶えず光のノイズが走っている。

「それは誰……なに……」

怯えた表情で尋ねたリアに神野は答えた。

「ご紹介しよう。こちらがロング博士だ。ソニアの記憶から再生したロング博士だがな。今なら霊媒《メディウム》に呼び出された幽霊と同じくらい饒舌に話してくれるぜ」

II

「反則だ」

ミスター・GOGは憎々しげに呟くと、チェス盤の端にグラスを叩きつけた。グラスからコニャックのシャンパン割りの飛沫が飛ぶ。その一滴が手元を汚すと、アン・セット弁護士は手にしたハンカチで優雅にチェス盤を拭いた。

ミスター・GOGの背後に立った侯爵や枢機卿や元帥が口々にアン・セットを非難する。

「今回は見逃せんぞ」

「こんな反則は見たことがない」

「これでは何のための勝負か分からんではないか」

いずれのVIPの声も葉巻と酒で爛れたのか、壊れたスピーカーから発せられたよう――まるで雑音そのものだった。

だが、アン・セット弁護士はそんな非難も聞こえないかのように、澄ました顔でサイドテーブルからカクテル・グラスを取ると一口含んだ。

真紅のカクテルを飲むと、アン・セットは薄く笑った。その微笑《ほほえみ》を目にした枢機卿たちは一瞬怯えたような色を浮かべて口をつぐんだ。アン・セット弁護士は言った。

「わたくしもルール違反は認めます。でも、神野にあれくらいやらせなければ、与えられた期間以内に《地獄印《ネザーサイン》》の謎を解いて、同時に、混沌の極みにあるこのアーカムに秩序を取り戻すなんて芸当、人間の手では不可能じゃありませんか？」

「何が、人間の手、だ。神野も、リアも、奴等をアーカムに召喚したクライアントとやらも、人間ではなかろう」

ミスター・GOGが首に掛けた純白の絹スカーフを震わせて、アン・セット弁護士に抗議した。

「では、どうすれば許して頂けるかしら？　前回のようにランキーを？」

「当然、ランキーは使わせてもらうよ」

やっと怒りの発作が治まったミスター・GOGは平静を装った調子で、ことさら声をひそめて言った。

「その口ぶりでは、それ以外に何か特別な手を使わせろ、と仰りたいようですわね」

「そうとも」

ミスター・GOGの皺だらけの唇の両端が吊りあがり、V字を描いた。

「よろしいでしょう。お好きなように」

「反則の償いはしてもらうよ」

ミスター・GOGは左手をあげた。

ダレット・ホテルの十一階111号室と賢人会議《オールド・ワイズメン》のクラブルームが地続きになる。

神野とリアとソニアはクラブルームの片隅で静止していた。

そちらを指差すと、ミスター・GOGは鉤爪のような指を弾いた。

111号室の壁に掛けた日めくりカレンダーから日にちが一枚ずつ、枯葉のようにこぼれていく。

それに伴って、時間も急速に回りはじめた。

カレンダーが一枚、床に落ちるごとに、現実世界も一日経過する。

その間、神野とリアとソニアは静止していた。

やがてカレンダーの日めくりが落ちるのを止めた。

そこに表示された今日は――。

六月二十二日。

世界軸《アキシス・ムンディ》の竣工式と、魔術施行式の前々日だった。

「二十五時間だ」

ミスター・GOGは勝ち誇ったように言った。

その声にアーカム聖堂の鐘の音が重なった。

「おっと失礼。いま日付が変わったから、残された時間はあと二十四時間となったようだね。

つまり今日は六月二十三日だ。……さて、弁護士。君のヒーローはあと二十四時間で、どのようにして《地獄印《ネザーサイン》》の謎を解き、世界に秩序を取り戻すのかな？……ゆるりと楽しませてもらおうか」

そしてミスター・ＧＯＧは指を鳴らした。

それを合図に神野とリアとソニアは動き、同時に世界は六月二十三日の時間軸を進みはじめる。

アーカム聖堂の鐘の音が十二を点ずるのを止めた。

リアが緊張した口調で神野に言った。

「今のは聖堂の鐘よ。とうとう六月二十三日になってしまった。もう時間は残されいないわ」

「黙って」

神野が鋭く命じた。

「今から、ソニアから引き出したロング博士の幽霊――記憶から再生した人格に質問する」

Ⅲ

絶えず光のノイズが走り、数秒置きに大きく歪むロング博士の再生人格《リプロデュースト》に神野は尋ねた。

「未来に託した『キャス・フェローの〝四枚の声〟を守れ』というメッセージは、五枚目のレコード――ソニアを守れ、という意味だった。……そうだな？」

「そうだ」

再生人格《リプロデュースト》はうなずいた。その声は力なく、割れて、遠い。まるきり交霊会でラッパ管から響いてくる死者の声だった。

それでもロング博士の人格と意識を有しているので、生きている時そのままに答える。

「ソニアがキャス・フェローになって、あの歌を歌った時、魔術が機能する。そのように、わしはセットした」

「あの歌とはパティ・ペイジの『嘘は罪』をカバーした歌のことだな?」

「そうだ。キャスが歌った時だけ、『嘘は罪』は仮面舞踏会《マスカレード》を終わらせる呪歌へと変わるのだ」

「仮面舞踏会とは、何のことだ?」

「この都市《まち》を支配している権力者たちは人間ではない。大復活《GR》にともなってクトゥルーと共にこの世に復活した超古代に地球を闊歩していた化け物ども——旧支配者だ」

「旧支配者とは?」

「知性を持った円錐形の肉塊、ウミユリそっくりな知的生命体、自由に時空を移動する意識だけの生物、アンテナのついたカニのような宇宙生命、人間のように知性と科学技術を有したナメクジ……。毒針だらけのウニみたいな奴もいれば、頭が蛾で胴体が人間の怪物もいる。影のようなもの、雲のようなもの、魚類とも両生類ともつかぬもの、昆虫人間……まるで中世の魔術書に描かれた悪魔のパレード——つまり化け物どもの仮装舞踏会《マスカレード》だよ」

「アーカムの支配階層は全員、そんな化け物だというのか?」

「そうだ。旧支配者は大復活《GR》に乗じてアーカム・シティのノヴァチェク市長の理性と意志を奪い、警察署長や地方検事長とすり替わり、銀行家や資本家や大司教や州兵司令官に化け、さらに彼らの家族とすり替わった。今のアーカム・シティで、我々人類は、旧支配者の奴隷だ。ただの奴隷ではない。人間の仮装をして毎晩、贅沢三昧を楽しんでいる化け物ども——この街の富裕層を、自分たちの代表や代弁者と信じて疑わない奴隷。いわば畜殺業者を崇拝する豚や牛や羊の群れなのだ」

「あんたはそれを終わらせるため、魔術を仕掛けたんだな」

「そうだ。米国魔術省は、大復活《GR》後の混沌を終息させるために、国家予算を投じて、アーカムから始めて全世界を混沌から解放する魔術計画を打ち立てた。暗合名オペレーションFC——〝顔のない都市《フェイスレス・シティ》〟計画だよ」

「あんたはその計画の中心人物だったんだな？」

「そうだ。魔術省は大復活が誰の仕業か突き止めていた。だから、そう名付けたのだ。〝顔のない都市《フェイスレス・シティ》〟計画と……」

と、突然、再生人格《リプロデュースト》の姿が激しく歪み、たゆたい、オレンジ色のノイズが斜めに走りだした。

それでも再生人格《リプロデュースト》は言葉を続けようとする。

「世界軸《アキシス・ムンディ》とは……その計画を……実行し……魔術に……よって……」

だが、オレンジ色の光のノイズが激しく再生人格《リプロデュースト》の全身像を瞬かせ、その声を高速再生と低速再生の入り混じったテープの声のようにしてしまう。

「……混沌を……退去《バニッシュ》させる……ための……魔術……武器なの……だ……」

それでもロング博士から全容を聞きだそうと神野はさらに質問をぶつけようとする。

「ならば、その魔術武器はどう使う？」

「神野！」

とリアの叫びが割りこんだ。

無視して神野は尋ねる。

「世界軸《アキシス・ムンディ》はどうやったら機能するんだ？」

「神野！」

再生人格の姿が激しく歪んでぼやけたオレンジのネガティヴ画像になり掛ける。

それを見てリアはまた叫んだ。

「神野、これは魔術的な干渉よ。物凄い妖気を感じる。誰かが魔術でロング博士の再生人格《リプロデュース》を吹き消そうとしている。これ以上は耐えられそうにないから早く、《地獄印《ネザーサイン》》とは何か、どうやれば世界軸《アキシス・ムンディ》を使って混沌を秩序に切り替えるのか、博士に尋ねて！」

「どうやるんだ、博士」

神野は質問した。

「……レコード……盤に……針を……置け……」

すでに明滅するオレンジの光の束となってしまいながらも、ロング博士の再生人格は洩らした。

「針を置けば……七芒星も回り出す……レコード盤から……キャスの歌声が溢れ出て……アーカムの空に……響き渡る……そうすれば……奴も退散する……」

「あんたは市長や賢人会議《オールド・ワイズメン》のことを言ってるのか」

神野が問いかければ、光の束は一瞬だけ、ロング博士の明瞭な姿と変化して異様な単語の断片を洩らしかけた。

「NYAR……」

そして再生人格《リプロデュース》は消え、同時にソニアの頭がガックリと椅子の背にのけ反った。

「ソニア――」

神野はソニアの脈を確かめようと、少女の首の横に手を伸ばした。脈はある。ただし、かなり細く、かつ不規則になっていた。

神野はリアにうなずいた。

「大丈夫そうだな。少し休ませたら、すぐ意識は戻る」

神野がそうリアに言った時、窓のほうから声がした。

「そいつは良かった。迎えに来た甲斐があったぜ」

ハッとして神野とリアは窓のほうに振り返った。

モスクのある夕景の代わりに、ソフト帽からプラチナブロンドの髪を溢れさせた男の薄ら笑いが、四面の窓いっぱいに広がっていた。

男は左手の人差し指を立てると、その先を111号室の神野とリアに向けて言った。

「バーン」

それと同時に凄まじい衝撃と熱波が発せられた。四面の窓ガラスが部屋に向かって粉々に散った。神野とリアとソニアは部屋の床に叩きつけられた。

「くそっ」

神野が床から見上げた。

窓枠の外にはグレーのパッカードがアーカムの夜空に浮かんでいる。ただし、運転席にランキーの姿はない。無人のパッカードが浮かんでいるばかりだ。それでも神野は身を起こしながら、白柄を抜こうと懐に右手を流した。

「おおっと」

小馬鹿にしたようなランキーの声が空中から起こり、黒い革靴の尖った爪先が身を起こした神野の鳩尾に叩きこまれた。神野は前のめりに屈みこむ。それでも白柄は取り落とさなかった。

「瞬間転移は〈火《ファイア》〉魔術師《マジシャン》の得意技でな。悪いな、大将《マック》。折角の見せ場をブチ壊しちゃってよ」

そんなことを言いながらランキーは床に転がったソニアを持ち上げ、荷袋のように肩に担いだ。

「あんたらの筋書じゃ善玉が勝ってハッピーエンドなんだろうが。そいつは時代遅れって奴なんだ」

軽口を叩くランキーの横から銃声が、三度、轟いた。

リアのワルサーPPKである。

魔術の印形《シジル》を刻んだ銃弾がランキーの頭部めがけて三個、真っ赤に灼けて飛んでいく。

だが、憎々しげな笑いを浮かべて首を傾げたランキーの頭を貫通することなく、その周囲で三回、赤い火花が散っただけだった。

三発の銃弾はランキーが身の周囲に張った〈火〉の妖気のカプセルによって蒸発してしまったのである。

「――!!」

サングラスのレンズの下でリアは目を剝いた。

ソニアを肩に掛けた格好でランキーはリアに身を向けた。

首を横に振り、チチチと舌を鳴らしながら、まるで赤ん坊をたしなめる父親のように指を左右に振る。

次いで、立てた指でリアの額を指し示した。

「バーン」

小馬鹿にした声をあげて鉄砲を撃つ真似をした。その指先から真紅に輝く光の矢が飛び出した。〈火〉《ファイア・マジック》魔術のエレメントを銃弾状にしたものだった。いわば魔術の弾丸だ。弾丸より素早く空気を貫いてリアの眉間を貫く。

「はうッ」

リアは叫んで身をのけ反らせた。

空中にリアのサングラスが飛んだ。

眉間に真紅の孔を開けてリアは床に後頭部から倒れ込んだ。

一撃で脳が粉砕されて、リアは即死した。

神野が助ける暇さえなかった。

それでも抜き放った白柄の刃をくれようと神野はランキーめがけて瞬間移動した。転移すると同時に刃でランキーの心臓を抉ろうとする。

だが、それより早く、ランキーはソニアの体を担いだまま、窓の外に浮かんだパッカードの車内に転移していた。

「バーイ、大将《マック》」

神野の意識にそんなランキーの言葉が突き刺さった。

パッカードはクラクションを鳴らして夜空を滑空していく。去りながら鳴らしたクラクションも、「ミスティ」のメロディだった。

第13章　Japanese Sandman

――［13］死《デス》

土星。時間。運命の支配者。変化は突然あらわれる。破壊と創造。鎌をふるう骸骨の足元に、王や王女の首、あるいは鎌で刈られた罪なき者たちの手足が転がっている。骸骨が全てを刈り取った後に来るのは、無でも闇でもない。変化であり、再創造であり、肉の霊化である。閉幕ではなく開幕。幕が開けば、骸骨の背後で日輪が輝き、新しい夜明けの太陽が上ろうとしている。

Ｉ

神野はリアの死体を抱き起こした。その死を悼んで涙するためではない。彼女の死を悼む余裕などなかった。上着のポケットをまさぐる。求める品はすぐに見つかった。ファントム・コルセアのキーである。

キーを右手に握ると、神野は精神を集中した。その身が白銀のカプセルに包まれて消える。次の刹那、神野はホテルの地下駐車場に瞬間転移していた。

暗い駐車場を駆け、ファントム・コルセアを探した。

車はすぐに見つかった。塗装が焼けて剥げかけ、車体は歪んでいるが、まだ動きそうだ。神野は素早く乗り込んで発進させた。

スクラップ寸前にも拘わらず、ファントム・コルセアは時速一〇〇キロの速度で瞬く間に地下駐車場を駆け抜けてホテルの外へ——さらに疾走して夜のアーカム上空へと舞い上がった。

真夜中の空をクラシック・カーが縦横に飛んでいる。

古風なデザインの高層ビルが林立するアーカムの街から夜空に向かって、何本ものサーチライトが照射されていた。

光の柱はすべて色が違っている。

ブルー、レッド、グリーン、イエロー……そして、魔術の色であるオレンジ。

神野はオレンジの光柱の中に目指す車を見つけた。グレーのパッカードだ。視覚を魔術的なものに切り替える。

魔術視覚に切り替えた目で捉えたパッカードは燃えるような真紅に縁取られていた。

真紅は〈火《ファイア》〉の象徴色である。

間違いない。

神野はファントム・コルセアの速度をさらに上げた。

唸りを上げてファントム・コルセアはパッカードに迫っていった。

相手はパッカード。こちらはファントム・コルセアだ。地上でも空中でもその速度は比較にならなかった。

バックミラーに映ったファントム・コルセアに気づいてランキーは唇を歪めた。ギアを切り替え、力任せにアクセルを踏んだ。

パッカードはさらに飛行速度を上げる。

助手席に乗せられたソニアの身がサイドウインドウに大きく寄りかかった。ソニアは依然として気を失っていた。

「しつっこい野郎だぜ」

ランキーは舌打ち混じりに呟いた。サイドウインドウを下ろすと、そこから手を出した。掌を追尾してくるファントム・コルセアに向けると呪文を叫んだ。

「燃え死ね《ディエ・アルデンテム》！」

追跡するファントム・コルセアの行く手で眩い光を放って爆炎が閃いた。一発。二発。三発。四発。切れ目なく閃く爆炎を神野はみごとなハンドル捌きで躱《かわ》していく。この程度の〈火〉魔術《ファイア・マジック》ではファントム・コルセアを引き離すことはできなかった。

ランキーは下唇を噛んで後方に振り返った。リア・ウインドウ越しに見たファントム・コルセアはまるで夜空を貫く漆黒の弾丸のように見える。

只の弾丸ではない。

狙った標的を必ず撃ち抜く伝説の魔弾だ。

堪えかねたか、ランキーは人差し指を立ててこめかみに当てた。精神を集中させる。そうして賢人会議《オールド・ワイズメン》のクラブルームにいる自分の雇い主に呼びかけた。

「ヤバいことになってきたんで、力をお借りしたいですがね」

——分かった。

ミスター・GOGの思念が即座に返ってきた。ついでにチェス盤に向かい、コニャックのシャンパン割りを入れたグラスを片手にしているミスター・GOGの姿も、ランキーの脳裏にはっきりと浮かぶ。

「呑気に酒なんか食らってねえで早く助けろよ、ジジイ」

ランキーは歯噛みした。

悪態をついた瞬間、パッカードの車体に衝撃が走った。

ルームミラーを見上げれば、ファントム・コルセアがパッカードの真後ろまで迫っている。

今の衝撃は神野がコルセアを軽くぶつけてきたものと知って、ランキーは小さく叫んだ。

「なにしやがる、クソッタレ」

それからミスター・GOGに呼びかけた。

「早くして下さい。お願いしますよ」

――とりあえず応急の手は打った。お前は一刻も早く、歌姫を連れてこちらに来い。もう六月二十四日。世界軸《アキシス・ムンディ》を稼働するセレモニーを行なう当日だ。

「了解。大急ぎで歌姫をそちらに運びます。ですから応援を一秒でも早く――」

そこまで言いかけた時、クラクションが轟いた。

パッカードの後ろからではない。

音は滑空する車の真横から聞こえていた。

パッカードの運転席の真横からだ。

ランキーはそちらに振り返った。げえっ、という汚らしい呻きが喉奥からあがる。サイドウィンドウの向こうに神野の横顔が見えたせいだった。

ファントム・コルセアはいつの間にか、パッカードと並走していたのである。

神野がこちらに向かって何か言った。

「なに？　なんだって？」

ランキーは大声で訊き返した。

「聞えねえよ。おいらが〈火〉魔術をぶち込みやすいように、そっちの窓を大きく開けてくれよ」

それからランキーは神野を挑発するようにけたたましい声で笑いだした。

と。――

パッカードの後部座席から声が発せられる。

「妖術修羅遍在《しゅらへんざい》といったんだ」

「………」

ランキーは哄笑を中断した。

後ろのシートから、また神野の声がした。

「今度は聞こえたか？」

ランキーは恐る恐る振り返った。

後部座席に、白いスーツの探偵が白柄の脇差を握って坐っていた。

「――!!」

ランキーは声なき悲鳴を上げ、並走するファントム・コルセアのほうを見やった。

そちらの運転席では神野がハンドルを握っていた。

「自分の意志でドッペルゲンガーを出す妖術だ。前にも見せたと思ったが、あれは、イナイかオブラクにだったかな？」

後部座席の神野は感情を押し殺した調子で言うと、白柄の刃を突き出した。

ランキーは一瞬、息を詰まらせた。

だが、神野はランキーを刺し殺しはしなかった。替わりに、その頬に刃を当てる。

倶梨伽羅竜が浅く彫られた脇差の刃は氷のように冷たかった。

「あんた……妖術かじってる探偵じゃなくって……マジもんの妖術師だったのかよ」

ランキーはかすれ声で呟いた。

「探偵は趣味だ」

神野は面白くもなさそうに答えて、言葉を続ける。

「お前は何処まで知っているんだ？」

「知ってるって、なにを？」

「世界軸《アキシス・ムンディ》の秘密。六月二十四日に旧支配者どもが行なおうとしていること。《地獄印《ネザーサイン》》の秘密。その他もろもろ……市長や、賢人会議《オールド・ワイズメン》が企んでいる悪事や、ロング博士がやろうとしていたこと――目下のアーカムで進められている小汚いアレコレだ」

「全部は知らねえよ。俺は賢人会議《オールド・ワイズメン》のメンバーでも、市長の側近でもない。ミスター・ＧＯＧに金で雇われただけなんだ」

「金で雇われただけのケチな殺し屋でも、秘密の一端くらいは知ってるんだろう」

神野は刃の尖端をランキーの首筋に当てると浅く横に引いた。殺し屋の首筋に赤い線が引かれる。瞬く間に血が溢れてきたが、傷はあくまでも浅かった。

「やめてくれ！」

ランキーは悲鳴混じりに叫んだ。

「俺が死んだら、あんたも落ちて死ぬだろう」

「お生憎だな。車が落ち始めたら、俺は消える。消えて――向こうのコルセアを運転してる俺に戻る。ただそれだけだ」

「き、きったねえ……」

「さんざん汚い手で人を殺し回った貴様に言われたくないな」

神野は鼻を鳴らし、改めて白刃をランキーの頬に当てた。

「さあ、貴様は何を知っている？　知ってることを洗いざらい吐け」

「イナイやオブラクを金でたらしこんでロング博士を殺させたのはミスター・GOGだ」

ランキーは乾いた声で言った。

「まずは当たり障りのない情報か。三人とも死んでるし、すでに誰がロング博士を殺したかなんて重要じゃない。……他には？」

「賢人会議《オールド・ワイズメン》のメンバー八人は全員人間じゃない。人間の皮を着た化け物だ」

「そいつも知っている。もっと面白い話はないのか。それとも……頭をこじ開けて思い出させてやろうか?」

神野は刃の先でランキーのソフト帽を弾き飛ばした。刃を耳の付け根に当てる。

「気が変わった。この大きな耳を切り落としてやる。二つあるから三分くらいは楽しめそうだ」

そう言って神野は刃をランキーの右耳の付け根に移した。ルームミラー越しにこちらを見ているランキーに目だけで微笑み、小声で尋ねた。

「まさか俺がブラフやジョークでこんなこと言ってると思ってるんじゃないだろうな?」

次いで刃の峰に軽く力を込める。ランキーの耳に刃が一ミリだけ付け根から離れ、傷口から血が溢れだした。

「や、やめてくれ」

ランキーは悲鳴を上げた。神野が本気だと悟ったのだ。

「知ってることは全部話すから、やめてくれ」

「ちっ。耳を削ぎ損ねた。イラついてる時には殺し屋の耳を削ぐのが一番よく効くんだがな」

「冗談キツすぎるぜ、あんた」

ポケットからハンカチを出して耳に当てながらランキーは呟いた。

「手加減して切ったから出血はすぐ止まる。止まらなきゃ唾でもつけるんだな」

「勘弁してくれよ。市警の暴力警官でもここまでやらねえぜ」

「さて、それじゃ情報公開に戻らせてもらおうか」

刃に付いた血をランキーのスーツの肩で拭きながら神野は尋ねた。

「世界軸《アキシス・ムンディ》を起動させる方法は？」

「世界軸《アキシス・ムンディ》の基底部の新市街——七芒星の真ん中の施設で、キャス・フェローに変容したソニアに『嘘は罪』を歌わせるんだ。キャスの歌うあの歌には魔術の鍵が秘められている。いわば呪歌って奴よ。その呪歌が魔術機で増幅され、世界軸《アキシス・ムンディ》というアンテナから発信されて、ロング博士の仕掛けた魔術が起動する仕掛けらしい。そうしたら世界は秩序を取り戻し元通りになるというんだけど詳しくは知らねえ。賢人会議《オールド・ワイズメン》の奴等が話してるのを小耳に挟んだだけなんだ」

（それがアン・セットの寄越した助言『20の裏に16が隠れている』——タロットの〝審判〟の裏に塔が隠れているという意味か）

ランキーの説明に神野は納得すると、さらに尋ねた。

「賢人会議《オールド・ワイズメン》のメンバーの数は？」

「変な格好した爺が七人。その七人にいつも見下されてる市長を入れて八人。ロング博士は九人目のメンバーだった。で、ロング博士の紹介で、アン・セットとかいうスカした女弁護士が入った。これで十人になった」

「メンバーの人数には魔術的な意味があるんだな」

「ああ、そうらしい。なんかの折にミスター・GOGが、10は無限大を表すが、同時に回帰を象徴する数でもあるので、賢人会議《オールド・ワイズメン》には縁起が悪い、と話してるのを聞いたよ。魔女集会《コヴン》が13人と決まってるようなものかと、その時は聞き流したんだが、後でロング博士を殺せと命令された時、ミスター・GOGに言われたよ。賢人会議《オールド・ワイズメン》の正式メンバーは常に七人でなければならないってな。なんでも聖なる魔書に記されている〝人類発生以前に世界を統《す》べていた七種類の氏族〟を表してるらしいぜ」

「……ロング博士を殺したのは貴様だったのか……」

神野は口の中で呟くと唇を歪めた。

（そしてリアも俺の目の前で殺した……）

手にした刃を自然にランキーの喉首に当ててしまう。ひやりとした感触に震えてランキーは悲鳴混じりに言った。

「……」

「な、なにするんだよ、大将《マック》。俺は素直に話してるじゃねえか」

（このまま刃に力を込めて殺し屋の喉を掻き切ってやればリアの供養くらいにはなるんだが）

そうしたい衝動を神野は必死で押し殺して尋ねた。

「アン・セット弁護士と市長も、世界軸《アキシス・ムンディ》の儀式の時には、数合わせのために捨てる気か？」

「弁護士は何処かから呼ばれたゲストだから殺されねえだろう。弁護士は毎日、ミスター・GOGとチェスを差してるんだけど、チェスゲームすること自体が、魔術儀式になってるらしい。あのミスター・GOGとサシで勝負するような女だ。きっと、あいつは普通の人間じゃねえ。賢人会議《オールド・ワイズメン》の旧支配者連中とは別系統の——大昔にこの地球を支配してた化け物の仲間なんだろうな。……だが、市長は違う。魔術には通じてるが、ただの人間だ。……最初から生贄用の羊さ。今日の儀式で奴さんの首を切ってバケツ一杯分の血を儀式に使うことになっている……」

「待て」

神野は口を挟んだ。

「混沌化した今の世界に秩序を取り戻し、復活したクトゥルーを再び眠りに就かせるというのなら、それは白魔術だろう。白魔術にどうして生贄だの、バケツ一杯の血が必要なんだ？」

するとランキーは頬に当てられた刃を手で遠ざけて、肩越しに神野に振り返った。

「本当に何にも知らねえんだな、大将《マック》は」

「どういうことだ？」

「賢人会議《オールド・ワイズメン》は世界軸《アキシス・ムンディ》を使ってクトゥルーを眠らせようとしてるんじゃねえ。確かにそいつはロング博士のやろうとしてた魔術だけどな。賢人会議《オールド・ワイズメン》はその右回転の白魔術を逆に回して左回転の黒魔術にするのが目的だ」

「なに!?」

驚いた神野にランキーは笑いかけた。

「クトゥルーは夢見の浅瀬にいる。あまりに長く眠りに就き過ぎてたんで、まだ夢と現実の間に挟まってるのさ。その、夢見の浅瀬で座礁して動けずにいるクトゥルーを現実世界に引き上げて、今度こそ本当に覚醒させようとしてるんだよ。賢人会議《オールド・ワイズメン》はそのためにロング博士を騙して協力者と思わせ、魔術計画の全容を手に入れた。そして、そいつを悪用しようとしているのさ」

「なんだと!?　では、大復活《GR》は？　今のこの――いつの時代とも分からない混沌世界はなんだというんだ!?」

「へ、へ、へ、今のこの世界かい？　俺たちの暮らしてるこの世界は幻夢《ゆめ》だよ。ただし、偉大なるクトゥルーの幻夢《ゆめ》じゃねえ。這いうねる混沌ナイアルラトホテップのな！」

ランキーがそう叫んだ瞬間、凄まじい音と共にリアウインドウが叩き割られた。

次いで外から真っ赤な鋏が車内に突き込まれる。

「ハッハー、やっとこさ援軍の登場だぜ」

ランキーは、してやったり、の表情で運転席に前屈みになった。

コクピットのスイッチを入れる。

と、車の前半分にオレンジ色の光の膜が広がった。

魔術障壁《バリアー》だ。

反射的に神野が刃で突けば火花と力線で押し戻される。

もうこれでどんな武器でも魔術でも運転席のランキーは傷つけられないのだ。

「くそっ」

低く洩らした神野めがけ、唸りを引いて赤い鋏が迫ってきた。

鋏の付け根は甲殻類の脚ではなかった。

赤く充血した触手である。

鋏も触手も地球の法則とは関わりない世界の生命体のものだった。

鋏が開いて神野の手首を挟んだ。

それに目を落とした神野の背中めがけ、今度は触手が突き入れられた。

触手の先は槍穂のように鋭く尖っている。

そのまま、触手の先は神野の背中から胸まで貫通する——

——筈だった。

だが、槍穂が突き刺さるより早く、神野の姿は車中から消えていた。

修羅遍在が解かれて車中の分身は、並走するファントム・コルセアに戻ったのである。

「汚ねえぞ、探偵野郎！」

並走するファントム・コルセアを操る神野に叫ぶと、ランキーはコクピットに顔を向けて言った。

「俺と歌姫の回収も頼んます」

——今やる。

そんなミスター・GOGの思念が返されたかと思うと、ランキーの足元からオレンジ色のガスが湧き起こった。

ガスは気体というより粘液に近い。

「すんませんね」

白い歯を剥いて笑いながらランキーはソニアの体を抱き起し、肩に手をまわした。

ソニアは依然として気を失っている。

ランキーは無造作にソニアを引き寄せた。

娘とランキーの肉体は見る間にオレンジ色のカプセルに包まれていった。

カプセルは卵型だ。

完全に卵の形になると、パッカードの屋根を突き破って空中に飛び出した。

カプセルの外殻から炎が上がった。

オレンジ色の炎に包まれたカプセルは、そのまま、尾を引いて夜空を滑り出した。

まるで弧を描いて飛翔する流れ星だ。

空に列なすクラシック・カー群を次々に弾いて飛んで行く。

「逃すか」

神野はオレンジ色に輝くカプセルを追ってファントム・コルセアを発進した。

カプセルの流れる行く手には、夜空に突き刺さす尖塔が聳え建っていた。

一五〇〇メートルのオベリスクだ。

その基底部には巨大な七芒星がオレンジ色に輝き、それぞれの頂角から七色のサーチライトを放ってオベリスクを照らしあげている。

完成なった世界軸《アキシス・ムンディ》だった。

世界軸《アキシス・ムンディ》の周囲にはクトゥルーを再び眠りに就かせて世界に秩序を取り戻させる白き魔術の儀式に立ち合おうと、十万人ものアーカム市民が集っていた。

Ⅳ

オレンジ色のカプセルが夜空を裂いて急下降してきた。

世界軸《アキシス・ムンディ》の周囲を取り囲んだ群衆からどよめきが起こった。

カプセルは歓喜の声で迎える人々の頭上をかすめて世界軸《アキシス・ムンディ》の基底部へと滑り込んでいった。

オレンジ色の障壁《シールド》を破ってカプセルは結界内に移動した。

結界内はすでに別次元だった。

淡いオレンジ色の空気に覆われて、外界とは違う流れで時間が流れている。

結界の中心には魔術の祭儀場《テンプル》が設けられていた。

七本の儀式旗《フラッグ》が立てられた祭儀場《テンプル》の中心近くまで飛んできたカプセルは、ミスター・GOGと六人の老人たち、そしてアン・セット弁護士とノヴァチェク市長の見守る前で静かに空気に溶けていった。

そこに現われたのは肩を貸す形でソニアを支えたランキーである。

「でかした！」

ミスター・GOGがランキーに駆け寄った。

「探偵野郎に大分やられましたけどね。確かに歌姫はお連れしましたぜ」

そう言いながらランキーは、駆け寄った賢人会議《オールド・ワイズメン》の老人たちにソニアを預けた。老人たちが一様に頭巾付きの黒マントをはおっているのに気がついて、ランキーは皮肉な笑いで顔を歪めた。

「黒ミサにゃ間に合ったようだ。ボーナスを弾んでもらいましょうかね、ボス」

「金だろうが、地位だろうが、不老不死だろうが、何でもくれてやる」

そう答えたミスター・GOGは儀式の祭司にふさわしく、金糸で縁取られた紫のマントを、タキシードの上に羽織っている。

ミスター・GOGは身を翻して叫んだ。

「歌姫に呪歌を歌わせる準備を！」

呼び掛けたほうには七芒星形をした低いステージが設けられていた。ステージの上には大きな旧式のマイクがスタンドで立てられ、周囲には大昔のレコードティング設備が組み立てられている。機材には影人《シャドウ・パーソン》がついて歌姫のために準備していた。

嬉しそうに手を擦り合わせながら、ミスター・GOGはソニアのほうに歩み寄ろうとした。だが、途中、真紅のマントを羽織って立つアン・セット弁護士の前で足を止める。鉤爪のような人差し指を立てて、ミスター・GOGは勝ち誇るように言った。

「これで〝詰み〟だよ、光の天使君。もはや何も出来まい。歌姫が呪歌を歌って、夢と現実の谷間から偉大なるクトゥルーを引き上げれば、地球は本来あった青次元《ブルー・ディメンション》に固定され、永遠に我ら――真の神々のものとなるのだ。は、は、は、偉大なるクトゥルーの新秩序に護られた地球を前にした君の顔が今から見えるようだ。高慢な君の悔しがる顔はさぞや美しかろうね。今度ばかりは君の父上も、君や人間《モータル》どもを救うことなど出来まい。それどころか、君の父上の立場が危ないのだ。かつて人類に神と崇められたかれが、今度は海底の底に沈められ、死さえ死すほどの永き眠りに就くのだよ。――我々のように」

アン・セット弁護士は目だけで笑い返した。

「何がおかしい？」

得意げな表情を引っ込めて、ミスター・ＧＯＧは怪訝な調子で尋ねた。

「この期に及んで、まだ強がりか、アン・セット！　セト・アン――サタンと呼ばれる、君ともあろう者が強がりは似合わんぞ」

弁護士は静かに答える。

「勝負はチェスの指し手《プレイヤー》が席を立つまで分かりませんわよ」

「なんとでもほざくがいいさ。今度ばかりは、わしの勝ちだ」

「そんな言葉はあなたに似合わないわ。――見苦しいお爺ちゃんの姿があなたに似合わないようにね」

そこで一息置いて、アン・セット――女の姿を結んだサタンはミスター・ＧＯＧの真の名を呼んだ。

「……ナイアルラトホテップ」

「黒きものと呼べ。間もなく私をそう呼んで、貴様はわしに跪《ひざま》ずくのだ」

そう吐いたミスター・ＧＯＧの背に、提督の声が掛けられた。

「歌姫の意識が戻りました」

人間のスタッフの呼び声にミスター・ＧＯＧは片手を軽くあげて応え、ソニアの前まで進んだ。

ソニアは左右の腕を屈強なスタッフに押さえられていた。

それでも身をよじらせて自分を固定する腕から逃れようとし続けている。

そんなソニアの下顎に指をやると、ミスター・GOGは猫撫で声で囁いた。

「どうしたのかね、キャス？　こんな小娘の姿など取って。さあ、早く君本来の姿に戻るのだ。アーカムの全市民——いや、全人類が、君の歌を待っておるんだよ。一秒も早く、キャス・フェローの『嘘は罪』が聞きたいとね」

ソニアはひきつった顔で言った。

「わたしはキャスじゃない。だから離してよ」

「おやおや、まだ、そんな我儘を。さ、早くそんな普段着は脱ぎ捨てて、美しい君の姿に戻っておくれ、わたしのキャス」

皺だらけの顔を卑しい笑みで歪めてミスター・GOGはそう言うと、指を引いた。

笑みが消えた。

同時に深い眼窩の底の目がオレンジ色に輝いた。

ミスター・GOGは張りのある青年の声で命じた。

「キャス・フェローに戻るのだ、ソニア」

ソニアは悲鳴を上げた。

全身からオレンジ色の靄が噴出し、瞬く間に少女を包んでいく。

その靄の下でソニアは彼女のB面であるキャス・フェローへと変容していった。

＊

ヴォッズス鳥の群れが行く手を遮った。

ファントム・コルセアはスピードを緩めることなく、群れの中を突っ切った。

疾走する車体がヴォッズス鳥の首を斬り、羽根を引きちぎり、胴体を粉々にした。

フロント・ガラスやサイド・ウインドウの表面に魔鳥のドブ泥のような体液がぶちまけられた。

体液はそれ自体が生き物のようにピクピクと蠢き、収縮と拡大を続けていた。

だが、神野は顔色一つ変えず、ファントム・コルセアを走らせ続ける。

ガンッ、という衝撃が真横から起こった。そちらに目を流す。真っ赤なゼリー状の物体が突進してきたのだ。浮遊タイプのショゴスだった。それは巨大なクラゲのような動きで車から離れ、またぶつかってきた。

クラゲ状の本体から半透明な滴りが垂れ落ち、持ちあがった。瞬間的に触手と化して、ファントム・コルセアの車体に絡みついていく。神野はコクピットに手をやった。遊んでる暇はないんだ、化け物。鋭い瞳でそう呟くと、神野はスイッチを入れた。

ファントム・コルセア全体が輝いた。輝光の色は眩いブルー。蒼く燃える焔の色。今の神野の怒りの色だった。

魔術的な超高熱と輝光が、三度目の体当たりをしようとしていた浮遊ショゴスを瞬間的に蒸発させた。

熱と光は同時に、フロントガラスを覆っていたヴウォッズス鳥の体液も蒸発させた。体液に遮られて見えなかった前方が目に飛び込んでくる。

黒光りする鉱物質の障壁が視界一杯に広がっていた。

それは世界軸《アキシス・ムンディ》の黒光りする壁面だった。

黒曜石を思わせる壁面すれすれのところで、車体はフロントを真下に向けた。

ファントム・コルセアは、そのまま垂直に降下して、地上に突進する。

行く手には世界軸《アキシス・ムンディ》の基底部がオレンジ色の七芒星を輝かせていた。

*

キャス・フェローはマイクを前にしているのに気がついた。今まで何をしていたのだろう。自分が自分でなかったような気がする。マイクの向こうに目を向けた。薄暗がりの中で録音クルーやレコード会社のスタッフと思しい人々がこちらを見つめていた。

背後でバンドマスターがタクトを振り、一息置いてバンドが前奏を奏ではじめた。スタジオの外から地鳴りのような物凄い拍手が湧き起こった。今日は録音の模様がそのまま野外のイベント会場で、スクリーン公開されているようだ。

——何を歌うんだったかしら？

イントロの数節を聞いただけで、歌うべき曲はすぐに分かった。

パティ・ペイジの『嘘は罪』のカバーだ。前奏が終わり、歌い出しに移る。キャスの足元で七芒星の形をしたステージがゆっくりとせり上がりはじめた。

七色のスポットがキャスを照らしあげる。

キャスは静かに口を開いた。

＊

キャサリン・フェローは『嘘は罪』を歌いはじめた。ロング博士の魔術が秘められた呪歌が大気を震わせる。振動は即座に、地・水・火・風の四大に影響を与えはじめた。混沌から秩序へ――悪夢から現実へ――クトゥルー復活後の異界からリアルな二十一世紀の現在へ――。マイクを通して、その振動は魔術機器へと伝えられ、機器の機能によりスタジオ内から外界へと広がっていく。

その瞬間を読んでミスター・GOGは片手をあげた。

「開幕《イニトゥム》！」

張りのある青年の声でミスター・GOGは黒魔術の開始を命じた。命令は思念によって、世界軸《アキシス・ムンディ》の外に設けられたセレモニー会場に控えるものどもに伝えられた。

影人《シャドウ・パーソン》や人豚《ホッグ》や鰓のある男たちが動きはじめた。

会場整備の警備員に化けたものどもは、地鳴りのような拍手と歓呼の叫びのなかで行動を開始する。

ボックス式の貴賓席で拍手を送るノヴァチェク市長の肩に手が置かれた。市長は微笑を湛えたまま、肩越しに振り返る。地下の祭儀場《テンプル》に来るよう、賢人会議《オールド・ワイズメン》に呼ばれたと思ったのだ。夢の浅瀬に乗り上げたクトゥルーを現実世界に引き上げるため、十万人もの市民を生贄にすると、市長は賢人会議《オールド・ワイズメン》より聞かされていた。

その時には安全な場所に誘導するので、そこから十万人の血が偉大なるクトゥルーのに捧げられるのを鑑賞しろ、とも言われていた。

——ついにその時が来たか。

と言おうとしたノヴァチェク市長の髪が無造作に掴まれた。

隣に坐った市長夫人には二人の影人《シャドウ・パーソン》が忍び寄り、その身を固定した。

妻の首に儀式用の青銅ナイフが当てられるのを、市長は、膨らんだ眼球で見た。

視界に同じ凶器が割り込んできた。青銅のひやりとした感触が、市長の首の横に生じた。次の瞬間、青銅のナイフは市長夫妻の頸動脈を切断した。

着飾った市長夫妻の首から上が真紅の霧にけぶった。

素早く黄金の大杯が差し出され、噴き出す鮮血を受け止めた。

人豚《ホッグ》どもが勝利の声をあげて大杯を高く掲げた。

「イア、クトゥルー!」

「クトゥルー・フタグン!」

市長夫妻は揃って天を振り仰いだ。

二人の喉はざっくりと割られ、皮一枚で首が繋がった状態だった。

すでに光を失った市長夫妻の瞳は世界軸《アキシス・ムンディ》に刺し抜かれた夜空を見上げていた。

夜空で星々が輝きを増し、人間の目で見えるほど早く、動きはじめる。

七色に輝いて、漆黒のスクリーンに光の軌跡で右回りの渦巻きを描いていく。

と。――七色の光で描かれた渦巻きの動きが突然静止した。

それは七芒星型の施設でミスター・GOGが黒魔術儀式の開始を命じたのと、ほぼ同時だった。

数秒後、再び光が夜空に渦を描きはじめる。

だが、その光は眩いオレンジ色で、渦巻く向きは左回転であった。

ロング博士の設えた地球に秩序を取り戻す魔術は中断されて、代わりにミスター・GOGが仕掛けた黒魔術――夢と現実の狭間の「浅瀬」に乗り上げたクトゥルーを本格的に現実に引き上げる儀式に切り替えられたのだ。

世界軸《アキシス・ムンディ》の鋭く尖った頂きの周囲で漆黒の雲が湧いていた。

その中ではオレンジ色の稲妻が切れ目なく閃き続ける。

世界軸《アキシス・ムンディ》の周囲に用意された超巨大なスピーカーからキャス・フェローの歌う『嘘は罪』が流れている。

ただし、その歌声もバンドの音楽も普通のものとは逆回りの不協和音だ。

レコードやテープを逆回転させた音声より遥かに耳障りで、鼓膜から脳神経にダイレクトに悪影響を与えそうなノイズだった。

ノイズに合わせて夜空の星が狂いはじめた。

星座が崩れ、星々が勝手な方向に動き出す。

だが、そんな発狂した星座のダンスもすぐに眩いオレンジ色をした光の渦巻きと、世界軸《アキシス・ムンディ》の真上で漆黒の雲が完全かつ巨大な円形になっていく光景《パースペクティヴ》にすぐに隠されてしまった。

瞬く間に雲と光の渦巻きは、世界軸《アキシス・ムンディ》の頂きに触れるほどの位置で固定され、黒い円形の雲へと変わった。

オレンジ色の稲妻が世界軸《アキシス・ムンディ》の頂上と黒い円雲の間を行き来する。

世界軸《アキシス・ムンディ》の尖端に触れた円雲は左回りに回転する。

それに合わせて超巨大なスピーカーから、より凄まじい不協和音が——ノイズが響き渡る。

ノイズの振動は闇を帯びていた。

三次元の如何なる存在とも相容れない闇である。

真正の暗黒の振動は波動と化し、大気を冒し、時空を冒し、天地を穢していった。

「蓄音機だったのね」

祭儀場《テンプル》でアン・セット弁護士が叫んだ。

「新市街は蓄音機だった。……だから音を反響させるための空洞が……設けられていた。……そして……世界軸《アキシス・ムンディ》は……その蓄音機のために用意された……巨大なレコード針で……レコード盤は星空に蓄えられた時空の記憶……。それを再生して……魔術を稼働する原動力にするのが……ロング博士の……〝顔のない都市《フェイスレス・シティ》〟計画だった……」

「光の天使の癖に鈍いぞ、アン・セット君。今ごろ気がつくとはな。世界軸《アキシス・ムンディ》の竣工式と魔術稼働が六月二十四日という段階で、君ならば当然、世界軸《アキシス・ムンディ》と新市街の秘密に思い至ったと思ったのだがね」

「六月二十四日……」

アン・セット弁護士はかすれ声で洩らした。

「六月二十四日とは聖ヨハネの祝日だよ。古代ヨーロッパでは、この日、天に火のついた輪を投げ上げる行事が行なわれた。それはこの世の終わりを遠ざけるための儀式だったが、後に単なる祝日の催しとなり、さらに後には、聖ヨハネの催しの司祭だった人間の子孫が天空に輝く銀の輪を幻視したことにより、UFO記念日となった」

「聖ヨハネの日と言うことは知っていたし、天空の輪と聖ヨハネの祝祭との関連から世界軸《アキシス・ムンディ》を使って夜空を燃やしアーカムに落とそうと企んでいると推測していた……」

「いいや。世界は蓄音機だよ。今夜、夜空は時計とは逆回りに回転するレコード盤となって、この世の終わり――偉大なるクトゥルーの真の目覚めを世界に告げるのだ。ただし、それは大天使の吹き鳴らす喇叭ではない。美しき歌姫の歌う呪歌だ。呪歌はこう言っている、『嘘は罪』とね。いかにも、わたしの仕掛けたこの大復活世界《GR》は嘘であり、人類のみならず神々さえも騙したことは大いなる罪に他ならない……。ロング博士はみごとな選曲をしたものだよ」

ミスター・GOGは勝利の笑みを広げた。笑みで顔面の全てが皺だらけの口と化してしまうかに見える。

「六月二十四日をカバラで読み解けば6＋2＋4＝12。12は宇宙の秩序、神と人間、救済、美、調和を象徴する数……」

「生憎だが、わたしの介入によって12は13へと変容した。世界の復活を表す12ではなく、万物の死を表す13へと」

ミスター・GOGの皺に蔽われた顔面に、限りなく黒に近い褐色の肌の青年の容貌が重なった。背の低い腰の折れまがった醜い老人の姿に、長身で筋肉質の美しい青年ファラオの姿が。――賢人会議《オールド・ワイズメン》の会頭ミスター・GOGに、暗黒王朝時代のエジプトで崇拝された神王ナイアルラトホテップが！

かれの背後で、賢人会議《オールド・ワイズメン》のメンバー〝大公〟の全身から、ビニールのような光沢と色合いの触手が数え切れぬほど伸び出し、鞭のようにしなって、回りに立っていた人豚《ホッグ》に巻き付き、全身の骨を一瞬で砕いた。

〝枢機卿〟の頭部が五つに分かれて内部からウミユリの器官に似た真紅の肉片が現われた。それは近くにいた影人《シャドウ・パーソン》を吸い寄せて吸収した。

あるいは、〝元帥〟の軍服が内側から盛りあがり、布地を裂いて蟹の鋏が現われ、魚とも蛙とも蜥蜴ともつかない化け物を挟んで斬断《ざんだん》した。

さらに、賢人会議《オールド・ワイズメン》の重役たちが次々に本来の姿の一部を見せて、甲斐甲斐しく働く人間と妖物の混合物をちぎり、引き裂き、体液を吸い、肉をむさぼり食った。

キャスの呪歌は、クラブで起こしたのと同様の変容を賢人会議《オールド・ワイズメン》の重役たちに促した。

ただし、クラブで正体を現わしたのは異次元の化け物たちだったが、いま、この場で本来の姿に戻り掛けているのは、かつて旧支配者と呼ばれた人類以前の知的生命たちが崇めた存在——神と呼ばれたものたちだった。

「イア、クトゥルー」

「クトゥルー・フタグン」

異次元の神々は半ば本来の姿に戻りながら偉大なるクトゥルーを呼んだ。

それに唱和してミスター・GOGが叫んだ。

「偉大なるクトゥルーは夢見ながら待てり」

そして、世界軸《アキシス・ムンディ》の真上で左回りに回転する暗黒の円雲と、世界軸《アキシス・ムンディ》の頂上に設けられた漆黒のオベリスクを仰いだ。

「我が主クトゥルーよ、歌姫の呪歌に耳を傾けよ！　しかして、その歌声もて浅き夢見より完全に目覚め、地球なるこの惑星を青次元へと固定せしめよ。世界を汝が悪夢で蔽い、人の子ども《モータル》全てを狂気に導きたまえ」

夜空が裂けた。

裂け目から真っ白い触手が現われた。

さらに裂け目から巨大な目が地上を覗き見た。

——その時だった。

突然、星の渦巻く夜空から、漆黒の弾丸が、地上に撃ち込まれたのは。

それは弾丸ではなかった。

神野の乗ったファントム・コルセアである。

V

ファントム・コルセアは車体の鼻面を地上に向けてまっすぐ降下してきた。

そのままでは車の前部から地上に突き刺さりそうな勢いだった。

だが、残り一〇メートルほどで地面という位置で神野は念を凝らした。車体全体が銀色の光で縁取りされる。

神野は低く呟いた。

「透過せよ」

車体全体が白銀の光に包まれた。

地表を蔽ったタイルやパネルを擦りぬけて、神野は、ハンドルを捌いて車首を上げる。

ファントム・コルセアはそのまま、数十メートルもの断層を貫いて地下の祭儀場《テンプル》へと透過した。

ファントム・コルセアは唸りを引いて祭議場に突っ込み、そこにある石柱や魔術機を薙ぎ倒して、七芒星の形のステージ手前で、ようやく停止した。

「奴を殺せ！　断じて生かすな！」

ミスター・GOGの怒号が地底に響き渡った。

ファントム・コルセアの周囲、四方八方から何十本とも知れないオレンジ色の火箭《かせん》が飛んだ。

それはマシンガンより射出された銃弾と、〈火〉魔術で連射された〈火〉の念の塊だった。

ファントム・コルセアのボディが孔だらけになっていく。

硝煙と魔術のスモークにけぶる下で、全てのウインドウのガラスが粉々に砕かれた。

二つのサイドドアがボディから落ちた。軋みをあげてバンパーが外れた。

マシンガンを構えた鰓人《ギルマン》や、拳銃を持った影人《シャドウ・パーソン》、〈火〉魔術の杖《ワンド》を車体に向けた人豚《ホッグ》は硝煙に霞んだファントム・コルセアを凝視した。

一段の中からランキーが数歩前に出る。

ランキーは、いつでも〈火〉のエレメントを撃ち放てられるように人差し指をまっすぐ立てる。

指先を夜空に向けて、蜂の巣と化したファントム・コルセアの車内を遠くから窺った。

魔術師の神経中枢に響いてくるものはない。

ランキーは用心深い足取りでファントム・コルセアに近づいた。車の周囲を取り巻いた人豚《ホッグ》や影人《シャドウ・パーソン》や鰓人《ギルマン》もランキーに従って恐る恐るファントム・コルセアに歩み寄る。

「……………」

ランキーは息を殺してスクラップ同然になったアバンギャルド・カーの内部《なか》を覗き込んだ。

周囲の妖物たちもそれを真似て車内を覗きこんだ。

その場にハッとした気配が起こった。

「いねえじゃねえかよ」

ランキーの呟きがやけに大きく響いた。

覗きこんだ車内には孔だらけになったコクピットと、原型も留めぬほど引きちぎれたシート、そして細かいガラス片があるばかりだ。

その他には何もない。

神野の血も、スーツの生地の切れ端も、神野が振るった白柄の破片さえも味当たらなかった。

数秒その場に固まったようになって車内を凝視していたランキーは乾いた声で言った。

「野郎、肉片も残さずけし飛んだか」

すかさず、せせら笑うように鼻を鳴らす音が、ランキーの背後から返された。

背後の物影だ。

そこに神野の気配を感じた。

「神野!?」

ランキーは鋭く叫んで身を翻した。

後ろに身を向けると同時に、その指先がオレンジ色の閃光を放った。

火炎弾が五発連射された。

オレンジの閃光にその一角が照らされる。

片手をポケットに突っ込んで、くわえ煙草でランキーを見つめる神野が〈火〉魔術のエレメントに照らしあげられた。

だが、火炎弾を食らう前に神野の姿は消えた。

否——。

消えたのではなかった。

増えたのである。

武器を手にファントム・コルセアを囲む妖物どもの後方に、白スーツの影が三つ。賢人会議《オールド・ワイズメン》の重役たちの背後にも精悍な面立ちに蓬髪の男の影がそれぞれ一ずつ——都合五つ。それらは同時に現われた。

「し、神野。……貴様、また……」

身を翻したランキーの後ろからも、浅黒い肌の影が笑いを含んだ口調で言った。

「妖術修羅遍在《しゅらへんざい》。車が地面に激突する直前に使わせてもらった」

＊

ファントム・コルセアが祭儀場《テンプル》に突っ込むのを目にしたミスター・GOGの顔には愕然とした表情が張りついていた。

それはアン・セット弁護士も同じである。

かつて神に最も愛され、光の天使とまで呼ばれた彼女（あるいは彼）にも、こうした展開は予測だにしていなかったことだったのだ。

だが、驚きはこれで終わりではなかった。

七芒星に区切られた祭儀場《テンプル》の一角の影が、急に、霧が立つように濃くなった。

その影の中から、二人の男の影が、ゆっくりと進み出た。

二人は同じくらいの背格好で、全く同じ純白のスーツをまとっている。伸ばし放題にした蓬髪も、その下の浅黒い肌も、精悍な面立ちも、挑むような光を湛えた黒檀の瞳も、二人はそっくり同じだった。

肩を並べた二人の右のほうが先に口を開いた。

「正義の女神《ジャスティス》からの進言の意味が、今、ようやく分かったぜ。それと同時に《地獄印《ネザーサイン》》の秘密が解けた」

「………」

ミスター・GOGは薄い膜のような瞼を大きく開いて右の男を見つめた。

「《地獄印《ネザーサイン》》とは七芒星型をした新市街を蓄音機に、世界軸《アキシス・ムンディ》をレコード針として、天界のレコードを再生しようというシステムのことだ。それによってクトゥルー復活後と皆が信じているこの世界は消え、クトゥルーは夢の浅瀬から再び永遠の眠りへと返る。……米国魔術省はこの魔術儀式を〝顔のない都市《フェイスレス・シティ》〟計画と呼んだ」

そこまで言うと右側の男はミスター・GOGに笑いかけた。

「直に会うのは初めてだったな。自己紹介させてもらおうか。俺の名は神野十三郎。職業は私立探偵らしい。らしいってのは頼りない言い方だが、お許し願いたい。なにしろ俺をアーカム──この街──この悪夢に呼びつけた人間がそう言ってるので、過去のない俺としてはそれを信じるしかないんだ」

神野が皮肉な調子で老人と弁護士に言えば、左に立つ男がそっくりな声と話し方で言葉を続けた。

「で、俺が神野とリアをアーカムに招いた男だ。死んだリアは俺を薄靄《シンヘイズ》と呼んだ。いつも薄暗がりに坐り、正体を表さないので、そんな名前を付けたらしい。神野は俺を依頼人《クライアント》と呼んでいる。探偵とボディガードのクライアントという訳だ。好きな名前で呼んでくれ。ただ、神野とだけは呼ぶなよ。俺が他の次元から呼んだ探偵と紛らわしいからな」

二人揃った神野にミスター・GOGは顔を歪めて何か叫ぼうと口を開きかけた。

すかさず神野は言った。

「ランキーを呼びたいのなら無駄だ。奴は今、修羅遍在で出した俺の分身と戦うのに忙しい」

いかにも――。

ランキーも、儀式のクルーとして配置された化け物たちも、神野のドッペルゲンガーたちと戦いはじめたところだった。

VI

「汚ねえぞ、探偵野郎!」

怒りの叫びと共にランキーは、神野の声のしたほうに身ごと向き直り、神野の眉間めがけて火炎弾を撃ち放った。

だが、神野は挑戦的な薄笑いを唇を刻み、軽く頭を曲げる。火炎弾は外れ、彼の背後で銃を構えていた男の胸を直撃した。男が瞬間的にけし飛んだ。足の入った靴だけが地面に残っている。あとは影も形もなかった。ランキーの火炎弾は溶岩級の超高熱なのだった。

――人差し指だけでは火炎弾が小さい。

そう感じてランキーは掌《てのひら》を開いて両手を上げた。念を凝らした。ランキーの両腕が肘までオレンジ色の光に包まれた。

「くらえ、糞野郎」

怒号と同時にランキーの両腕から凄まじい熱と光を放つ炎が何本となく噴出した。まるで両手が火炎放射器のノズルと化したかのようだ。だが、十数メートルもの尾を引いて伸びた火炎の舌は、神野の身体一メートルまで接近すると、あるいは上方へ、あるいは右方へと逸れてしまう。

「忘れたのか。俺は〈火《ファイア・ソーサラー》〉妖術師だ。そしてお前も〈火《ファイア・マジシャン》〉魔術師……。同じエレメントを基本とする術者同士がぶつかりあっても、互いの術が相殺されるだけだ」

神野はズボンのポケットに片手を入れたまま冷たく断じた。

「うるせえ」

ランキーは歯を剥くと、

「貴様がどんな妖術師でも、〈火〉のエレメントの神には敵わねえだろうぜ」

そう呟いて人差し指と中指を立て、残りの指を折り畳んだ。

空中に奇怪な印形《シジル》を描いた。それは儀式魔術の印形《シジル》ではなかった。

かつてスティギアの神官たちだけが描くことを許された極秘の印形《シジル》だ。

超古代、旧き神々と旧支配者との間に勃発した戦争で、何億もの惑星を火焔地獄へと替えた邪神の妖力を召喚する呪文である。

クトゥグァ召喚の呪文だった。

ランキーの口から恐るべき呪文が振動となって迸る。

「フングルイ・ムグルナフ・クトゥグア・ホマルハウト・ウガア＝グアア・ナフル・タグン！　イア！　クトゥグア！」

そしてランキーは幻視した。

――フォマルハウトより飛翔する火の神を。

星空から超高熱を発しながら地上に墜ちてくる小さな太陽珠を。

夜空にオレンジ色の光点として浮かんだクトゥグァの御子《スポーン》は瞬く間に点から夜空に滲む光の染みへと変わり、さらに炎暈《フレア》を揺らめかしながら墜ちてくる隕石へと変わる。

ランキーが心のスクリーンに映し出した幻視は思考と同じ速度で、魔術的なまでに細部が明瞭な画像となっていく。

そして、それが完璧なリアリティを帯びた時、本当にクトゥグァの妖力を有した小太陽珠が神野めがけて落ちてくる――

――はずだった。

だが、魔術の呪文が功を奏するより先に、ランキーの前で、横で、血飛沫が上がった。背後から何十もの妖物の呻きや叫びが起こった。

鰓人《ギルマン》の緑の血が、影人《シャドウ・パーソン》の血液ともいうべき闇のエナジーが、人豚《ホッグ》の鮮血が、断末魔の叫びを原色に彩った。

妖物の喉を倶梨伽羅竜の刃が裂く。裂いたのは神野だった。人間のクルーの脇腹を白柄が割る。えぐったのは神野のしなやかな手だった。意思ある影を斬り、知性ある雲の中枢に剣尖を突き込み、退化した人間が成り果てた豚の首を刎ねる。それを同時に行なったのは数え切れない数に分身した神野たちだった。

そして――。

妖物どもが倒れるより早く、ランキーの面前に、しなやかな掌が突き出された。掌は神野のものだ。息のかかるほどランキーの顔に掌を突きつけた神野は静かに言った。

「お前一人だけに地獄の劫火のお裾分けだ。ゆっくり味わってくれ」

突き出した掌のすぐ前から、ボッ、という鈍い音が起こった。

その音は三千度を越える高熱を首から上だけに浴びたランキーから発せられた音だった。

ランキーの長身から頭部だけが蒸発していた。

神野は数歩、後ろに退いた。

首を失ったランキーめがけてオレンジに輝く火球が物凄い勢いで落下してきた。光跡が大気に刻まれて、ブンッ、と唸りが走り、ランキーの胴体に命中して爆発した。

肉の欠片も残さず、ランキーは地上から消滅した。

ランキーの呪文に招かれて飛翔したクトゥグァの御子《スポーン》は、それを招いた召喚者を瞬間的に焼尽して、地球から消えたのだった。

口笛が「ミスティ」のメロディを奏でた。

神野の吹いた口笛だった。

口笛は「ミスティ」の一節だけを吹き、それが夜気に溶けるより先に消えていた。

口笛と共に神野の分身たちも一人残らず消え、一息置いてから、祭儀場《テンプル》のあちこちに凍結していた妖物どもは次々と倒れていった。

Ⅶ

ミスター・GOGの周囲でも、元帥が倒れ、大公が倒れ、枢機卿が倒れ、伯爵が倒れていった。白柄の刃が閃くたびに、漆黒の頭巾付きマントを羽織った神が一柱また一柱と消えていく。倒したのはすべて神野の分身だった。

「なんという……」

ミスター・GOGはそう呟いてから言葉を失ったか、黙りこんだ。

賢人会議《オールド・ワイズメン》で残ったのはミスター・GOGただ一人となっている。

「次はどうするつもりだ?」

ミスター・GOGは神野に尋ねた。

「さあな。俺はアーカムの〈向こう側〉から呼ばれた探偵だ。だから嗅ぎまわったり、邪魔者を片付けたりはするが、世界を変えたりはしない。それは雇い主のすることなんでな」

ミスター・GOGは神野そっくりなクライアントに視線を移した。

「魔術機にロング博士の白魔術に戻すコマンドを出し、キャスの呪歌を正しい形で天地に響かせるんだ」

クライアントが命じると、アン・セット弁護士はうなずいた。

「任せて」

と、魔術機に目を向けた。

「魔術機を操れるか？」

神野はミスター・GOGを睨み据えたまま尋ねた。

「わたしは光の天使——サタンよ。魔術は自分の手より自由に使えるわ」

そう言って意味ありげに微笑んだアン・セットは、クルーの死体が転がるコントロールコーナーに駆け寄った。

魔術機のパネルにタッチする。端末画面に浮かんだ魔法円や印形を手早くクリックし、解き、かつ結んでいった。

祭儀場《テンプル》全体がオレンジ色に映えた。だが、それは一瞬のこと、すぐに祭議場は普通のライト照明の光に照らされる。

時間が唐突に動きはじめた。

それに伴って、ステージの上で逆回転の歌を反復していたキャス・フェローは『嘘は罪』を最初から歌いはじめる。

その歌声は旧式な大型マイクを通して、超大型スピーカーで拡大された。世界軸《アキシス・ムンディ》の周りに集った十万人のアーカム市民がキャス・フェローの甘いラヴソングに聴きいる。

世界軸《アキシス・ムンディ》の頂きでオレンジ色の稲妻が何条も閃き、鋭く尖がったオベリスクの上で、白銀の雲が輪となって、右回りに回転しはじめた。

「ロング博士の白魔術だ」

神野が歌姫を眺めながら呟くと、アン・セットがコントロール・コーナーから答えた。

「夢の浅瀬に乗り上げていたクトゥルーが沖に引かれていく。白い帆船に曳航されて、より深い夢に——永遠なる眠りに——」

神野とクライアントは同時に夜空を見上げた。

夜空では白銀の円雲が回転し続け、オベリスクの頂きがその雲の表面に触れていた。

天界の音楽が奏でられていくが、それは人間の聴くべきものではない。

夢の浅瀬に乗り上げて、ナイアルラトホテップの夢と現実との間に生じた「偽りの世界」に繋留されていたかれ——偉大なる神クトゥルーのみが、聴くことを許されているのだ。

夜の裳裾がはためいた。それに伴って星座が揺らめき、ミッドナイト・ブルーに塗られた夜空の高みで裂け目が走った。縦に長く、まるで傷口のように開いた夜空の裂け目から、触手が覗いた。不健康にぬめった、まるで深海生物の内臓《はらわた》のように白い触手だった。

一本一本が月を絡めるほど巨大な触手は互いに絡み合い、のたくりながら、夜空に生じた裂け目から飛び出した。外に飛び出て蠢くその様子は、裂け目をさらに広げようとしているように見えた。

だが――。

世界軸《アキシス・ムンディ》のオベリスクの上で白銀の円雲が回転し、地上で歌うキャス・フェローの歌声に合わせて、全天空より『嘘は罪』を響かせる。

アーカム・シティという超巨大な蓄音機はセットされ、聖ヨハネの夜の空に生じた輝くレコード盤は回転し、その上に世界軸《アキシス・ムンディ》という名のレコード針が乗せられたのだ。

ロング博士の白魔術はここに開幕し、儀式は執行され、大復活《GR》後なる混沌の悪夢は秩序に替わろうとしていた。

「おお、偉大なるクトゥルー……我が神よ……」

ミスター・GOGが何かを訴える形に両手を広げ、天を振り仰いだ。そこでは夜空の裂け目が白銀に縁取られている。白魔術が機能しはじめたのだ。裂け目が動き出した。

それは地上にいる者たちの目でも確認できるほど早く、凄まじい速度で縮まっている。

縮まる裂け目を押さえようと、触手が激しく蠢いた。だが、現実次元の綻びを繕う自然の、見えざる手のほうが遥かに素早かった。

裂け目の収縮に押されて、クトゥルーの触手が、縮みゆく傷口の内側に戻っていく。

夜の裂け目の向こうで超巨大ななにかが動いた。

次いで触手に代わって、天空の傷口から眼が覗いた。宇宙的なまでに巨大で、星雲のように青く輝いていたが、それが眼だということは地上の人間にも判別できた。眼は知性と狂気を併せ持ち、凄まじい憤怒の表情を露わにしていた。

「クトゥルーの眼だ」

クライアントが呟いた。

「かれは怒っている」

アン・セットは震え声を洩らした。

二人の言葉を聞いて神野は皮肉な微笑を唇に広げた。

「ただしクトゥルーが怒ってるのは俺たちじゃない」

一息置いて、神野は唇にキャメルをねじ込んで言葉を続けた。

「ドジを踏んだ教皇を殺したいくらい憎んでるのさ。——ミスター・GOG、あんたをな」

ミスター・GOGが目を剥いた。

皺で縁取られた口が開き、何か言い掛ける。

だが、それより早く、すでに細長い切れ目となった夜の傷口から覗く邪神の瞳が、世界軸《アキシス・ムンディ》の底に設けられた祭儀場《テンプル》に立つミスター・GOGに凄まじい一瞥をくれた。

クトゥルーの瞳から力線が迸った。

神野の目に、それは夜空と地上をつないだ眩いブルーの稲妻と映った。

あるいは邪神が振るった雷霆《らいてい》の一撃と！

ミスター・GOGの身体がブルーの閃光に包まれた。眼底まで突き刺さる眩い光の中でミスター・GOGの肉体は内側から爆発し、悲鳴を上げる暇もなく、瞬時にして塵へと変わった。

夜の傷口はすでにほとんど見えなくなっている。その僅かな空隙の向こうから——夢の浅瀬から——クトゥルーは叫んだ。怒号は恐るべき魔術的波動と宇宙を混沌に陥れる振動を帯びていた。

その波動と振動に六月二十四日深夜の空が震えた。ミスター・GOGことナイアルラトホテップが己が夢の中に構築したアーカムが——大復活後《GR》の世界が崩壊しはじめる。

アーカムにわだかまる闇の中から人豚《ホッグ》が一匹また一匹と空中に飛び出した。最初は一匹ずつだったが、すぐに、それは群れとなって宙に飛び出した。同じように影人《シャドウ・パーソン》が、鰓人《ギルマン》が、ゾンビーが、悪魔が——アーカム・シティのダークサイドを我が物顔に闊歩していた妖物どもがことごとく空中に飛び出していく。

「化け物がみんな、上に落ちていく」

神野は不愉快そうに顔を歪め、そう呟くとキャメルに火を点した。

「混沌の化け物の土砂降りさ。ただし、この土砂降りは下から上へ降っていく」

面白くもなさそうな調子でクライアントがうなずいた。

「ナイアルラトホテップはどうなった？　死んだのか？」

神野が尋ねると、アン・セットが答えた。

「ミスター・GOGという醜い老人の姿は何千とあるナイアルラトホテップという神性の顕現の一つに過ぎない。だから顕現の一つが罰を受けて粉砕されても、あいつの本質は死ぬことはない。闇の奥に隠れて、また暗躍する機会を狙って待ち続ける」

そう言うアン・セットの声は話すうちに次第に女の声から中性的な声に変化していく。堕落した光の天使本来の声へと——。

キャス・フェローは歌い終えた。

マイクの前で静かに頭を下げたキャスが、頭をあげた時にはソニアへと戻っていた。

「ありがとうございました」

聴衆に礼を言ってステージを降りるソニアの上では、銀色に輝く円形の雲が依然として回転していた。ただし、雲を構成するのは人豚《ホッグ》や影人《シャドウ・パーソン》や鰓人《ギルマン》、その他の妖物どもである。ロング博士の秩序を戻す白魔術は第二段階に入ったようだった。

「素晴らしかったわ、ソニア」

と言ってステージに歩み寄るアン・セットの背には白銀の羽根が生えていた。すでに弁護士の姿も、女の姿も、人間の姿さえサタンには不要なのだ。

ソニアの手を取ったアン・セットに神野は尋ねる。

「ソニアを何処に連れていくんだ？　地獄か」

「まさか。ここじゃない何処か。……邪神の夢なんかじゃない現実のアーカム・シティよ」

「もし異次元に連れてくんなら、ロング博士や両親が元気な世界に連れてってくれないか。出来るんだろう、それくらい。光の天使だもんな」

神野が言うと、アン・セットは皮肉な光を瞳に広げた。

「お優しいのね。いつからそんなに優しくなったの？」

「知らなかったのか？　俺は宇宙一優しい男なんだぜ」

キャメルを上下させて神野は苦笑した。

「その言葉はアン・セットに言う言葉じゃないだろう」

とクライアントが横から口を挟んだ。

「どういう意味だ？」

神野が振り返って尋ねると、クライアントは言った。

「リアに言ってやれよ。――あいつが生きている向こう側でな」

「また会えるのか、リアに？」

「ああ。俺が送ってやる。もちろん、お前がリアの死に涙一つこぼさず、車のキーを優先させたことは黙っておいてやる」

クライアントは意地の悪い調子で言うとキャメルを唇にねじ込んだ。指を弾いて煙草に火を点ける。溜息のような音を立てて煙を履くと、クライアントはアーカム・シティを指し示した。

「見ろよ、ミスター・GOGの夢が崩れていく」

クライアントの示した先では一九三〇年代風のビルディングが次々に根幹から灰になり、飛びかうクラシック・カーの車列が音もなく落下し、人々は影も残さず空気に溶けるように消えていく。

「市民たちは大丈夫か？」

「夢で死んだって現実じゃ死なない。みんな、それぞれのカルマに見合った現実世界で目覚め、分相応の日常をまた送るのさ」

クライアントは突き放したように言った。

その背にアン・セットの声が投げられる。

「ソニアと一緒に、お先に失礼するわ」

振り返れば、ソニアの肩を抱いたアン・セットの姿が消えていった。

「最後は俺たちだ。そろそろ行くぞ」

クライアントが促せば、神野はちょっと眉をひそめて相手を見つめた。

「なんだ？　俺の顔に何か付いてるか？」

クライアントは首を傾げる。

軽く被りを振って神野は言った。

「いや。まだ、あんたの正体を聞いてなかったな、と思ってさ」

「俺か？　俺はＬＡＷ-ＭＡＮ《ロー・マン》だ」

「お前も法律家だったのか。らしくもねえな。俺のくせに」

「ＬＡＷとは法律の意味じゃない。Leaping Agent among the Worlds――〈世界〉移動捜査官の略だ。宇宙秩序を乱す混沌化した世界に転移してそこを修正するのを任務としている」

「どうして俺の顔なんだ？」

「別な世界のお前だからさ」

「成程な。……名前も同じなのか？」

「この世界ではクライアントもしくはミスター薄靄《シンヘイズ》だったが、ここに来る前には白凰坊《はくおうぼう》と名乗っていた」

「そこもアーカムか？」

「いや。戦国時代だ。黒魔術を使う織田信長と戦っていた」

「なんだ」

と神野は吹きだした。

「クライアントはアミューズメント・パークの警備員だったのかよ」

「その警備員にお前は雇われて、無限にある〈向こう側〉の一つからここに召喚されたんだ」

「なんだ。俺は警備会社に日雇いで雇われたのか」

げんなりしたように言った神野の頭上で爆発音が轟いた。クライアントと一緒に夜空を仰げば、世界軸《アキシス・ムンディ》の頂きにあるオベリスクが爆発した音だった。

「この世界はもうすぐ崩壊する。そろそろ本当に行くぞ」

クライアントは真剣な表情になるとキャメルを足元に投げ捨てた。

「リアは本当に待ってるんだろうな」

「待っている。間違いない。そういう世界にお前を転移させる」

「保証しろよ」

「しつこい」

クライアントが舌打ち混じりに言えば、神野は皮肉な笑いを広げて言った。

「お前が大嘘つきなのを良く知ってるんだよ。何と言っても、お前は、俺なんだからな」

「………」

クライアントは黙って指を弾いた。

神野とクライアントの姿が夜の底で消えた。

それを待っていたかのように、二人のいた場所に物凄い量の黒い瓦礫が滝のように降り注いだ。崩壊した世界軸《アキシス・ムンディ》の破片だった。

七芒星に象《かたど》られた新市街のいたる所からも爆炎が噴き上がる。アーカム・シティもそれに唱和するかのごとく爆炎を噴き上げ、アスファルトがめくり上がり、コンクリートが砕け、鉄骨が折れ、自動車や電車が吹き飛んだ。

これが大復活で混沌化したアーカムの最期だった。

やがて万物は爆炎と共に飛び散り、後には目覚めの直前にも似た静けさと、淡いクリーム色の薄靄だけが残された。

頭から鏡に突っ込んだような衝撃の向こうにリアがいた。

解説

末國善巳

神野十三郎こと白凰坊、約一〇年の時を経ての華麗なる復活である。

倶利迦羅龍《くりからりゅう》が彫られた短刀を持ち、分身を自在に操る妖術「修羅偏在《しゅらへんざい》」を使い、自分が口にしたことを相手に信じ込ませる異能を持つ神野十三郎は、朝松健の作家デビュー作にして代表作の伝奇アクション〈逆宇宙ハンターズ〉シリーズ（全五巻）に初登場。当初は、〝逆宇宙〟から邪神を召喚しようと目論む魔教・苦止縷得宗《くしるうしゅう》の幹部だったが、ある事件を切っ掛けに教団に反旗を翻し、〝逆宇宙〟の脅威と戦う側になった。

三次元宇宙は、理性的で論理的な物理世界と、混乱・矛盾・狂気に満ち、あらゆる超常現象を引き起こすエネルギーになる〝逆宇宙〟がせめぎあっていて、地球上では、〝逆宇宙〟に干渉して宇宙の狂気を呼び覚まそうとする一派と、それを阻む者たちの暗闘が行われている。これが、朝松健の伝奇、ホラーの根幹になっている〝逆宇宙〟論である。

〝逆宇宙〟に対抗するといっても、純白のスーツを着て、いつも人を小馬鹿にしたようなチェシャ猫めいた笑みを浮かべている神野十三郎は、決して正義の味方ではない。社会の規範や倫理など歯牙にもかけず、目的のためなら手段を選ばないダーク・ヒーローなのだ。

神野十三郎がまとった〝悪〟の魅力は読者を魅了し、続編の〈逆宇宙レイザース〉シリーズ（全六巻）では主役の一人となったが、一九九〇年八月に刊行された最終巻『玆（くろ）き炎の仮面』を最後に姿を消していた。しかし朝松健は、神野十三郎を忘れてはいなかった。二〇〇五年九月に発表した時代伝奇小説『修羅鏡　白凰坊伝綺帖』には、神野十三郎が一五年ぶりに登場したのだ。しかも同書の「あとがき」には、「よし、書こう。求められる限り、わたしは白凰坊を書き続けよう」というファンにとって嬉しいメッセージも添えられていたのである。

少しブランクは長くなったが、この約束は、一九八六年八月に〈逆宇宙ハンターズ〉シリーズの第一弾『魔教の幻影』で作家デビューした朝松健が、小説家生活三〇年の節目の年に書き下ろした本書『Faceless City』で果たされた。本書は、朝松健が主宰者の一人であり、現在刊行中の「ナイトランド・クォータリー」の前身となる「ナイトランド」の創刊号（二〇一二年春号）から第七号（二〇一三年秋号）まで連載されたが、雑誌の休刊で中断しただけに、完成にかける著者の想いは強かったようだ。そのことは、これまで真言立川流の流れをくむ苫止縷得宗や、台湾マフィアの背後にいる道教の秘密教団・晦冁《フイバン》といった東洋のオカルト結社と戦ってきた神野十三郎が、本書では、クトゥルー神話の創始者であるH・P・ラヴクラフトの小説『魔女の家の夢』『宇宙からの色』などの舞台となったクトゥルー神話の〝聖地〟アーカムで活躍することからもうかがえよう。

東京で私立探偵をしている神野十三郎は、謎のクライアントに招かれ、「大復活《グレート・ライジング》」によって狂人の悪夢や妄想が実体化したかのような魑魅魍魎が跳梁跋扈する二一世紀のアーカムへ降り立つ。クトゥルーの「大復活」で、時空も因果律も混乱したアーカムは、現在と一九二〇年代から四〇年代の風俗が混在する奇妙な街になっていた。

クライアントは、アメリカ魔術省の高級官僚だったダニエル・K・ロング博士が殺され、《地獄印》《ネザーサイン》なる言葉を残したので、その意味と博士を殺した犯人を探して欲しいという。ロング博士の名は、ラヴクラフトの親友で、クトゥルー神話の創出にも大きな役割を果したフランク・ベルナップ・ロングから採られたものだろう。

《地獄印》の謎を解く鍵は、六〇年ほど前にパティ・ペイジが歌った『嘘は罪』を、キャサリン・フェローがカバーした四枚のレコードにあるらしい。神野十三郎は、女性ボディガードのリア・ハスティが運転する空飛ぶ一九三八年製ファントム・コルセアに乗り込み、ロング博士を知るミスカトニック大学の稲井存子准教授、チェコ系魔術師のオブラク博士らを訪ねる。

調査を始めた神野十三郎の前には、殺しても死なない警察官、人豚《ホッグ》の群れ、「炎」の魔術を使う執拗な追跡者「痩せた殺し屋《ランキー・キラー》」、そして警察、検事局、FBIまでを操るアーカムの実質的な支配者「賢人会議《オールド・ワイズメン》」といった邪悪な敵が立ちはだかる。神野十三郎は、短刀を使った物理的な攻撃から、「修羅偏在」を使った魔術戦までの多彩なアクションで強敵に立ち向かうので、その迫力には圧倒されるはずだ。

《地獄印》に通じる唯一の手掛かりとなった四枚のレコードには、「1/4」「×」などの不可解な文字が描かれていた。さらに「賢人会議」のメンバーの一人で、弁護士のアン・セットが奇妙なメッセージを残し、街を探索する神野十三郎は、完成間近の巨大建造物「世界軸《アキシス・ムンディ》」を始め、アーカムのいたるところに魔術的な〝見立て〟が施されていることにも気付く。こうした暗号を解読しながら《地獄印》の秘密に一歩、また一歩と近付いていく展開に加え、ロング博士を殺した犯人は誰か、謎のクライアントは何者かを探る〝犯人当て《フーダニット》〟の要素もあるだけに、ミステリとしても秀逸なのだ。

朝松健は、普請中の東山殿御庭にあやかしが出現する謎に、一休宗純が挑む「東山殿御庭」（『東山殿御庭』所収）が、第五八回日本推理作家協会賞短篇部門の候補作に選ばれるなど、ミステリ作家としても評価が高い。古今東西の魔術に詳しい朝松健らしく、オカルトや邪神の詳細な解説を交えながら、活劇あり、謎解きありの物語を紡いだ本書は、デビュー三〇年の記念碑に相応しく、著者の持ち味が一冊で味わえる贅沢な仕上がりになっているのである。

朝松健は、若き日のエリオット・ネスが邪神に挑む「聖ジェームズ病院」（『秘神界 歴史編』所収）、「ヨス＝トラゴンの仮面」（『邪神帝国』所収）に登場した神門帯刀が活躍する『魔道コンフィデンシャル』など、ギャングものとクトゥルー神話を結び付けた独自の物語世界を書き継いでいる。司法機関も手が出せないマフィアを彷彿させる「賢人会議」が出てくる本書も、この系譜に属している。ギャングが華やかだった禁酒法時代は、まさにクトゥルー神話が生まれた時期なので、この関係性に着目したのは炯眼といえる。ただ二一世紀と、一九二〇年代から四〇年代を二重写しにしたアーカムが出てくる本書を読むと、もう一つのテーマが浮かび上がってくる。

一九二九年の世界恐慌後、経済基盤の強いイギリス、フランス、アメリカなどは早期に景気が回復したが、第一次世界大戦の賠償金に苦しむドイツ、経済基盤が弱いイタリア、日本などは不況の影響が長期化した。こうした国では、軍事力によって生存権を拡大すべしとの論調が強くなり、困窮している国民の多くが軍拡を支持したので、全体主義、軍国主義へと突き進み、それが第二次世界大戦へと繋がった。一方、経済のグローバル化が進んだ二一世紀では、企業経営者や株主が多額の利益を得ている反面、企業がコストの低い途上国へ生産拠点の移転を進めた結果、先進国の労働者の給料は、低賃金の途上国の水準に向かって下げられていった。持てる者と持たざる者の格差は広がり、過去の栄光が忘れられず、雇用が奪われたと感じる人が増えた先進国では、ナショナリズムが鼓吹され、移民や外国籍の人たちへのバッシングが強くなっている。これは不況を背景に、自民族の優位と異民族の排斥を唱えたナチスが台頭した一九三〇年代と驚くほど似ている。

朝松健が、二一世紀と戦前が重なるアーカムを描いたのは、いま世界中で同時多発的に起きているレイシズムやナショナリズムに警鐘を鳴らすためだったように思えてならない。本書の最重要アイテム『嘘は罪』が世に出たのは、ナチスが威信をかけてベルリン・オリンピックを開催したのと同じ一九三六年（ちなみに、初めて歌ったのはケイト・スミスとされる。作詞、作曲を行ったビリー・メイヒューは、経歴不詳の人物。そこも朝松健を魅きつけたのかもしれない）。オブラク博士が、「表現主義映画に出てくるプラハのユダヤ人街」と「二十世紀初頭の香港のスラム街」と「一九七〇年代のニューヨーク・シティのハーレム界隈」のような地区に住んでいるとされたのは、ユダヤ人排斥の根拠となり、ナチスのユダヤ人虐殺にも影響を与えた悪名高き偽書「シオン賢者の議定書」が、プラハの墓地で作成されたとの設定になっていたことを想起させるなど、作中には、著者のメッセージを補強すると思われるサインが、随所にちりばめられている。その意味で本書のテーマは、ナチスとクトゥルー神話を融合させた連作集『邪神帝国』ともリンクしているのである。

近年、朝松健は、〈およもん〉〈ちゃらぽこ〉など、愛らしい妖怪が出てくるユーモア時代小説のシリーズで人気を集めている。これらの作品が、読者を笑顔にすることで社会を明るくする白魔術《ホワイトマジック》とするなら、本書は、社会に狂気と渾沌をもたらす黒魔術《ブラックマジック》の力が強くなりつつある現実を暴いたといえる。朝松健がライフワークの主人公と宣言した神野十三郎が、これからどんな〝闇〟と戦うのか、今から楽しみでならない。

Who's Who in Faceless City

【A】

ソニア・エンゼル

十八歳くらいの少女。ナイトクラブで煙草売り《シガレット・ガール》やダンサーとして働いている。魔術師ダニエル・K・ロング博士の孫娘。ルームメイトは歌手キャサリン・フェロー。

彼女の仕事先の一つ「クラブ・ジッカーフ」の名はC・A・スミスの作品世界に因んでいるが、ジッカーフものは作品数が少ないので、経営者はかなりのマニアと見た。

【C】

クラウド博士 → オブラク博士

フランク・K・コステロ

文学博士。論文「『死霊秘法《ネクロノミコン》』における魔法陣の一考察」がネット上に発表されている。

クトゥグア

超古代、旧き神々と旧支配者との間に勃発した戦争で、何億もの惑星を火焔地獄へと変えた邪神。フォマルハウトに棲むといわれている。朝松作品では『邪神帝国』などに登場。

クトゥルー

太古から地球の海底に眠る邪神。覚醒し、アーカムを中心にして世界中に混沌を引き起こす。それは「大復活《グレート・ライジング》」と呼ばれる（〈ナイトランド〉連載版では〝大帰還〟、短篇「球面三角」では「大異変」）。

【F】

キャサリン（キャス）・フェロー

ナイトクラブの歌手。二十六、七歳か。リタ・ヘイワースに似た美女。ソニア・エンゼルのルームメイト。ソニアの祖父であるロング博士に乞われ「嘘は罪」It's a Sin to Tell a Lie（一九五四 ビリー・メイヒュー作詞、作曲）をレコーディングする。

【G】

ミスターGOG《ゴグ》

百歳を超える七人の老人で構成される、アーカムの実権を握るクラブ「賢人会議《オールド・ワイズメン》」の議長。短身痩躯の老紳士。ブランデーをシャンパンで割ったものを嗜む。

【H】

リア・ハスティ

神野十三郎のクライアント、ミスター・シンヘイズの秘書兼ボディガード。ダークスーツとサングラスに身を固めた中東系の美女。ペルシャ語で「存在」を意味する「ハスティ」はクライアントによる命名。神野同様、記憶に空白がある。ワルサーPPKを忍ばせ、ファントム・コルセアを駆る。

〈ナイトランド〉連載版には、容姿はそのままに姓のない「リア」として登場。携帯する拳銃はレミントン・モデル・ダブル・デリンジャー。ファントム・コルセア同様、未来的なデザインのオートバイ「ヘンダーソン一九三〇」に乗る。

リタ・ヘイワース（一九一八―八七）

アメリカの女優。一九三五年のデビュー後、赤毛をトレードマークに、ジェイムズ・キャグニー、タイロン・パワー、フレッド・アステアらスターと数々の映画で共演。チャールズ・ヴィダー監督の「ギルダ」（四六）で運命の女を演じ、一世を風靡した。

人豚《ホッグ》

ウィリアム・ホープ・ホジスンの長篇『異次元を覗く家』に登場する半獣人。クトゥルー神話の邪神同様、他の作家のホラー作品にも登場する。朝松作品では「球面三角」に登場。

【I】

稲井存子

ミスカトニック大学電子魔術工学部の准教授。痩身で髪を短く切っている。ロング博士の「嘘は罪」レコーディングに協力した。影人《シャドー・パーソン》を怖れている。

【L】

痩せた殺し屋《ランキー・キラー》

〈火〉魔術師。プラチナブロンドの髪にターコイズ・ブルーの目をしたドイツ系の男。いつも「ミスティ」Misty（エロル・ガーナー作曲、ジョニー・バーク作詞　一九五四）を口ずさんでいる。作者いわく、トニーノ・ヴァレリー監督のマカロニ・ウェスタン「さすらいの一匹狼」（一九六六）で、クレイグ・ヒルが演じたガンマン、通称「ランキー」から発想したキャラクター、とのこと。

ダニエル・K・ロング博士

魔術師。元・魔術省マギカクラート（高級官僚）。ソニア・エンゼルの祖父。「嘘は罪」のレコード盤四枚を遺し殺される。

【M】

ヘレン・ミレン（一九四五―）

イギリスの女優。二〇〇三年に大英帝国勲章を受勲。映画「クイーン」（二〇〇七）でエリザベス女王を演じ、アカデミー主演女優賞を受賞。TVシリーズ「第一容疑者」（一九九一―二〇〇六）では主役のジェーン・テニスン主任警部（のち警視に昇進）を演じ、エミー賞を三度受賞している。

【N】

ダニー・ノヴァチェク

アーカム市の市長。「賢人会議《オールド・ワイズメン》」に実権を委ね、ユダヤ神秘学カバラに則って、「世界軸《アキシス・ムンディ》」「新市街《ノベー・ミスト》」など都市計画を進めている。世界秩序の復活を唱えるO3《オースリー》カルトの信者。

ナイアルラトホテップ

「這い寄る混沌」「無貌の神」とも呼ばれる邪神。さまざまな化身を持ち、人間世界に潜入して旧支配者の使者の役割を果たす。朝松作品では〈秘神黙示ネクロノーム〉〈マジカル・シティ・ナイト〉『邪神帝国』『魔道コンフィデンシャル』などに登場。

【O】

オブラク博士

ハングマンズ・ヒルに居を構えるチェコ系魔術師。別名クラウド博士。蛙を思わせる風貌をしている。ロング博士の「嘘は罪」レコーディングに協力した。「オブラク」はチェコ語で英語の「クラウド」と同様「雲」を意味する。〈ナイトランド〉連載版では男性だった。

老人（パンアメリカン航空の乗客）

ニューヨーク‐アーカム便の乗客の一人。突然現れた神野十三郎に驚きつつも言葉を交わす。ヴォッズスやシャンブラー（ロバート・ブロック作のものかは不明）など妖物から乗客を守るためと理解しながらも、旅客機に改造した爆撃機B‐17Gに不平をこぼす。

なお、B‐17爆撃機は「空飛ぶ要塞」「空の女王」の別名を持つ名機で、「メンフィス・ベル」（一九九〇）などの映画でもその勇姿を見ることができる。

ハリー・オルドウン

アーカム21分署の警察官。小太りの男性巡査。同僚メグ・シュタイナーと共に神野を追う。

【P】

パティ・ペイジ（一九二七―二〇一三）

アメリカの歌手。一九五〇年に「テネシー・ワルツ」がヒットチャート十三週連続一位、レコード売り上げ六百万枚で、一九五〇年代最大のヒットを記録する。ポピュラー、カントリーを共に歌い、「嘘は罪」をはじめヒット曲多数。

マリー・パトナム

ソニアが下宿している、ナサニエル・ホーソンの小説に出てきそうな構えの下宿「黒魔女亭《ブラック・ウィッチ・ハウス》」の大家。ヘレン・ミレンを思わせる容貌の老婦人。

【S】

アン・セット

弁護士。顧客はノヴァチェク市長、賢人会議、ミスターＧＯＧと、アーカムのＶＩＰが揃う。神野のクライアントの顧問弁護士でもある。

影人《シャドウ・パーソン》

人がネガティヴな感情に心を支配されたとき、無意識から這い上がってその人を覆い、乗っ取る存在。稲井准教授を脅かす。

メグ・シュタイナー

アーカム21分署の警察官。細身の女性巡査。同僚ハリー・オルドゥンと共に神野を追う。

神野十三郎

白いスーツに蓬髪、おそらく三十代の、東京の私立探偵。ときどき記憶の空白に悩まされる。相手が誰であれ変わらない不敵な態度と、分身を操り、〈火〉の妖術を用いるところは朝松世界のヒーローの一人「白凰坊」を思わせるのだが……？

【T】

ミスター・シンヘイズ

神野のクライアント。会うときも姿をはっきりと見せることがないが、白っぽいスーツを着ているようだ。シンヘイズ（薄靄）は仮の名。アイルズベリ・クラブでは「俺は新鮮な水しか飲まない」と主張し、神野に「気障な趣味だ」と言い捨てられる。

ダレット・ホテルの二十二階に居を構える。このホテルの内装がフランク・ロイド・ライト風なのに因み、ライトとオーガスト・ダーレスが二十代からの友人であったことに触れておきたい。意外なようだが、二人ともウィスコンシン州の出身である。

〈ナイトランド〉連載版・装画ギャラリー　槻城ゆう子

本作の原型となった「Faceless City」は、〈ナイトランド〉（トライデント・ハウス）の創刊号（二〇一二年三月）から第7号（二〇一三年九月）まで連載された。

連載時の装画全七点を、ここに再録する。キャプションは、連載時の小説本文からの引用と、各回のタイトルである。（編集部）

男が立ち止まった瞬間、目の前を影が走った。
（＃１　狂雲師　Vol.1 2012.3）

「あの女が歌う呪歌がどれほど邪悪か、今、見せてやろう」
（＃２　アイルズベリ・クラブにて　Vol.2 2012.6）

「"地獄印《ネザーサイン》" というのは君のことなのか？」

（＃３　ホテル・ダレットの窓の外　Vol.3 2012.9）

アーカムの夜空を疾駆するバイクは、ヘンダーソン 1930。
（＃４　鰓のある街　Vol.4 2012.12）

「俺はボディガードだ。歌手を迎えに来た」
（＃5　S∴O∴D∴教会の葬送歌　Vol.5 2013.3）

「あっちに行って……いやよ……わたしに魔術なんか掛けないで！」
（第二章　死都アーカム　＃1　世界軸《アキシス・ムンディ》という名の棘　Vol.6 2013.7）

「手持ちのカードを全部見せてくれるのか？」
（第二章　死都アーカム　＃２　依頼人の名は「空白《ブランク》」 Vol.7 2013.9）

朝松健・小説著作リスト

（二〇一六年十一月現在）

○＝神野／白凰坊登場作　△＝クトゥルー神話

魔教の幻影〈逆宇宙ハンターズ（1）〉
朝日ソノラマ　ソノラマ文庫　1986.08
［電子書籍］　アドレナライズ　2015.06

魔霊の剣〈逆宇宙ハンターズ（2）〉
朝日ソノラマ　ソノラマ文庫　1986.12
［電子書籍］　アドレナライズ　2015.06

黄金鬼の城〈逆宇宙ハンターズ（3）〉○
朝日ソノラマ　ソノラマ文庫　1987.04
［電子書籍］　アドレナライズ　2015.06

虚空聖山〈逆宇宙ハンターズ（4）〉○
朝日ソノラマ　ソノラマ文庫　1987.09
［電子書籍］　アドレナライズ　2015.06

凶獣幻野
中央公論社　C*NOVELS　1987.11
角川春樹事務所　ハルキ文庫　2000.09
［電子書籍］　アドレナライズ　2016.03

暗黒の夜明け〈逆宇宙ハンターズ（5）〉○
朝日ソノラマ　ソノラマ文庫　1987.12
［電子書籍］　アドレナライズ　2015.06

魔犬召喚
有楽出版社　1988.02
角川春樹事務所　ハルキ文庫／ハルキ・ホラー文庫　1999.09
［電子書籍］　アドレナライズ　2016.03

私闘学園〈私闘学園（1）〉
朝日ソノラマ　ソノラマ文庫　1988.03
［電子書籍］　アドレナライズ　2015.09
〔収録作品〕私闘学園／間奏曲　爆薬と令嬢―もしくは喜久先生のアンニュイな半日―△／地獄からの脱出

謀略追跡者《トラッカー》　黒衣伝説
大陸書房　大陸ノベルス　1988.04

天外魔艦
中央公論社　C*NOVELS　1988.07
角川春樹事務所　ハルキ文庫　2000.10
［電子書籍］　アドレナライズ　2016.03

続・私闘学園〈私闘学園（2）〉
朝日ソノラマ　ソノラマ文庫　1988.10
［電子書籍］　アドレナライズ　2015.09
〔収録作品〕ほんとにあった怖い話／白熱!!　柔拳術VS捕縛術／北海の激闘

赫い妖霊星〈逆宇宙レイザース（1）〉○
朝日ソノラマ　ソノラマ文庫　1988.11
［電子書籍］　アドレナライズ　2015.08

こわからないで…
勁文社　ケイブンシャ文庫コスモティーンズ　1989.01
［電子書籍］アドレナライズ　2016.03
角川春樹事務所　ハルキ文庫　2000.07
＊ハルキ文庫版には「樹妖の恋唄〈虹のマジカル・レッド〉」を併録。
同作は**「樹妖の恋唄〈虹のマジカル・レッド（3）〉」**として電子書籍化（アドレナライズ　2016.05）

白の照魔宮〈逆宇宙レイザーズ（2）〉○
朝日ソノラマ　ソノラマ文庫　1989.02
［電子書籍］アドレナライズ　2015.08

屍食回廊△
中央公論社　C*NOVELS　1989.03
角川春樹事務所　ハルキ文庫　2000.11
［電子書籍］アドレナライズ　2016.03

新・私闘学園〈私闘学園（3）〉
朝日ソノラマ　ソノラマ文庫　1989.06
［電子書籍］アドレナライズ　2015.09
〔収録作品〕特攻乱闘体育祭／二学期中間試験　倫理―その問題と解答―

魔術戦士《マジカル・ウォーリアー》（1）―蛇神召喚―
大陸書房　大陸ノベルス　1989.08
小学館　スーパークエスト文庫　1997.11
角川春樹事務所　ハルキ文庫　1999.11
［電子書籍］アッシュ　2015.07

碧い眼の封印→神蝕地帯　＊文庫化にあたり改題
中央公論社　C*NOVELS　1989.09
角川春樹事務所　ハルキ文庫　2000.12
［電子書籍］アドレナライズ　2016.03

青き怪魔洞〈逆宇宙レイザース（3）〉○
朝日ソノラマ　ソノラマ文庫　1989.09
［電子書籍］アドレナライズ　2015.08

魔術戦士《マジカル・ウォーリアー》（2）―妖蛆召喚―
大陸書房　大陸ノベルス　1989.11
小学館　スーパークエスト文庫　1998.06
角川春樹事務所　ハルキ文庫　2000.01
［電子書籍］アッシュ　2015.07

私闘学園の逆襲〈私闘学園（4）〉
朝日ソノラマ　ソノラマ文庫　1989.10
［電子書籍］アドレナライズ　2015.09
〔収録作品〕疾風怒涛文化祭［誠新学園篇］／疾風怒涛文化祭［大犯士学園篇］／壮絶純愛クリスマス／付録　大伴、故郷へ帰る

黄泉の魔天楼〈逆宇宙レイザース（4）〉○
朝日ソノラマ　ソノラマ文庫　1990.01
［電子書籍］アドレナライズ　2015.08

屍美女軍団〈逸ちゃんウォーズ（1）〉
勁文社　ケイブンシャノベルス　1990.02

魔術戦士《マジカル・ウォーリアー》（3）―牧神召喚―
大陸書房　大陸ノベルス　1990.04
小学館　スーパークエスト文庫　1999.02
角川春樹事務所　ハルキ文庫　2000.02
〔電子書籍〕アッシュ　2015.07

黒衣の妖巫王〈逆宇宙レイザース（5）〉○
朝日ソノラマ　ソノラマ文庫　1990.05
〔電子書籍〕アドレナライズ　2015.08

私闘学園V《サンク》〈私闘学園（5）〉
朝日ソノラマ　ソノラマ文庫　1990.07
〔電子書籍〕アドレナライズ　2015.09
〔収録作品〕狂気乱戦カルタとり／愛と怒りのばれんたいん

玆（くろ）き炎の仮面〈逆宇宙レイザース（6）〉○
朝日ソノラマ　ソノラマ文庫　1990.08
〔電子書籍〕アドレナライズ　2015.08

マジカル・ハイスクール
富士見書房　富士見ファンタジア文庫　1990.11

幻獣戦記―ユニコーン作戦―
中央公論社　C*NOVELS　1990.11
〔電子書籍〕アドレナライズ　2016.09

魔犬《ウェン・セタ》街道〈ノーザン・トレイル（1）〉
朝日ソノラマ　ソノラマノベルス　1991.01
〔収録作品〕魔犬《ウェン・セタ》街道／淫魔《パウチ》の淵／矮人族《コロボックル》の鏃

魔術戦士《マジカル・ウォーリアー》（4）―星辰召喚―
大陸書房　大陸ノベルス　1991.02
角川春樹事務所　ハルキ文庫　2000.03
〔電子書籍〕アッシュ　2015.07

帰ってきた私闘学園〈私闘学園（6）〉
朝日ソノラマ　ソノラマ文庫　1991.02
〔電子書籍〕アドレナライズ　2015.09
〔収録作品〕スケートリンク・インフェルノ／撃滅!!　ヤマザキ作戦／新人狩り

魔術戦士《マジカル・ウォーリアー》（5）―白魔召喚―
大陸書房　大陸ノベルス　1991.04
角川春樹事務所　ハルキ文庫　2000.03
〔電子書籍〕アッシュ　2015.07

ベルバランの鬼火〈逆宇宙ハンターズ外伝〉○
朝日ソノラマ　ソノラマ文庫　1991.04
〔電子書籍〕アドレナライズ　2015.06

大菩薩峠の要塞　一の巻―［攻］江戸砲撃篇―
富士見書房　富士見ファンタジア文庫　1991.08

魔術戦士《マジカル・ウォーリアー》（6）―冥府召喚―
大陸書房　大陸ノベルス　1992.03
角川春樹事務所　ハルキ文庫　2000.04
〔電子書籍〕アッシュ　2015.07

大菩薩峠の要塞　二の巻―［守］甲州封鎖篇―

富士見書房　富士見ファンタジア文庫　1992.02
比良坂ファイル　幻の女《ファム・ファタル》〈逆宇宙ハンター〉△
朝日ソノラマ　ソノラマノベルス　1992.02
角川春樹事務所　ハルキ文庫　1999.10
［電子書籍］アドレナライズ　2015.08
〔収録作品〕寝室の悪魔／幻の女《ファム・ファタル》／妖女娼館／吸血鬼舞踏団／蒼い森の天使／ヴェールを脱いだ幻女《リリス》

哀愁の私闘学園〈私闘学園（7）〉
朝日ソノラマ　ソノラマ文庫　1992.02
［電子書籍］アドレナライズ　2015.09
〔収録作品〕『巴里』の殴り合い／『巴里』の殴り合い（熱闘破裂篇）／燃える格闘軍団／全面激突地区予選

宇宙からの性服者〈逸ちゃんウォーズ（2）〉
勁文社　ケイブンシャ文庫　1992.04

神々《カムイ・ウタラ》の砦〈ノーザン・トレイル（2）〉
朝日ソノラマ　ソノラマノベルス　1992.06
〔収録作品〕双頭の巨影／会津凍涙譜／神々カムイ・ウタラの砦

妖変！　箱館拳銃無宿
徳間書店　トクマノベルス　1992.09

妖術先代萩
ベストセラーズ　BEST FANTASY SERIES　1992.10

大冒険（上）―香港・澳門激発篇―
中央公論社　C*NOVELS　1992.10

大冒険（下）―ボロブドゥール決戦篇―
中央公論社　C*NOVELS　1992.10

私闘学園［完結篇？］〈私闘学園（8）〉
朝日ソノラマ　ソノラマ文庫　1993.01
［電子書籍］アドレナライズ　2015.09
〔収録作品〕〈先鋒〉赤い夕陽の県大会―前夜―／〈次鋒〉激突！　大安チャンバラ地獄／〈副将〉ブロック戦への遠い道／〈大将〉抱腹絶倒ブロック戦

その後の私闘学園〈私闘学園（9）〉
朝日ソノラマ　ソノラマ文庫　1993.03
［電子書籍］アドレナライズ　2015.09
〔収録作品〕〈先鋒〉倒せー　山笠爆走隊／〈次鋒〉熱血闘魂のたたり／〈中堅〉滅法逆襲大混戦／〈副将〉全力全開決勝戦／〈大将〉激流に挑む私闘学園／〈反省会〉私闘グラフィティ／ポストローグ―その後のキャラクターたち―

背徳の召喚歌
二見書房　ベルベット・ロマン・シリーズ　1993.09
［電子書籍］アドレナライズ　2016.10
〔収録作品〕金剛石の微笑／トルコ玉のヤヌス／青玉《サファイア》座の惨劇／アメジストの扉／黒い紅玉《ルビー》△／黄玉《トパーズ》の牙

崑央《クン・ヤン》の女王△
角川書店　角川ホラー文庫　1993.12
創土社　The Cthulhu Mythos Files　2013.03

元禄霊異伝
光文社　光文社時代小説文庫　1994.02
［電子書籍］光文社　1994.02

白死面《ペールフェイス》と赤い魔女〈虹のマジカル・レッド（1）〉
双葉社　双葉ノベルズ　1994.03
［電子書籍］アドレナライズ　2016.05

小説ネクロノミコン△
学習研究社　学研ホラーノベルス　1994.08
〔収録作品〕海魔荘の召喚／冷鬼の恋／幻覚の陥穽
＊映画ノヴェライゼーション

妖夢街《ブリガドーン》の影男〈虹のマジカル・レッド（2）〉
双葉社　双葉ノベルズ　1994.09
［電子書籍］アドレナライズ　2016.05

マジカル・シティ・ナイト（1）
小学館　スーパークエスト文庫　1995.01
［電子書籍］アドレナライズ　2015.10

妖術太閤殺し　→　五右衛門妖戦記
＊文庫化にあたり改題
講談社　講談社ノベルス　1995.02
光文社　光文社文庫　2004.04
［電子書籍］光文社　2004.04

元禄百足盗
光文社　光文社時代小説文庫　1995.03
［電子書籍］光文社　1995.03

マジカル・シティ・ナイト（2）―旧支配者の足音―△
小学館　スーパークエスト文庫　1995.05
［電子書籍］アドレナライズ　2015.10

マウス・オブ・マッドネス△
学習研究社　学研ホラーノベルス　1995.06
＊映画ノヴェライゼーション

マジカル・シティ・ナイト（3）―魔法庁ウォーズ―
小学館　スーパークエスト文庫　1995.08
［電子書籍］アドレナライズ　2015.10

妖戦十勇士―真田秘戦記―
ベストセラーズ　ワニノベルス　1995.12

マジカル・シティ・ナイト（4）―天空の敵―
小学館　スーパークエスト文庫　1996.01
［電子書籍］アドレナライズ　2015.10

妖戦十勇士（2）―諏訪流妖術vs大食流妖術―
ベストセラーズ　ワニノベルス　1996.02

マジカル・シティ・ナイト（5）―ベンを探せ！―
小学館　スーパークエスト文庫　1996.10
［電子書籍］アドレナライズ　2015.10

肝盗村鬼譚△
角川書店　角川ホラー文庫　1996.12
［電子書籍］アドレナライズ　2016.09

マジカル・シティ・ナイトII（1）―凍殺《ころし》のステルス―
↓マジカル・シティ・ナイト（6）―凍殺《ころし》のステルス―　＊電子書籍化にあたり、以降のシリーズ作品を改題、連番化
小学館　スーパークエスト文庫　1997.09
〔電子書籍〕アドレナライズ　2015.10

妖臣蔵
光文社　光文社時代小説文庫　1997.11
〔電子書籍〕光文社　1997.11

マジカル・シティ・ナイトII（2）―青龍《ドラゴン》仕掛けのアリア―
↓マジカル・シティ・ナイト（7）―青龍《ドラゴン》仕掛けのアリア―
小学館　スーパークエスト文庫　1998.02
〔電子書籍〕アドレナライズ　2015.10

秘神黙示ネクロノーム（1）△
メディアワークス　電撃文庫　1998.09

夜の果ての街
光文社　1999.04
光文社　光文社文庫　2002.06（上下巻）
〔電子書籍〕光文社　2002.06（上下巻）

邪神帝国△
早川書房　ハヤカワ文庫JA　1999.08
創土社　The Cthulhu Mythos Files　2013.02
〔収録作品〕〝伍長〟の自画像／ヨス＝トラゴンの仮面／／狂気大陸／1899年4月20日／夜の子の宴／ギガントマキア1945／怒りの日

魔術戦士《マジカル・ウォーリアー》（7）―魔王召喚―
角川春樹事務所　ハルキ文庫　2000.05
〔電子書籍〕アッシュ　2015.07

魔障
角川春樹事務所　ハルキ・ホラー文庫　2000.08
〔収録作品〕魔障／忌の血族／追ってくる△

百怪祭
光文社　光文社文庫　2000.11
〔電子書籍〕光文社　2000.11
〔収録作品〕魔蟲傳／水虎論△／小面曾我放下敵討／豊国祭の鐘／かいちご△／飛鏡の蠱／「俊寛」抄―世阿弥という名の獄―

一休暗夜行
光文社　光文社文庫　2001.01
〔電子書籍〕光文社　2001.01

〔完本〕黒衣伝説
＊『謀略追跡者《トラッカー》　黒衣伝説』加筆改稿
早川書房　2001.05
〔電子書籍〕アドレナライズ　2016.09

秘神黙示ネクロノーム（2）△
メディアワークス　電撃文庫　2001.07

秘神黙示ネクロノーム（3）△
メディアワークス　電撃文庫　2001.08

踊る狸御殿
東京創元社　2001.12
〔電子書籍〕アドレナライズ　2016.10
〔収録作品〕彷徨える狸御殿／ギターを抱いた狸御殿／狸御殿流し／聖夜の狸御殿／狸御殿心中／夢見る狸御殿／狸御殿は永遠に

一休闇物語
光文社　光文社文庫　2002.04
〔電子書籍〕光文社　2002.04
〔収録作品〕紅紫の契／泥中蓮／うたかたに還る／けふ鳥／舟自帰／画霊／影わに

旋風《レラ＝シウ》伝
＊〈ノーザン・トレイル〉加筆改稿
朝日ソノラマ　2002.08
ソフトバンククリエイティブ　GA文庫　2006.01,03,05　＊三分冊
〔電子書籍〕アドレナライズ　2015.12　＊文庫版に準拠

一休虚月行
光文社　カッパ・ノベルス　2002.09

真田三妖伝
祥伝社　ノン・ノベル　2002.12

一休破軍行
光文社　カッパ・ノベルス　2003.07

忍・真田幻妖伝
祥伝社　ノン・ノベル　2003.09

闇絢爛―百怪祭II―
光文社　光文社文庫　2003.12
〔電子書籍〕光文社　2003.12
〔収録作品〕血膏はさみ／妖霊星／恐怖燈／「夜刀浦領」異聞△／夜の耳の王／荒墟

一休魔仏行
光文社　カッパ・ノベルス　2004.07

闘・真田神妖伝
祥伝社　ノン・ノベル　2004.11

修羅鏡―白凰坊伝綺帖―〇
朝日ソノラマ　ソノラマ文庫　2005.09
〔電子書籍〕アドレナライズ　2015.08

暁けの蛍
講談社　2006.02

東山殿御庭
講談社　2006.06
〔収録作品〕尊氏膏／邪笑う闇／䝐《ずい》／應仁黄泉圖／東山殿御庭

暗黒《くらき》は我を蔽う―マジカル・シティ・ナイト―
↓マジカル・シティ・ナイト（8）暗黒《くらき》は我を蔽う
ソフトバンククリエイティブ　GA文庫　2006.07
〔電子書籍〕アドレナライズ　2016.10

暗黒《くらき》は我を蔽う―鏡影都市―

↓マジカル・シティ・ナイト（9）鏡影都市
ソフトバンククリエイティブ　GA文庫　2007.10
〔電子書籍〕アドレナライズ　2016.10
暗黒《くらき》は我を蔽う―夜の騎士―
↓マジカル・シティ・ナイト（10）夜の騎士
ソフトバンククリエイティブ　GA文庫　2007.11
〔電子書籍〕アドレナライズ　2015.10
真田昌幸　家康狩り（1）
ぶんか社　ぶんか社文庫　2008.05
STOP!! ダークネス！
幻冬舎コミックス　幻狼ファンタジアノベルス　2008.08
真田昌幸　家康狩り（2）
ぶんか社　ぶんか社文庫　2008.10
真田昌幸　家康狩り（3）
ぶんか社　ぶんか社文庫　2009.01
本所お化け坂　月白伊織
PHP研究所　PHP文庫　2009.08
〔電子書籍〕PHP研究所　2009.08
〔収録作品〕蝿声《さばえ》／すみ姫さま／汚戸鬼《おしき》
ぬばたま一休
朝日新聞出版　朝日文庫　2009.11
〔電子書籍〕アッシュ　2014.09
〔収録作品〕木曾の褥／一つ目さうし／赤い歯形／緋衣／邪曲《よこしま》回廊
／一休髑髏
＊電子書籍版追加収録：詫びの時空《そら》／筆置くも夢のうちなるしるし
かな
真田幸村　家康狩り
ぶんか社　ぶんか社文庫　2010.02
弧の増殖―夜刀浦鬼譚―△
エンターブレイン　2011.01
百鬼夜行に花吹雪〈夢幻組あやかし始末帖〉
ベストセラーズ　ベスト時代文庫　2012.07
ちゃらぽこ―真っ暗町の妖怪長屋―
光文社　光文社時代小説文庫　2012.09
〔電子書籍〕光文社　2014.02
百鬼夜行に花吹雪（2）おコン！狐闇〈夢幻組あやかし始末帖〉
ベストセラーズ　ベスト時代文庫　2012.10
ちゃらぽこ―仇討ち妖怪皿屋敷―
光文社　光文社時代小説文庫　2012.12
〔電子書籍〕光文社　2014.02
およもん―かごめかごめの神隠し―
廣済堂出版　廣済堂モノノケ文庫　2013.04
〔電子書籍〕廣済堂出版　2014.09
ちゃらぽこ長屋の神さわぎ
光文社　光文社時代小説文庫　2013.06
〔電子書籍〕光文社　2014.02

てれすこ〈大江戸妖怪事典〉
ＰＨＰ研究所　ＰＨＰ文芸文庫　2013.07
［電子書籍］ＰＨＰ研究所　2013.07

ろくヱもん―大江戸もののけ拝み屋控―
徳間書店　徳間文庫　2013.10

ちゃらぽこ―フクロムジナ神出鬼没―
光文社　光文社時代小説文庫　2013.12
［電子書籍］光文社　2014.02

およもん―いじめ妖怪撃退の巻―
廣済堂出版　廣済堂モノノケ文庫　2013.12
［電子書籍］廣済堂出版　2014.09

ひゅうどろ〈大江戸妖怪事典〉
ＰＨＰ研究所　ＰＨＰ文芸文庫　2014.03
［電子書籍］ＰＨＰ研究所　2014.03

もののけ葛籠〈ろくヱもん〉
徳間書店　徳間文庫　2014.07

棘《おどろ》の闇
廣済堂出版　廣済堂モノノケ文庫　2014.08
［電子書籍］廣済堂出版　2014.12
〔収録作品〕異の葉狩り／この島にて／屍舞図／醜い空／輝風 戻る能はず

およもん―妖怪大決闘の巻―
廣済堂出版　廣済堂モノノケ文庫　2014.09
［電子書籍］廣済堂出版　2014.09

うろんもの―人情・お助け押し売ります―
光文社　光文社時代小説文庫　2014.11
［電子書籍］光文社　2015.02

魔道コンフィデンシャル△
創土社　クトゥルー・ミュトス・ファイルズ　2015.11

球面三角△
アトリエサード　2015.11
〔収録作品〕球面三角／Spherical Trigonometry（エドワード・リプセット英訳）＊限定版

金閣寺の首
河出書房新社　2016.05
［電子書籍］河出書房新社　2016.06
〔収録作品〕若狭殿耳始末／「西の京」戀幻戯／侘びの時空／筆置くも夢のうちなるしるしかな／生きてゐる風／首狂言天守投合／立華・白椿／ぬっへっほふ

Faceless City△
アトリエサード　2016.11　＊本書

＊資料提供：久留賢治

朝松 健（あさまつ けん）
1956年、札幌市に生まれる。出版編集者として幻想文学、魔術書の数々を企画、編集。1986年に『魔教の幻影』で小説家としてデビュー。以降、ホラーをはじめ、ユーモア格闘技小説、時代伝奇小説、妖怪時代コメディなど、幅広いジャンルで活躍。代表作に『邪神帝国』『金閣寺の首』など。2006年「東山殿御庭」が日本推理作家協会賞候補となる。〈ナイトランド・クォータリー〉に《一休どくろ譚》を連載中。近年はトークイベントにも出演。歯に衣着せぬコメントでファンを沸かせている。

槻城ゆう子（装画）
漫画家・イラストレーター。著書に『通りすがりの怪事件』『素ッ裸の幸せ。』、『召喚の蛮名～Goety』（小社近刊）がある。『モンスター・コレクション』『バトルスピリッツ』などのゲームイラストや、朝松健『棘の闇』『邪神帝国』、菊地秀行『幽王伝』、倉阪鬼一郎『青い館の崩壊』など小説の装画、挿絵も多数手がけている。

Faceless City

著　者　朝松健

発行日　2016年12月11日

発行人　鈴木孝

発　行　有限会社アトリエサード
東京都新宿区高田馬場1-21-24-301 〒169-0075
TEL.03-5272-5037 FAX.03-5272-5038
http://www.a-third.com/　th@a-third.com
振替口座／00160-8-728019

発　売　株式会社書苑新社

印　刷　モリモト印刷株式会社

定　価　本体2500円＋税

ISBN978-4-88375-247-8 C0093 ¥2500E

www.a-third.com